EL LIBRO MÁS COMPLETO DE MITOLOGÍA GRIEGA

DERECHOS DE AUTOR

Tabla de contenidos

EL MUNDO DE LOS MITOS GRIEGOS

INTRODUCCIÓN

En la riqueza de la mitología clásica, encontramos un mundo de dioses y héroes, una tierra donde las hazañas asombrosas y los cuentos épicos se entrelazan con la esencia misma de la cultura occidental. Desde los remotos tiempos de los antiguos griegos y romanos, estas leyendas han cautivado la imaginación de artistas, escritores y amantes del conocimiento a lo largo de los siglos.

No obstante, la educación moderna ha dejado a un lado esta valiosa herencia, y muchos de nosotros nos sentimos ignorantes ante las figuras divinas que han dejado su huella en el arte y la literatura occidentales. Pero no se trata sólo de erudición, sino de sumergirnos en un universo fascinante lleno de sorprendentes batallas, intrigas y aventuras extraordinarias.

En esta andanza, nos encontraremos con Zeus, el poderoso dios del trueno y padre de los dioses; nos deleitaremos con las aventuras de Hércules, el héroe incomparable, y nos maravillaremos con las tragedias y triunfos de Edipo, Medea, Aquiles y muchos otros personajes inolvidables.

La mitología clásica, más allá de ser un conjunto de enseñanzas religiosas, es un compendio de historias que reflejan aspectos fundamentales del ser humano y de la vida misma. Es una invitación a explorar los misterios del mundo natural y a enfrentarnos con nuestra propia humanidad. A través de estas leyendas, nos adentraremos en un reino donde lo divino y lo humano se entrelazan, donde los dioses reflejan nuestras virtudes y debilidades, y donde los héroes encarnan nuestros más profundos deseos y anhelos.

Este recorrido nos llevará desde el monte Olimpo hasta los rincones más oscuros del Hades o inframundo, pasando por batallas épicas y romances trágicos. A lo largo del camino, descubriremos cómo la mitología ha impregnado nuestro mundo, desde la literatura y el arte hasta la astronomía y la cultura popular.

Así que, sin importar cuánto o poco sepamos sobre la mitología clásica, este viaje nos ofrecerá una oportunidad única para sumergirnos en un universo de maravillas y sabiduría. Acompáñanos en este fascinante recorrido por la tierra de los dioses y héroes, donde las leyendas cobran vida y la belleza de la cultura clásica nos ilumina con su eterno esplendor.

En cada uno de estos relatos mitológicos, encontraremos un reflejo de nuestra propia naturaleza humana, con todas sus virtudes y contradicciones. Los dioses, con su poder y sabiduría, representan nuestros anhelos de trascendencia y la búsqueda de significado en un mundo desconcertante. Los héroes, por otro lado, representan la lucha interna por la superación personal que todos enfrentamos, la valentía ante la adversidad y la capacidad de enfrentar nuestros propios demonios internos.

A medida que desentrañamos los hilos de estas historias atemporales, descubriremos que la mitología clásica va más allá de simples narraciones fantásticas. Es un espejo en el que podemos contemplar nuestra propia existencia y cómo nos relacionamos con el cosmos. Cada mito nos ofrece una ventana hacia las inquietudes y aspiraciones de culturas antiguas, pero también hacia la esencia misma de lo humano, trascendiendo fronteras temporales y culturales para resonar con nuestra propia experiencia vital. En este recorrido a través del tiempo, nos convertiremos en testigos de la chispa divina que ha iluminado la imaginación humana durante milenios y que sigue ardiendo en nuestros corazones hasta el día de hoy.

1. EL COMIENZO DE TODO

En el comienzo, el universo era un misterio para los antiguos griegos. No surgía de la nada, ni brotaba de un vacío primordial. Más bien, brotaba de lo desconocido, de lo que ellos llamaban Caos. Hesíodo concebía a Caos como un inmenso abismo, mientras que para Ovidio, era una materia informe y cambiante, acorde con su temática en las Metamorfosis, que trataba sobre dioses, humanos y criaturas que cambiaban de forma.

En este caos primordial, existían la tierra, el mar y el aire, pero todo se mantenía uniforme y cambiante, en constante conflicto interno. La tierra inmutable era inhabitable; nadie podía nadar en estas aguas siempre cambiantes;respirar este aire inconstante era imposible. Los elementos de este caos luchaban constantemente unos contra otros: calor y frío, líquido y sólido, húmedo y seco, pesado y liviano. Cada cualidad chocaba con su opuesto.

Tras el caos, surgió Gaia, la tierra, ya sea nacida de Caos o elevándose por sí misma. La tierra rodeaba y envolvía al caos. No se explica ni se elabora de dónde vinieron Caos y Gaia. Hesíodo afirma que ellos fueron los primeros, y que la Tierra surgió para servir como sólido fundamento para el hogar de los dioses.

Ovidio tampoco explica la repentina aparición de la Tierra, y atribuye su moldeo a Dios o a la Naturaleza, sin tomar partido en el debate. En cualquier caso, Ovidio insiste en que este acontecimiento trajo armonía y orden al caos. Su "nacimiento" separó el cielo de la tierra, esta de las aguas y el aire del espacio sin atmósfera. Cada cosa en el universo encontró su lugar a través de esta ordenada separación.

Aquí es donde Hesíodo y Ovidio toman caminos diferentes. Ovidio continúa viendo la mano de un Creador divino (o de la Naturaleza personificada). Este Creador, concebido como ente masculino, después de dar forma al globo terráqueo, añadió las aguas: estanques, pantanos, ríos y océanos. Luego, moldeó la tierra en amplias llanuras, montañas imponentes y valles apacibles, y densos bosques llenos de hojas.

El Creador luego se movió del suelo al cielo. Extendió el aire por encima de todas las cosas, lo llenó de nubes y vientos, y lo impregnó del temido trueno y relámpago. Sobre todo esto, colocó el éter puro e incorpóreo, intocado por la Tierra. Dentro del Cielo, hizo surgir las estrellas, que antes permanecían en la oscuridad. Los luceros brillaban en todo el firmamento, hogar de los dioses. Por último, añadió peces a los mares, bestias a la tierra y aves al aire. Todo estaba casi completo, formado por una mano divina, en el mundo de Ovidio. El escenario estaba preparado. Ahora sólo faltaban los actores.

Por otro lado, Hesíodo presenta la progresión de la creación, al menos inicialmente, sin atribución a una mano divina. Los cuatro primeros seres, y los fenómenos naturales o cualidades abstractas que personificaban, surgieron sin causa. Después de Caos y Gaia, surgió Tártaro, que se encontraba en lo más profundo de la tierra y se convertiría en el nivel más bajo del Inframundo. Luego surgió el ser más hermoso entre los inmortales. Solo después de que estos cuatro emergieran, Hesíodo y Ovidio empiezan a explicar el resto de la creación.

Es así como ambos escritores nos presentan su visión única de la creación en la mitología clásica. Un relato que fusiona el caos primordial, la aparición de la tierra y la intervención divina, y todo lo cual dio vida a un universo lleno de dioses, héroes y criaturas maravillosas.

1.1 ¿QUÉ ES UN MITO?

Un mito es una narrativa tradicional que tiene un origen ancestral y que se transmite de generación en generación en una cultura o sociedad. Estas historias se utilizan para explicar fenómenos naturales, eventos históricos, creencias, valores y comportamientos humanos. Los mitos suelen estar protagonizados por dioses, héroes, seres sobrenaturales o figuras míticas que encarnan arquetipos y representan conceptos abstractos.

Aunque los mitos pueden variar de una cultura a otra, comparten características comunes. Por lo general, están impregnados de elementos sobrenaturales, como la intervención de dioses o seres divinos, y a menudo presentan explicaciones para el origen del mundo, los seres humanos y otros aspectos de la existencia.

Los mitos no sólo buscan dar respuesta a preguntas trascendentales, sino que también cumplen funciones sociales, políticas y religiosas en una sociedad. Actúan como vehículos para transmitir valores culturales, normas sociales y tradiciones, y ayudan a establecer la identidad colectiva de una comunidad.

Además de su función explicativa y educativa, los mitos también tienen un carácter simbólico y alegórico. A menudo, las figuras y eventos míticos representan conceptos abstractos o arquetipos humanos que permiten comprender y reflexionar sobre la naturaleza humana y el mundo que nos rodea.

En resumen, los mitos son relatos legendarios que trascienden el tiempo y el espacio, traspasan barreras culturales, y juegan un papel valioso en la comprensión del mundo y la cosmovisión de una comunidad. Estas fascinantes narrativas reflejan la complejidad del ser humano y su eterna búsqueda por dar sentido a su existencia.

1.2 LOS PIONEROS DE LA MITOLOGÍA: HOMERO, HESÍODO Y LOS GRANDES POETAS

Hace muchísimos años, en las tierras de Grecia y Roma, las historias fluían de boca en boca, tejiendo la rica tela de su mitología. En aquel entonces, la gente rara vez sabía leer o escribir, así que las historias se transmitían en voz alta, de una persona a otra, de un abuelo a su nieto, de un narrador a su audiencia cautivada.

Nadie puede decir con certeza quién fue el primero en contar estas historias. ¿Fueron acaso inventadas por un solo individuo? ¿O fueron creación colectiva de un pueblo entero, nacidas de sus sueños, miedos y esperanzas? Lo cierto es que estas historias vivieron y respiraron a través de las palabras, con ligeros cambios según cada narrador, pero siempre manteniendo su esencia mágica.

Fue entonces cuando aparecieron Homero y Hesíodo, dos poetas cuyas voces resonaron más fuerte y más lejos que las demás. Ellos contaron sobre dioses y héroes, sobre amores y batallas, sobre la creación del mundo y el destino de la humanidad. Y, por fortuna para nosotros, alguien decidió que estas historias eran demasiado preciosas para dejarlas en el aire. Así que las plasmaron en papel, asegurando que no se perderían en el viento del olvido.

Gracias a ellos, hoy podemos sumergirnos en esos antiguos relatos, sentir la ira de Zeus, soñar con las hazañas de Heracles y maravillarnos con la belleza de Afrodita. Aunque los tiempos han cambiado, la magia de esos mitos antiguos sigue viva, contándonos historias de un tiempo en que los dioses caminaban entre nosotros y los héroes luchaban por la gloria y el honor.

En el vasto y misterioso mundo de la mitología clásica, nuestro conocimiento se ha tejido a través de las palabras y relatos de ocho poetas y escritores destacados, aunque, por supuesto, ha habido muchos más que han contribuido a este rico tapiz de historias. Estos seis, sin embargo, resaltan como los principales cronistas de la mitología griega:

• Homero, el inigualable poeta griego, nos regaló las dos epopeyas más grandiosas de Grecia: "La Ilíada", que narra los últimos meses de la guerra de Troya, y "La Odisea", que relata el tortuoso viaje de regreso de uno de los héroes de esa guerra.

• Hesíodo, otro poeta griego, nos brindó "La Teogonía", una narrativa poética que explora la creación del mundo y la sucesión de los dioses.

• Esquilo, uno de los tres grandes dramaturgos griegos, cuyas siete obras que han sobrevivido incluyen la "Orestíada" (tres obras sobre la trágica casa de Atreo), "Prometeo encadenado" y "Los siete contra Tebas".

• Sófocles, otro dramaturgo griego, nos dejó obras como "Electra", "Áyax", "Antígona" y dos obras sobre la trágica figura de Edipo.

• Eurípides, el tercer gran dramaturgo griego, cuyas diecinueve obras que han sobrevivido incluyen "Las Bacantes", "Medea", "Ifigenia en Áulide", "Hipólito", "Heracles" y "Las Troyanas".

• Apolodoro, un enigmático mitógrafo del que no sabemos nada más que su obra: "La Biblioteca", una extensa descripción que abarca desde la creación del mundo hasta relatos de dioses y héroes.

Homero y Hesíodo narraron sus versiones de los mitos griegos alrededor del siglo viii a.C. Los tres dramaturgos tuvieron su apogeo en el siglo v, Apolodoro, por su parte, permanece como una figura misteriosa y enigmática.

1.3 LA EVOLUCIÓN DE LA HUMANIDAD: DESDE LOS PRIMEROS MORTALES HASTA EL HOMBRE

A pesar de que ya existían la tierra, el aire y el mar, aún faltaba algo esencial: los seres humanos. Pero es importante destacar que los hombres no fueron las primeras criaturas mortales creadas por los inmortales. Antes de llegar a la creación de la raza humana mortal, hubo varias etapas de seres:

• La Edad de Oro: Una época dorada y perfecta, donde los seres vivían en paz y armonía, sin conocer el sufrimiento ni la maldad.

• La Edad de Plata: Un tiempo donde la pureza de la Edad de Oro comenzó a desvanecerse, dando paso a la imperfección y la fragilidad.

• La Edad de Bronce: Una era de guerreros y conflictos, marcada por la lucha y la valentía, pero también por la tragedia y la pérdida.

• La Edad de Hierro: La última etapa antes de la creación de los humanos, un tiempo duro y desafiante, donde la vida era incierta y la lucha por la supervivencia era constante.

Cada una de estas edades representó un paso crucial en el camino hacia la creación de la raza humana, y de esta forma el mundo se moldeó y se preparó para la llegada de los seres humanos.

1.3.1 LA EDAD DE ORO

En los tiempos antiguos, bajo el reinado de Cronos, el titán que destronó a Urano y se convirtió en el rey de los inmortales, los dioses decidieron crear una raza de mortales. Esta primera generación, compuesta únicamente por varones, fue esculpida en oro puro y vivió una existencia dorada, llena de risas, bailes y placeres innumerables.

Estos hombres dorados vivían libres de dolores, preocupaciones, miserias, tristezas, miedos y ansiedades. Incluso la muerte, cuando llegaba, no perturbaba su paz, pues siempre venía en forma de sueño. No conocían enfermedades ni los estragos del envejecimiento, y sus vidas transcurrían en una eterna primavera.

La tierra, generosa y fragante, les ofrecía sus abundantes cosechas sin necesidad de arduo trabajo. Las laderas de las montañas les brindaban bayas, cerezas y bellotas comestibles. Los campos estaban siempre repletos de trigo y otros granos. Los ríos fluían con leche y miel, y las hojas de los árboles destilaban néctar. Aunque nadie los plantaba, los campos y laderas estaban adornados con flores de todos los colores.

En todo el mundo, estos hombres dorados vivían en paz, libres de cualquier agresión. No había ciudades amuralladas, pues no había guerras entre vecinos. De hecho, ni siquiera existían las armas o las armaduras. No necesitaban leyes ni jueces, pues la justicia y la rectitud eran valores intrínsecos en cada uno de ellos. Tampoco construían barcos, pues todo lo que deseaban o necesitaban lo tenían en su propio hogar.

En resumen, esta raza dorada vivía como dioses, aunque eran mortales. Cuando esta generación murió, pues sin mujeres no pudieron perpetuar su raza, se convirtieron en espíritus sagrados de la tierra. En épocas posteriores, protegieron a los mortales de la injusticia y les otorgaron riquezas. Así, dejaron un legado eterno de paz y prosperidad, recordándonos la edad dorada de la humanidad.

1.3.2 LA EDAD DE PLATA

Durante la era en que Zeus, el poderoso líder de los dioses del Olimpo, tomó el mando y desterró a Cronos y a los titanes, se dio forma a una nueva raza de mortales. La tierra había cambiado; ya no vivía en una perpetua primavera, sino que ya había verano, otoño e invierno. Estos cambios trajeron consigo la necesidad de refugio y sustento, lo que obligó a los hombres a construir sus propias casas y a cultivar la tierra.

Los hombres de plata, como se les llamó, no brillaron tanto como sus predecesores dorados, pero aun así, tenían algo que los distinguía. Vivían la mayor parte de su existencia en una prolongada infancia, y eran cuidados y mimados durante un siglo entero. Pero cuando llegaba la adultez, se dejaban llevar por la avaricia y la sed de poder, sumiéndose en actos de violencia impulsiva.

Estos hombres, aunque mortales, no supieron honrar a los dioses del Olimpo, olvidándose de los sacrificios y las ofrendas. Zeus, herido en su orgullo divino, decidió poner fin a su existencia. Así, los hombres de plata encontraron su final, pero en la muerte, se transformaron en espíritus del inframundo, dejando tras de sí una historia de juventud prolongada y sabiduría efímera.

1.3.3 LA EDAD
DE BRONCE

La tercera raza de mortales, forjada a partir de los robustos troncos de los fresnos, marcó un nuevo capítulo en la historia de la humanidad, aunque no precisamente hacia una dirección ascendente. Zeus, en un acto de poder divino, creó a los hombres de bronce, una raza feroz y beligerante, mucho más agresiva que sus predecesores.

Estos hombres, aunque no completamente malvados, no dudaban en empuñar armas para alcanzar sus metas o defender lo que consideraban suyo. Vivían en una era donde el hierro aún era un misterio, por lo que todo, desde sus herramientas y armas hasta sus hogares, estaba forjado en bronce.

Con sus propias manos, y en luchas fraternales llenas de furia y violencia, se condujeron a su propia destrucción. A pesar de su fuerza y valentía, no pudieron escapar de las garras de la Muerte. Sin nombre y sin gloria, descendieron al frío palacio de Hades, el señor del Inframundo, quien dejó tras de sí un legado de conflicto y destrucción.

Estos hombres de bronce, aunque marcados por la agresión y la lucha, también nos dejaron lecciones valiosas sobre la naturaleza humana y las consecuencias de nuestras acciones. Su historia nos recuerda la importancia de buscar la paz y la armonía, y de valorar la vida antes de que sea demasiado tarde.

1.3.4 LA EDAD DE HIERRO

Cuando los dioses aún caminaban entre nosotros, surgió la última de las razas mortales: nosotros, los seres humanos. Éramos diferentes a todo lo que había existido antes, una mezcla compleja de luz y sombra, bondad y maldad.

En nuestra era, la Edad de Hierro, la inocencia de los tiempos pasados se desvaneció, lo que abrió el espacio para la ambición y la astucia. La sencillez de la vida se perdió, y en su lugar, nació un mundo donde la desvergüenza y el engaño reinaban. La bondad y la justicia, que una vez fueron pilares de la sociedad, ahora se veían amenazadas por la codicia y la violencia.

Con la creación de las mujeres, la trama de la humanidad se volvió aún más intrincada. Juntos, hombres y mujeres, tejimos historias de pasión y poder, y no dudamos en traicionar o herir para alcanzar nuestros más anhelados deseos.

La vida se transformó en una lucha constante, un trabajo interminable que no conocía de descanso. La tierra, que una vez nos ofreció con generosidad sus frutos, ahora debía ser trabajada y cultivada. Y así, armados con herramientas de hierro, transformamos el mundo a nuestro alrededor.

Pero con el progreso, también llegaron los conflictos. Levantamos muros, trazamos límites y dividimos la tierra que una vez compartimos libremente. Las guerras estallaron, hermano contra hermano, hijo contra padre, todos luchando por un pedazo de poder y riqueza.

Así es como vivimos hoy, en una Era de Hierro forjada por nuestras propias manos y marcada por nuestras propias decisiones. Hemos creado un mundo de maravillas y horrores, de belleza y brutalidad.

1.3.5 PROMETEO: EL TITÁN BENEVOLENTE Y LA FORJA DE LA HUMANIDAD

Prometeo, un titán de corazón valiente y mente astuta, se erige como una figura central en los albores de la humanidad, cuando el mundo aún estaba impregnado de magia y misterio. Su legado trasciende el tiempo, no sólo como el posible creador de nuestra especie, sino también como nuestro más ferviente protector entre los seres inmortales.

Hijo de Jápeto y Clímene, Prometeo compartía su linaje con figuras imponentes como Atlas y Epimeteo, su hermano menos sagaz pero igualmente leal. Juntos, navegaban por un mundo gobernado por dioses y titanes, donde los destinos de los mortales pendían de un hilo.

En aquellos días primigenios, se presentó una disputa que cambiaría el curso de la historia: la división de un sacrificio entre dioses y hombres. Los olímpicos, en su sabiduría, confiaron en Prometeo para dirimir el conflicto. Y así, con una sonrisa astuta y un brillo en los ojos, Prometeo aceptó el reto.

Hábilmente, desmembró al toro sacrificado y creó dos ofrendas: una de carne suculenta, escondida, con astucia, bajo un manto de vísceras, y otra de huesos desnudos, engañosamente cubiertos por una capa de grasa resplandeciente. Luego, con una reverencia, invitó a Zeus a elegir.

Zeus, aunque no era ajeno a los juegos de ingenio, aceptó la elección. Eligió entonces la capa de grasa y así, sembró las semillas de una eterna discordia entre dioses y hombres. Desde aquel momento, los humanos ofrecerían sólo huesos en sus sacrificios, un recordatorio constante de la astucia de Prometeo y la distancia que ahora nos separa de lo divino. Desde lo alto del Olimpo, Zeus observó con furia cómo Prometeo, el titán astuto y valiente, osaba desafiarlo y engañarlo. En un acto de despecho, decidió privar a la humanidad del don del fuego. "Que disfruten de la mejor carne", pensó con sarcasmo, "pero que la devoren cruda".

Sin embargo, Prometeo, siempre un paso adelante, no se dejó amedrentar y decidió robar el fuego para los mortales. Con sigilo, se deslizó, ya sea en el taller de Hefesto, el dios del fuego y de los artesanos, o en el hogar del palacio de Zeus, o quizás acercándose al ardiente carro de Helios, el Sol. Con habilidad, extrajo una brasa eterna y la ocultó en el hueco de un tallo de hinojo. Lleno de júbilo, corrió hacia los hombres para entregarles este regalo divino: el fuego.

Prometeo, pronto sintió el peso de la ira de Zeus. Encadenado con grilletes irrompibles a una roca en las profundidades de las montañas del Cáucaso, su cuerpo fue atravesado por una estaca que lo mantenía firmemente sujeto. Pero eso no era todo; para intensificar su castigo, un águila descendía cada día para devorar su hígado, sumiéndolo en un tormento sin fin.

A medida que las noches daban paso a los días, el hígado de Prometeo se regeneraba de forma milagrosa, sólo para ser devorado de nuevo en un ciclo interminable de dolor y sufrimiento. Así pasaron trece generaciones de humanos, mientras el titán soportaba su cruel destino.

Fue entonces cuando Heracles, el hijo mortal de Zeus y héroe de innumerables hazañas, se cruzó en su camino. En un acto de valentía y compasión, Heracles apuntó su arco al cielo y con una flecha certera, abatió al águila voraz, con lo que puso fin al sufrimiento de Prometeo.

El titán, liberado al fin, miró a Heracles con ojos llenos de gratitud. Había dado un regalo invaluable a la humanidad y había pagado un precio inimaginable por ello. Pero en ese momento de liberación, Prometeo supo que su sacrificio había valido la pena, pues incluso en su tormento, había demostrado que la humanidad, por humilde que fuera, merecía compasión y la oportunidad de luchar por su lugar en el mundo.

Mitología Griega

3 Entidades

CRONOS
(TIEMPO)

CAOS
(VACÍO)

ANANKE
(DESTINO)

Dioses PRimordiales

GEA
(MADRE TIERRA)

TÁRTARO
(INFRAMUNDO)

NIX
(NOCHE)

ÉREBO
(OSCURIDAD)

EROS
(AMOR)

3 Hijos de Gea

OUREA
(MONTAÑAS)

URANO
(CIELO)

PONTO
(MAR)

Hijos de Gea y Urano (2da Generacion de Dioses)

HECATÓNQUIROS

CÍCLOPES

TITANES

12 Titanes

TEMIS   TETIS   FEBE   MNEMOSINE   TEA   HIPERION   CEO   IAPETO   REA   OCEANO   CRIO   CRONOS

Hijos de Cronos y Rea

HESTIA   HERA   POSEIDON   DÉMETER   HADES   ZEUS

DESENDENCIA DE NIX Y ÉREBO

HIJOS DE NIX Y ÉREBO

HEMERA
(LUZ)

ÉTER
(CLARIDAD)

HIJOS DE NIX (SOLO)

MOROS
(DESTINO)

ÁPATE
(ENGAÑO)

GERAS
(VEJEZ)

GEMELOS

EZIZ
(MISERIA)

MOMO
(BURLA)

HIJOS DE NIX (SOLO) 2DA PARTE

ERIS
(DISCORDIA)

NÉMESIS
(CASTIGO
DIVINO)

CARONTE
(BARQUERO DE
HADES)

HIPNO
(EL SUEÑO)

LAS HESPÉRIDES
(NINFAS DEL
OCASO)

LAS HESPÉRIDES

EGLE
(ESPLENDOR)

ERITÍA
(TIERRA ROJA)

HESPERIA
(ATARDECER)

LOS HIJOS DE HIPNO

FÓBETOR
(PESADILLAS)

FANTASO
(CAMBIOS EN
NUESTROS
SUEÑOS)

MORFEO
(SUEÑOS PARA
HUIR DE LOS
DIOSES)

1.4 EL ORIGEN DEL UNIVERSO: CAOS, GAIA O GEA Y LA CREACIÓN DE LA MITOLOGÍA GRIEGA

Había una vez, en los albores del tiempo, un misterio que envolvía al universo. La existencia que conocemos no surgía de la nada, ni brotaba de un vacío primordial, sino que emergía de lo desconocido, del Caos. Hesíodo concebía a Caos como un inmenso abismo, nacido en la oscuridad, mientras que Ovidio lo veía como una materia informe y mutable.

Desde este caos primordial, Gaia (la tierra) y Erebo (la oscuridad del inframundo) dieron paso a todo lo demás. Sin embargo, detrás de la creación de casi todo en el universo se encontraba una fuerza poderosa: Eros, el amor. Casi todo surgía después de un poderoso y erótico deseo. Desde las montañas y los mares hasta las criaturas que los habitaban, todo venía como producto de la procreación, del buen y antiguo acto sexual.

Caos dio origen a Erebo, la oscuridad del Inframundo, y a Nyx (la noche). Todas las demás fuerzas de la oscuridad y la negatividad brotaron de esta progenitora. Mientras dormía,

Gaia dio a luz a Urano (el cielo) y Ponto (el mar). Urano fue el primero en emerger y se igualó a Gaia en poder.

Después del surgimiento de Erebo, Nyx, Urano y Ponto, casi toda la creación se dio mediante apareamiento. Urano, el cielo, emergió tan grande como su madre Gaia, y la envolvió rápidamente con su amor. El Cielo la roció con lluvia fértil y Gaia dio a luz al resto del mundo físico: montañas, cuerpos de agua, flora y fauna.

Gaia y Urano también engendraron a los doce titanes. Dos de estos hijos, Océano y Tetis, continuaron la creación por sí mismos, de manera prodigiosa. De su unión nacieron los tres mil ríos de la tierra, todos alimentados por las aguas del poderoso Océano, y las tres mil Oceánides, diosas del océano.

Nyx se unió a Érebo y tuvieron una hija, Hemera (el Día), y un hijo, Éter (el aire superior). Nyx y Hemera comparten una casa, siempre envuelta en oscuridad por las sombrías nubes de Tártaro. Sin embargo, nunca cohabitan en la casa, sino que se turnan, esperando que la otra se marche antes de cruzar el umbral de bronce e ingresar. Cuando Nyx se marcha, llevando en sus brazos a Hipnos (hermano de la muerte), saluda a su hija Hemera, pero sólo de pasada. Cada una tiene su propio dominio. Nyx también engendró a una serie de abstracciones en su mayoría desagradables, personificadas como: Moros (destino) Tánatos, (muerte) Hipnos, (sueño) Némesis (la diosa de la retribución) Eris (discordia) las keres (espíritus femeninos de la muerte que se encargaban de recoger y llevarse los cuerpos de los muertos) y las moiras (destino).

Eris, o Discordia (según Hesíodo, quien se volvía cada vez más abstracto y filosófico), engendró una serie de infortunios que iban desde el Hambre y las Penas hasta las Mentiras y el Asesinato.

Así, el amor y el deseo, unidos en pasión, dieron forma al universo, poblándolo de vida y movimiento. Desde aquellos tiempos remotos, el amor ha sido el hilo conductor que ha guiado la historia del cosmos, tejiendo el destino de dioses y mortales por igual.

LAS VISITAS DE GEA

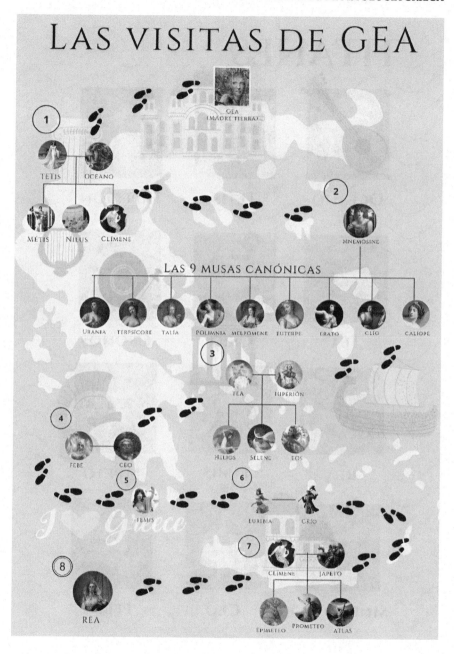

TITANES

OCÉANO

TETIS

HIPERIÓN

TEA

CRÍO

CRONOS

REA

TEMIS

JÁPETO

MNEMÓSINE

CEO

FEBE

Gea y Urano

GEA   URANO

JÁPETO   CEO   OCÉANO   HIPERIÓN   CRÍO   CRONOS

TEMIS   TETIS   TEA   FEBE   MNEMÓSINE   REA

Gea y Urano

GEA   SANGRE DE URANO

Erinias

MEGARA
(CELOS
ENLOQUECIDOS)   TISÍFONE
(SEMBRADORA
DE CRIMEN)   ALCETO
(LA IMPARABLE)   LOS GIGANTES   MELÍADES

1.5 LOS TITANES Y LA LUCHA POR EL PODER

Un día, Gaia se encontró junto a su hijo Urano, animándolo a envolverla con su amor. De este cariño nacieron los famosos titanes, los primeros gobernantes del universo. Los titanes ni siquiera habían visto la luz, y Gaia y Urano ya tenían seis hijos impresionantes: los hecatónquiros y los cíclopes.

Antes de que los titanes se hicieran famosos, Gaia y Urano ya habían tenido tres hijos extraordinarios: Coto, Briareo y Giges. Imagínate por un momento a alguien con cincuenta cabezas y cien brazos. ¡Increíble! ¿verdad? Pues así eran estos tres gigantes. Y no te confundas, aunque no sean tan mencionados como los titanes, estos tres eran un auténtico espectáculo. Eran tan fuertes y temibles que, cuando caminaban, tanto los poderosos titanes como los dioses del Olimpo se escondían detrás de sus nubes, con un tembleque en las rodillas. Y como si los Gigantes de Cien Manos no fueran ya algo impresionante, Gaia y Urano no se quedaron atrás con sus siguientes hijos: tres cíclopes llamados Brontes, Estéropes y Arges. A pesar de tener sólo un ojo en medio de la frente, eran colosales y con sus fuertes brazos no necesitaban más que ese ojo para ser imponentes.

Aunque más tarde se contaron historias de cíclopes devoradores de hombres, estos tres no eran así. De hecho, algunos cuentos sugieren que podrían haber sido los papás de esos cíclopes más temerarios. Pero Brontes, Estéropes y Arges eran casi divinos. Además de su gran tamaño, eran súper ingeniosos. Como maestros herreros y constructores, llegaron a forjar nada menos que los truenos y relámpagos.

A pesar de su casi divina presencia, los cíclopes no eran fáciles de tratar. Eran orgullosos, poderosos y no solían acatar órdenes. Urano, preocupado por su comportamiento y potencial amenaza, decidió que el mejor lugar para ellos era el Tártaro, el rincón más oscuro y profundo del inframundo. Y si los cíclopes pensaban que eran los únicos castigados, estaban equivocados. Urano, impresionado y un tanto celoso de la fuerza de los gigantes de cien manos, también les dio un "pase especial" a este lugar.

La historia se torna más interesante porque Gaia y Urano no sólo tuvieron a estos hijos peculiares. Tuvieron doce más: ¡los Titanes! Eran un grupo equilibrado: seis chicas y seis chicos. Las hijas eran Tea, luminosa como un amanecer; Rea, futura madre de dioses grandiosos; Temis, protectora de la tierra al igual que Gaia; Mnemósine, quien atesoraba recuerdos; Febe, con el encanto misterioso de la luna; y Tetis, siempre rodeada por las olas del mar.

En cuanto a los hijos, teníamos a Océano, el vasto río que envuelve el mundo; Ceo, futuro padre de Leto; Crío, que traería al mundo a Astreo; Hiperión, radiante como el sol del mediodía; Jápeto, quien sería conocido por ser padre de Prometeo; y, por supuesto, Cronos, el más astuto de todos.

Y sobre Cronos... bueno, no tenía precisamente una relación idílica con Urano. De hecho, todos los titanes tenían sus diferencias con él. Urano no mostraba afecto a sus hijos. Cada vez que Gaia traía al mundo a uno, Urano lo apartaba y ocultaba, privandolos de la luz y del mundo exterior. Y lo peor es que parecía disfrutarlo.

La situación de Gaia era, sin duda, agobiante. Aunque sus hijos ya habían nacido, estaban atrapados y no podían moverse libremente. Imagina llevar en tu ser a los doce poderosos titanes, y eso sin considerar a los tres gigantes de cien manos y a los tres cíclopes que, por desgracia, ya estaban confinados en el Tártaro. Cada día, sentía sus anhelos, sus deseos de expansión, su necesidad de libertad. No era sólo una cuestión física, sino el dolor emocional de sentir a sus hijos prisioneros y angustiados. Y poco a poco, esa combinación de dolor y amor maternal la llevó a su límite. Gaia sabía que algo debía cambiar, y estaba decidida a ser el catalizador de ese cambio. Su determinación ardía con fuerza, decidida a encontrar una solución para sus amados hijos.

La noche caía, y todo estaba en silencio cuando Gaia, cansada del desprecio de Urano, decidió poner en marcha un plan valiente. Con manos hábiles, forjó en secreto una hoz afilada, destellando peligrosamente a la luz de la luna. Llamó a sus hijos, les compartió su dolor y su plan, buscando un voluntario. Y de entre ellos fue Cronos, el más joven y valiente, quien se adelantó.

Mientras la luna iluminaba la tierra, el hijo menor se escondió, esperando el momento oportuno y con la fría hoz en su mano, aguardaba la llegada de Urano. El dios del cielo, ajeno a la trampa, se acercó a Gaia, su amada. Pero justo cuando menos lo esperaba, Cronos surgió de entre las sombras y en un rápido movimiento, y con toda la fuerza de la venganza que ardía en su corazón, Cronos usó la hoz para castrar a Urano.

El doloroso grito de Urano retumbó en el aire. Sin perder tiempo, Cronos arrojó los genitales de su padre al mar, donde algo mágico comenzó a suceder. Las gotas de sangre que cayeron sobre Gaia dieron vida a las Erinias, gigantes y ninfas de los fresnos.

A pesar del intenso dolor, Urano, con voz temblorosa y llena de rabia, maldijo a Cronos y a los demás, llamándolos "titanes". Profetizó que su acción no quedaría sin represalias. El destino de todos había cambiado, y el mundo nunca volvería a ser el mismo.

El reinado de Cronos se levantó como una era dorada, pero, con el paso del tiempo, el rey demostró que no era muy diferente a su padre, Urano. Después de saborear la dulzura de la libertad, los cíclopes y los gigantes de cien manos pronto encontraron sus cadenas de nuevo, fueron enviados al oscuro Tártaro por Cronos, quien vio en ellos una amenaza.

Por otro lado, los doce titanes gozaron de una libertad sin restricciones. Se encontraron, se enamoraron y formaron familias. Por ejemplo, Tea y Hiperión, entrelazados por la pasión del sol, engendraron a Helios, el sol brillante, a Selene, la serena luna, y a Eos, el amanecer resplandeciente. Ceo se casó con su hermosa hermana Febe, la titánide del Misterio. De su unión nacieron tres hijos: Leto, la protectora de los jóvenes; Asteria, la soñadora de visiones proféticas; y Lelanto, el maestro del aire y la caza. Océano y Tetis, representantes del vasto mar, fueron padres prolíficos: de ellos nacieron los numerosos ríos y las oceánides, que llenaron el mundo con sus melodías acuáticas. Pero la unión que dejó una marca indeleble en la historia fue la de Cronos y Rea. De su amor nacieron seis divinidades: Hestia, Deméter, Hera, Hades, Poseidón y, el más famoso de todos, Zeus.

Pero la grandeza de Cronos tenía un lado oscuro. Al igual que un vino envejece, el titán se volvía más amargo y desconfiado con el tiempo. Aunque ahora era el señor de todos los inmortales, las palabras de advertencia de Gaia y Urano seguían resonando en sus oídos: sería derrocado por su propio hijo. Estas palabras, en lugar de hacerle reflexionar, avivaron su paranoia. Decidido a aferrarse al poder, tomó medidas extremas para asegurarse de que ningún hijo suyo amenazara su reinado.

1.6 EL NACIMIENTO DE LOS DIOSES OLÍMPICOS

Cronos, impulsado tanto por el miedo como por la ambición, se había convertido en una amenaza para sus propios hijos. Tan pronto como nacía un hijo de Rea, era engullido por su padre, una táctica grotesca para asegurar su supremacía. Cada rugido, cada grito de un bebé nuevo nacido era silenciado en la oscura profundidad del estómago del titán.

Rea, desgarrada por el dolor de perder a sus hijos uno tras otro, sabía que tenía que actuar. Cuando sintió que Zeus, su próximo hijo, estaba a punto de nacer, buscó la ayuda de sus ancestros, Gaia y Urano. Siguiendo sus consejos, viajó a Licto, Creta, un lugar donde Cronos no sospecharía.

Bajo el protectorado de la montaña Dicte, en la penumbra de una cueva, Zeus vino al mundo. Fue un momento cargado de tensión, con el miedo constante de que los gritos del bebé alertaran a Cronos. Pero Gaia, la tierra misma, lo mantuvo oculto, protegido de su despiadado padre.

Para asegurarse de que Cronos no sospechara, Rea usó una astuta táctica de despiste. Volvió a su marido con una piedra cuidadosamente envuelta, imitando el peso y la forma de un recién nacido. Cronos, en su paranoia, no cuestionó el paquete y tragó la piedra, pues creía que una vez más había evitado la profecía.

Mientras tanto, en las sombras de Creta, Zeus era criado por Adrastea e Io. En ese lugar seguro, el joven dios creció en fuerza y astucia, preparándose para el inevitable enfrentamiento con Cronos y para reivindicar su lugar en el cosmos.

Con la astucia y el consejo de Metis, Zeus estaba listo para enfrentarse a su padre. El río Océano, una vasta masa de agua que rodeaba la tierra, había sido testigo de muchas intrigas y dramas cósmicos, y ahora sería testigo de otro más. Metis, conocida por su sabiduría, había previsto un método astuto para liberar a los hermanos y hermanas de Zeus.

Con la bendición de su madre, Zeus se presentó ante Cronos con una humildad simulada, y se ofreció para servirle. Su juventud y audacia despertaron el interés de Cronos, quien, sin darse cuenta de la trampa que se avecinaba, aceptó a Zeus como su copero.

Rea, con la astucia de una madre protectora, preparó un poderoso emético. Las propiedades de este brebaje eran tales que incluso un dios de la estatura de Cronos no podría resistir su efecto. Zeus, con sumo cuidado, mezcló la sustancia con una bebida endulzada con miel. Presentó la copa con un falso respeto, ocultando su verdadera intención.

Cuando Cronos bebió, el efecto fue inmediato. Sintió un torbellino de náuseas, arrojó primero la piedra que había engullido en lugar de Zeus. Luego, uno por uno, sus hijos, los dioses que más tarde se convertirían en los regentes del Olimpo, emergieron de su boca, ilesos y llenos de vida. Fue una vista impactante, pero marcó el principio del fin de la era de los titanes y el amanecer de una nueva era dominada por los dioses olímpicos.

1.7 LA TITANOMAQUIA

A pesar de enfrentarse a la tiranía de Cronos, no todos los titanes estaban dispuestos a luchar. De los doce titanes originales, sólo cinco se armaron para el combate. Las titánides, en contraste, prefirieron abstenerse de la lucha. Océano, quizás anticipando el poder emergente de Zeus, decidió no involucrarse. De hecho, junto con Tetis, se ocuparon de proteger y criar a Hera durante estos tiempos inciertos.

La siguiente generación de titanes tampoco fue un frente unido. Helios optó por una neutralidad estricta, mientras que Prometeo y Epimeteo, en un acto de rebeldía contra sus propios padres, se unieron al bando de Zeus.

La guerra fue titánica, extendiéndose por una década donde cada amanecer traía consigo enfrentamientos de proporciones épicas. Pero la victoria no estaba clara para ninguno de los bandos. Sin embargo, Gaia, con su sabiduría ancestral, reveló que los hijos de Cronos sólo alcanzarían la victoria con la ayuda de ciertos aliados atrapados en el Tártaro. Zeus, tomando este consejo, viajó a las oscuras profundidades del Inframundo. Después de derrotar a Campe, liberó a los cíclopes y a los gigantes de cien manos. Al alimentarlos con néctar y ambrosía, no sólo los fortaleció físicamente, sino que también los preparó para la gran batalla que se avecinaba.

Después de liderar su salida del Tártaro, Zeus reunió a los

seis. Les recordó que él había sido su salvador, liberándolos de las sombrías profundidades del Tártaro, y no fue otro más que Cronos quien los había condenado a ese oscuro destino. Los gigantes de cien manos no dudaron y juraron defender a Zeus. Por otro lado, los cíclopes, en gratitud, no se quedaron atrás y decidieron equipar a los hijos de Cronos con armas legendarias.

Zeus recibió el trueno y el relámpago, que pronto se convirtieron en sus armas más temidas. Hades, siempre en las sombras, fue obsequiado con el yelmo de la invisibilidad, mientras que Poseidón, siempre conectado al mar, recibió un tridente que se convirtió en su insignia.

Con estas nuevas armas y estrategias en juego, las tensiones se intensificaron. La joven generación, ahora mejor armada y con más confianza, se lanzó al combate con un vigor renovado. Los titanes, por otro lado, parecían perder fuelle. Y en medio de este cansancio, Atlas fue designado por los titanes para liderarlos, y así, sustituyó a un Cronos que ya no parecía tan formidable.

Con la fuerza bruta de Briareo, Coto y Giges, la guerra tomó un giro impresionante. Estos gigantes no sólo eran grandes, sino que la potencia con la que lanzaban rocas masivas hacía que pareciera una lluvia de meteoros. El ruido del enfrentamiento era ensordecedor: los mares se agitaban, el cielo parecía querer desplomarse y hasta las profundidades del Tártaro vibraban.

Y ahí estaba Zeus, dando pasos firmes y decididos hacia los titanes, con sus rayos listos para ser lanzados. Cada vez que uno de esos rayos tocaba la tierra, dejaba una cicatriz ardiente en su paso. Bosques se evaporaban, y las aguas de los ríos burbujeaban ante su calor. En este caos, los Titanes, desorientados y superados, comenzaron a caer uno tras otro ante la fuerza de los olímpicos.

Las herramientas que los cíclopes habían creado jugaron un papel crucial. Hades, invisible gracias a su nuevo yelmo, se deslizó como sombra, desarmó a Cronos y dejó el camino libre para Poseidón. Armado con su tridente, Poseidón mantuvo a Cronos ocupado, dándole a Zeus el momento perfecto para soltar un rayo directo contra su desprevenido padre. Cronos, vencido, tuvo que aceptar su derrota.

Con los titanes derrotados, Zeus y su ejército los confinaron en las oscuridades del Tártaro. Briareo, Coto y Giges, como guardianes leales, se quedaron vigilando, garantizando que los titanes no pudieran escapar de su prisión.

Tras la victoria, Zeus, el flamante rey de los inmortales, no tardó en mostrar su gratitud hacia quienes le apoyaron. Briareo, uno de los gigantes de cien manos, recibió una recompensa especial: la mano de Cimopolea, hija de Poseidón. Por otro lado, aquellos titanes que optaron por la neutralidad o que no enfrentaron a los olímpicos, como las seis titánides, Océano, Helios, Prometeo y Epimeteo, mantuvieron sus posiciones y responsabilidades. Entre ellos, Temis, Océano y Tetis fueron objeto de un respeto y reverencia particular por parte de los dioses olímpicos.

2. REINOS

2.1 EL MONTE OLIMPO: EL HOGAR DE LOS DIOSES

En las cimas más altas, donde los mortales raramente se atreven a escalar, el monte Olimpo se alzaba majestuoso. Este no era simplemente una montaña, sino el hogar celestial donde los dioses vivían en opulentos palacios, cuyos destellos de mármol y oro podían deslumbrar a cualquier observador.

El Olimpo, tal como lo pintó Homero en sus relatos, era más que una montaña; era una ciudadela divina. Esta fortaleza celestial se ubicaba en las alturas del monte Olimpo, su entrada resguardada por las tres horas (eran originalmente las personificaciones o diosas del orden de la naturaleza y de las estaciones), quienes vigilaban las imponentes puertas de oro. Una vez dentro, no sólo se encontraba el grandioso palacio de Zeus, sino también residencias menores destinadas a otros dioses y establos para sus caballos de naturaleza inmortal. Estas construcciones, robustas y eternas, estaban rodeadas de patios dorados que reflejaban la luz del sol de una manera que ningún mortal había visto.

En el corazón de este dominio divino, el palacio de Zeus se alzaba como un testimonio de su supremacía. Aunque elegante, no era excesivamente complejo. El gran salón, con su suelo dorado, servía como cámara de consejo y salón de festividades para los dioses olímpicos. Desde aquí, podían contemplar el mundo de los mortales, observando cada uno de sus movimientos. Durante los banquetes, las mesas y trípodes de oro, creados por el hábil Hefesto, se movían por sí mismos, satisfaciendo las necesidades de los asistentes.

Frente al palacio, un amplio patio se extendía como lugar de reunión, donde se congregaban todos los dioses, incluidas deidades de la tierra, ríos y mares, así como ninfas.

El mismo pico del Olimpo tenía un propósito especial: era donde Zeus, aparte de las distracciones y las responsabilidades hacia los demás dioses, tenía su trono secundario, un espacio sólo para él.

El Olimpo trascendía el mundo terrenal. Estaba situado más allá de las nubes y las estrellas, protegido por una cúpula de bronce. Aquí, en esta región brillante del cielo, los dioses se deleitaban con ambrosía y néctar, manjares celestiales que les otorgaban su inmortalidad.

2.2 EL INFRAMUNDO, EL TÁRTARO O EL HADES

El reino de los difuntos era gobernado por Hades, uno de los doce grandes olímpicos, junto con su reina Perséfone. Este dominio a menudo lleva el nombre de su soberano: Hades. Según la "Ilíada", se encuentra bajo los lugares más secretos de la tierra. En la "Odisea", el camino a este reino conduce más allá del borde del mundo, cruzando el vasto Océano. Los poetas posteriores hablan de varias entradas a este lugar desde la tierra a través de cavernas y al lado de lagos profundos.

Tártaro y Érebo son en ocasiones dos subdivisiones del inframundo. El Tártaro es la más profunda, la prisión de los Hijos de la Tierra; y Érebo, el lugar por donde las almas de los muertos pasan justo después de morir. Sin embargo, a menudo no hay diferencia entre los dos, y se utiliza de forma indistinta cualquiera de los nombres, en especial Tártaro, para referirse al reino inferior en su totalidad.

En las obras de Homero, el inframundo se describe de manera vaga, como un lugar umbrío habitado por sombras. Nada es tangible allí; la existencia de los fantasmas es similar a un sueño desdichado. Los poetas posteriores comenzaron a definir con mayor precisión el mundo de los muertos, visualizándolo como un lugar donde los malvados son castigados y los justos recompensados.

El camino hacia el inframundo lleva hacia donde el río Aqueronte, el río de la tristeza, se vierte en el Cocito, el río de los lamentos. Caronte, un anciano barquero, transporta las almas de los difuntos a través de estas aguas hacia la otra orilla, donde se encuentra la impenetrable entrada a Tártaro. Pero Caronte sólo lleva a las almas que han sido debidamente enterradas y a las que, tras su muerte, se les ha colocado en sus labios la moneda para pagar el viaje.

Custodiando la puerta se encuentra Cerbero, el perro de tres cabezas con cola de dragón, que permite que todos los espíritus entren, pero ninguno regrese. Al llegar, cada alma es llevada ante tres jueces, Radamantis, Minos y Eaco, quienes dictan sentencia, y envían a los malvados a un tormento eterno y a los buenos a un lugar de dicha, conocido como los Campos Elíseos.

Otros tres ríos, además del Aqueronte y el Cocito, separan el inframundo del mundo superior: Flegetonte, el río de fuego; Estigia, el río del juramento irrompible pues las promesas hechas en su nombre eran muy poderosas y Lete, el río del olvido.

En algún lugar de este vasto territorio se encuentra el palacio de Hades. Aunque sólo se dice que tiene múltiples puertas y está lleno de incontables huéspedes, ningún escritor lo describe en detalle. Lo que sí sabemos es que alrededor hay extensos desiertos, pálidos y fríos, y prados de asfódelos, flores etéreas y fantasmales. Los poetas no solían detenerse mucho en esa morada envuelta en penumbras.

3. LOS DIOSES OLÍMPICOS

Antes de sumergirnos en las historias que siguen, es esencial aclarar algo: vamos a abordar las narraciones de los dioses olímpicos de forma individual. Esto significa que, por un momento, dejaremos de lado el orden cronológico estricto para poder enfocarnos en cada deidad por separado. Durante este recorrido, es posible que algunos eventos o detalles se repitan; sin embargo, es fundamental que se lean todas estas historias, ya que contienen matices y particularidades que no se encuentran en el relato general. Aunque puede parecer un desvío, es crucial para comprender a fondo la esencia y las vivencias de estos inmortales. Una vez que hayamos cubierto a todos ellos, retomaremos el hilo de la cronología de los acontecimientos.

3.1 ZEUS

Desde el majestuoso monte Olimpo, Zeus, con su robusta figura y su barba oscura, reinaba con firmeza sobre dioses y hombres, como protector del cielo, del clima, del orden y de la realeza. Su presencia imponía respeto: en una mano empuñaba un relámpago y en la otra un cetro real, siempre acompañado por un águila majestuosa.

Nacido de los titanes Cronos y Rea, Zeus evitó ser devorado por su padre gracias a un astuto plan de su madre, quien engañó a Cronos a quien le entregó una piedra envuelta como un bebé. En secreto, en el monte Dikti de Creta, Zeus creció alimentado con la leche de la cabra Amaltea por las ninfas, mientras los valientes cretenses protegían su escondite con danzas de batalla.

Al llegar a la madurez, Zeus, con la ayuda de la diosa Metis y su poción, liberó a sus hermanos que habían sido devorados por Cronos, al hacer que este los vomitara a todos. Con aliados poderosos como los cíclopes, que le otorgaron rayos, y los hecatónquiros, que arrojaban enormes rocas, Zeus enfrentó y venció a los titanes, confinándolos en las profundidades de la tierra.

Después de esta titánica batalla, los dioses se repartieron el cosmos: Zeus gobernaría los cielos, Poseidón los mares y Hades el inframundo. Sin embargo, el reinado de Zeus no estuvo exento de intrigas. Por temor a ser destronado, devoró a la diosa embarazada Metis, y tiempo después, de la cabeza del dios de los cielos nacería Atenea.

El matrimonio de Zeus con Hera, aunque repleto de conflictos y engaños, fue esencial para el panteón olímpico. Conocido por sus numerosas aventuras amorosas, y para seducir a mortales, Zeus adoptó diversos disfraces para seducir a mortales, desde un cisne hasta una lluvia de oro. Sin embargo, su favoritismo por su hijo Heracles, quien después de superar innumerables pruebas fue ascendido a dios, demostró su lado paternal y protector.

No todos se ganaron el favor de Zeus. Aquellos que osaban desafiar o engañar a los dioses enfrentaban su ira. Personajes como Tántalo, Licaón e Ixion enfrentaron castigos eternos por su insolencia.

A través de generaciones, mientras algunos hombres y criaturas desafiaban su autoridad, como el gigante Tifón o los propios hijos de Gea, Zeus siempre encontró la forma de reafirmar su dominio, asegurando que la justicia prevaleciera y manteniendo su lugar como el rey indiscutible de los dioses.

3.2 POSEIDÓN

Desde las profundidades azules del océano, Poseidón, con su robusta figura y barba oscura, gobernaba el vasto mundo submarino, las tempestades, terremotos, sequías y, curiosamente, los caballos. Con su tridente en mano, símbolo de poder y tempestad, ejercía dominio sobre todo lo que tocaba el agua.

Su comienzo en la vida no fue menos turbulento que las mareas que gobernaba. Al nacer, fue devorado por su padre Cronos, quien temía ser destronado por sus hijos. Sin embargo, Zeus, con la astucia de la diosa Metis, hizo que Cronos regurgitara a Poseidón, dándole una segunda oportunidad en el mundo.

Durante la guerra contra los titanes, los cíclopes forjaron un tridente mágico para Poseidón, una herramienta que se convirtió en sinónimo de su poder. Junto con Zeus y Hades, Poseidón derrotó a los titanes y los confinó en el Tártaro, con lo que aseguró su lugar en el panteón olímpico.

Tras la guerra, los hermanos sortearon los dominios del cosmos. A Poseidón le fue asignado el reino que mejor conocía: el mar.

Pero su temperamento tan volátil como las olas del océano a menudo le acarreaban conflictos. En la lucha contra los gigantes, aplastó a Polibotes con la isla de Kos. Compitió con la diosa Atenea por el control de Atenas, ofreciendo el primer caballo como regalo a los atenienses. Sin embargo, al ser rechazado, su ira causó una sequía en la tierra.

A pesar de su fachada rígida y de su temperamento impredecible, Poseidón tenía sus debilidades. Sedujo a muchas ninfas y mortales, a veces adoptando formas animales o manifestándose como agua en movimiento. Entre sus conquistas destacan la gorgona Medusa, Tiro, Amimone y Etra, madre del héroe Teseo.

También tuvo sus momentos de venganza. Ayudó a construir las murallas de Troya, pero cuando el rey Laomedonte no cumplió su promesa, Poseidón desató un monstruo marino para devastar sus tierras. Además, cuando el héroe Odiseo hirió a su hijo Polifemo, Poseidón desató su furia en forma de tormenta, complicando el regreso del héroe a su hogar.

Poseidón, con su fuerza inigualable y su carácter impredecible, permanece como una figura esencial en la mitología griega, representando la vastedad y el poder incontenible del océano.

3.3 HERMES

Hermes, con alas en sus botas y un cetro de heraldo en mano, representaba la dualidad y la diversidad en la mitología griega. Más que sólo el mensajero de Zeus, era el dios de los viajeros y la hospitalidad, el comercio y los caminos, el engaño y la astucia, así como de la astronomía, la astrología y la diplomacia. Ya fuera joven y atlético o como un hombre mayor y barbado, Hermes nunca dejó de sorprender a los dioses y mortales por igual con sus hazañas y habilidades.

Desde el principio, Hermes era un dios único. Cuando era un recién nacido, exhibió su astucia al escabullirse de su cuna para robar el ganado de Apolo. No sólo eso, sino que también creó el primer laúd utilizando una concha de tortuga. Su travesura causó tal impresión en Zeus que, en lugar de castigarlo, lo ascendió a un lugar entre los doce dioses principales del Olimpo.

Su ingenio no tenía límites. Cuando el pastor Bato amenazó con exponer su robo, Hermes, no dudó en transformarlo en piedra para mantener su secreto. También demostró ser indispensable para Zeus, quien le encomendó misiones delicadas, como eliminar al gigante de cien ojos, Argos Panoptes, a quien Hera había designado para vigilar a su rival, Io.

Pero no todo en Hermes era travesura y engaño. Ayudó a héroes en sus aventuras, como Perseo, a quien guio y equipó en su misión para enfrentarse a la gorgona Medusa. En su capacidad como protector, también entregó a Odiseo una hierba mágica que lo protegía del hechizo de la hechicera Circe.

Su encanto era portentoso. En una noche memorable, sedujo a la princesa Quíone, y, sorprendentemente, no fue el único, ya que su medio hermano Apolo, también cayó bajo los encantos de la misma princesa esa noche.

Hermes, con su velocidad divina y mente astuta, es una de las figuras más icónicas y queridas de la mitología griega, un puente entre los dioses y los mortales, y el guía confiable de las almas hacia el inframundo.

3.4 HERA

Hera, la gran diosa del Olimpo, se erige como un símbolo de la maternidad, la lealtad y, al mismo tiempo, la venganza y la justicia. Vestida siempre de manera majestuosa, llevaba una corona y sostenía un cetro adornado con un loto, y no era raro verla acompañada por leones, cucos o halcones, animales que representaban diferentes aspectos de su divinidad.

Dentro del panteón griego, Hera tuvo un lugar prominente, y su historia está tejida con mitos y leyendas que revelan su carácter multifacético,

Su unión con Zeus, el rey de los dioses, es quizás la más conocida de todas sus historias. Zeus, siempre astuto, la sedujo adoptando la forma de un cuco. A partir de ese momento, su relación estuvo marcada tanto por la pasión como por los celos y las infidelidades del dios.

Hera fue capaz de concebir a su hijo, Hefesto, sin la intervención de un padre. Sin embargo, dada su imperfección física, lo expulsó del Olimpo. Una decisión dolorosa que muestra la naturaleza compleja de la diosa.

No dudaba en perseguir y castigar a las consortes de Zeus. Leto, Sémele y Alcmena son sólo algunas de las muchas víctimas de su ira. Su venganza también alcanzó a los hijos ilegítimos de Zeus, en especial a Heracles y Dionisio, quienes sufrieron su ira en varias ocasiones.

Ixión aprendió a temer su furia después de intentar propasarse con la diosa. Como castigo, Hera lo encadenó a una rueda ardiente, demostrando que su honor no podía ser mancillado impunemente.

No sólo era vengativa. Cuando los argonautas emprendieron su misión para obtener el vellocino de oro, Hera, mostrando su lado más benévolo, los ayudó. Jasón, el líder de este grupo, era uno de sus protegidos.

En el juicio de Paris, Hera compitió contra Afrodita y Atenea por el premio de la manzana dorada. Este evento fue el precursor de uno de los conflictos más épicos de la mitología: la guerra de Troya, en la cual no dudó en apoyar a los griegos.

Hera, con su fuerza y determinación, desempeñó un papel vital en la mitología griega, y nos recuerda el poder y la pasión que una diosa puede ejercer tanto en el cielo como en la tierra.

3.5 HEFESTO

Hefesto, dios del fuego, la metalurgia y la artesanía, es una de las deidades olímpicas más interesantes, no sólo por sus habilidades sobrenaturales, sino también por las historias y mitos que lo rodean. Este dios, que por lo general suele representarse como un hombre barbado que lleva en sus manos un martillo y unas tenazas, herramientas propias de un herrero, es la personificación del trabajo y la creatividad.

El nacimiento de Hefesto estuvo marcado por la adversidad. Hera, su madre, al ver que había nacido cojo, lo arrojó desde el Olimpo. Pero a pesar de esta traumática bienvenida al mundo, Hefesto no se dejó vencer.

En uno de los mitos más conocidos, trama una venganza contra su madre. Diseñó un trono maldito que atrapó a Hera. A cambio de su liberación, Hefesto exigió ser reconocido como dios olímpico y ser reintegrado en su hogar celestial.

Aunque era un dios talentoso y trabajador, su vida amorosa estuvo llena de complicaciones. Su esposa, Afrodita, tuvo un romance con Ares. Hefesto, al enterarse, creó una red dorada indestructible para atraparlos en pleno acto y exponerlos ante los otros dioses.

Hefesto también tuvo un papel fundamental en la creación de Pandora, la primera mujer, por encargo de Zeus. Su talento no sólo se limitó a la creación de seres vivos, sino también a objetos encantados como el collar maldito de Harmonía, que traería desgracias a sus portadores.

Su relación con Atenea, la diosa de la sabiduría, tuvo un giro inesperado. Al intentar seducirla, terminó impregnando a la tierra. De esta unión nació Erictonio, un ser que luego se convirtió en uno de los grandes reyes de Atenas.

Su maestría también estuvo presente en la guerra de Troya. Cuando el río Escamandro amenazó a los griegos, Hefesto lo combatió con su fuego. Además, ante la petición de Tetis, madre de Aquiles, forjó una armadura que se convertiría en el emblema del heroísmo del mítico guerrero.

3.6 DIONISIO

Dionisio, el dios olímpico del vino, la vegetación, el placer, la festividad, la locura y el frenesí salvaje, es una figura enigmática en la mitología griega. Suele representarse como un dios mayor con barba o un joven afeminado de largos cabellos. Entre sus atributos destaca el tirso (una vara con una piña en la punta), una copa y una corona de hiedra. Siempre iba acompañado de un grupo de sátiros y ménades, sus devotos salvajes.

Su origen es tan misterioso como su naturaleza. Dionisio es hijo de Zeus y la princesa Sémele de Tebas. Su nacimiento estuvo marcado por el engaño de Hera, la celosa esposa de Zeus, quien indujo a Sémele a pedir a Zeus que se mostrara en todo su esplendor. Tras hacerlo, Sémele fue consumida por sus rayos. No obstante, Zeus rescató al bebé no nacido y, en un acto insólito, lo cosió en su propio muslo, donde completó su gestación.

Después de su peculiar nacimiento, Dionisio fue cuidado primero por las ninfas del monte Nisa y luego por su tía Ino, hermana de Sémele. Sin embargo, el enojo de Hera persistió, llevando a Ino y su esposo a una locura homicida que les costó la vida.

Dionisio enfrentó múltiples desafíos en su existencia. El rey tracio Licurgo atacó al dios y a su séquito, una acción que le costó caro cuando Dionisio lo sumió en una locura que llevó a Licurgo a asesinar a su familia. Del mismo modo, el rey Penteo de Tebas, al negar la divinidad de Dionisio, fue despedazado por sus propias hijas bajo el influjo del dios.

En sus viajes, Dionisio fue capturado por piratas que deseaban venderlo como esclavo. Sin embargo, él transformó su barco en un mar de vides y bestias salvajes. Aterrorizados, los piratas saltaron al mar y se convirtieron en delfines.

En el ámbito amoroso, Dionisio encontró a la princesa Ariadna abandonada en la isla de Naxos y se casó con ella. Además, emprendió una campaña épica contra la nación india, liderando un ejército de seres mitológicos.

Finalmente, en un acto de amor filial, Dionisio descendió al inframundo para rescatar a su madre Sémele, y la llevó al Olimpo donde fue transformada en la diosa Tione.

La vida de Dionisio es una mezcla de tragedia y triunfo, y nos muestra el poder incontenible de la naturaleza y la pasión.

3.7 DEMÉTER

Deméter, la diosa olímpica de la agricultura, el grano y el pan, proporcionaba a la humanidad la abundante riqueza de la tierra. Presidió uno de los cultos de misterios más destacados, que prometía a sus iniciados un camino hacia una vida después de la muerte en el reino de Elíseo o los campos Elíseos. Se le representaba como una mujer madura, a menudo con una corona, portando gavillas de trigo o una cornucopia y una antorcha.

Entre los mitos más destacados que presentan a la diosa, encontramos:

La abducción de su hija Perséfone por Hades. Este acontecimiento llevó a Deméter a sumir a la tierra en una gran sequía debido a su tristeza y angustia por la pérdida de su hija.

Deméter también tuvo una relación especial con Demofonte, el hijo pequeño del rey Céleo de Eleusis. Durante su búsqueda de Perséfone, ella se quedó con la familia del rey y nutrió a Demofonte, otorgándole dones divinos.

Uno de los héroes más famosos vinculados a Deméter fue Triptólemo. La diosa le envió para instruir a la humanidad en las artes de la agricultura, y así compartió sus dones y bendiciones.

Deméter tuvo un enfrentamiento con Poseidón, quien, bajo la forma de un equino la sometió por la fuerza. De esta unión nació Arión, un caballo inmortal.

Por último, se narra la historia de Erisictón, un hombre castigado por Deméter con un hambre insaciable después de que cortara su bosque sagrado. Sin importar cuánto comiera, su hambre nunca se satisfacía, lo que finalmente llevó a su ruina.

La mitología alrededor de Deméter destaca su papel como protectora y nutridora, pero también muestra su poder y su capacidad para castigar a aquellos que deshonran la naturaleza y sus dominios.

3.8 ATENEA

Atenea, la diosa olímpica de la sabiduría y el buen consejo, era también la protectora de la guerra, la defensa de las ciudades y los esfuerzos heroicos. Se le representaba como una mujer imponente con armadura, escudo y lanza, vestida con una larga túnica y un casco con cresta. Su égida, una capa decorada con serpientes y con la temible imagen de la gorgona Medusa, era símbolo de su poder y protección.

Entre los episodios más notables en la vida de Atenea, se destacan:

Su asombroso nacimiento de la cabeza de Zeus. En una disputa, fue liberada por Hefesto al partir la cabeza de Zeus con un hacha, de donde surgió ya completamente adulta y armada, un reflejo de su naturaleza independiente y guerrera.

Su competición con Poseidón por ser el protector de Atenas es legendaria. Ambos presentaron un regalo a la ciudad; Atenea ofreció el olivo, símbolo de paz y prosperidad, mientras que Poseidón presentó un caballo, símbolo de fuerza militar. Los atenienses, valorando la sabiduría y el sustento sobre la fuerza bruta, eligieron el regalo de Atenea.

Durante la guerra de los gigantes, Atenea demostró su habilidad en la batalla al enfrentarse al gigante Encélado, a quien enterró bajo el monte Etna. Además, tras una disputa con Palas, otro gigante, Atenea tomó su piel para hacer su égida.

La historia de cómo Hefesto intentó cortejar a Atenea es

peculiar. Erictonio nació cuando Hefesto trató de violar a Atenea como pago por unas armas que había construido para ella. La diosa consiguió desasirse a tiempo del abrazo de Hefesto y el semen de este, cayó en la tierra fecundándola, de aquí nació Erictonio, al que Atenea crió como hijo propio.

Atenea siempre estuvo dispuesta a ayudar a los héroes en sus misiones, como cuando asistió a Perseo a quien le dio consejos para enfrentar a la gorgona o cuando protegió y guió a los argonautas en su búsqueda del vellocino de oro.

Su relación con Heracles es igualmente notable. Durante los doce trabajos que le fueron encomendados a Heracles, a menudo Atenea le ofreció su guía y protección.

Aracne, una habilidosa tejedora, osó desafiar a Atenea en un concurso de tejido. Aunque la mortal demostró gran destreza, su desdén por los dioses llevó a Atenea a transformarla en una araña.

El juicio de Paris mostró otro aspecto de Atenea. Cuando Paris, el joven príncipe troyano, tuvo que elegir entre Atenea, Hera y Afrodita para determinar quién era la más hermosa, cada diosa le ofreció un regalo. Atenea le prometió sabiduría y habilidades en la guerra, sin embargo, perdió contra Afrodita.

Finalmente, durante la Guerra de Troya, Atenea apoyó a los griegos. Cuando Áyax violó su santuario troyano, desencadenó su ira, lo que resultó en su trágico destino.

Atenea, en todas sus facetas, personifica la sabiduría, la estrategia y la justa guerra, y su mitología refleja su naturaleza multifacética.

3.9 ARTEMISA

Artemisa era la diosa olímpica de la caza, la naturaleza y los animales salvajes. También se la veneraba como diosa del parto y protectora de las niñas hasta la edad del matrimonio, mientras que su hermano gemelo, Apolo, desempeñaba un papel similar como protector de los niños. Juntos, ambos dioses también eran heraldos de muertes repentinas y enfermedades; Artemisa se encargaba de las mujeres y niñas, mientras que Apolo de los hombres y niños.

En el arte antiguo, Artemisa solía ser representada como una joven o doncella con un arco de caza y un carcaj con flechas.

Entre los episodios más notables en la vida de Artemisa, se destacan:

Durante el embarazo de Leto, madre de Artemisa, la celosa diosa Hera la persiguió sin descanso. Sin embargo, Leto encontró refugio en la isla flotante de Delos, donde dio a luz a Artemisa. La joven diosa luego asistió a su madre durante el parto de su hermano gemelo, Apolo.

Calisto, una fiel seguidora de Artemisa, fue seducida por Zeus, quien tomó la forma de la diosa. Cuando Artemisa descubrió que la joven estaba embarazada, la transformó en una osa y la desterró a tierras salvajes.

El apuesto gigante Orión fue compañero de Artemisa, pero el celoso Apolo engañó a su hermana para que lo matara con un disparo de arco desde la distancia. Desconsolada, Artemisa lo colocó entre las estrellas, convirtiéndolo en la constelación de

Orión.

Cuando los gigantes Alóadas intentaron asaltar el Olimpo, Artemisa tomó la forma de una cierva y corrió entre ellos, provocando que se dispararan sus lanzas y se mataran mutuamente.

El cazador Acteón espió a la diosa mientras se bañaba con sus ninfas en una fuente. Enfadada, lo transformó en un ciervo e hizo que sus propios perros lo despedazaran.

Mientras la flota griega se preparaba para zarpar hacia Troya, el rey Agamenón ofendió a Artemisa, quien calmó las aguas y así impidió su partida. Para apaciguar a la diosa, el rey tuvo que sacrificar a su propia hija, Ifigenia. Sin embargo, Artemisa salvó a la joven del altar, sustituyéndola por una cierva.

Durante la guerra de Troya, Artemisa fue aliada divina de los troyanos. En una confrontación entre las facciones rivales de dioses, se enfrentó a Hera. Pero la reina de los dioses le arrebató el arco de las manos, la golpeó y, llorando, la envió de regreso al Olimpo.

3.10 ARES

Ares, en la mitología griega, es la personificación del valor y el arrojo en el combate, pero también simboliza los horrores y el caos de la guerra. Se decía que su mera presencia podía alterar el curso de una batalla. Las representaciones artísticas de la época lo muestran en dos versiones: como un guerrero imponente y maduro, listo para el combate, o como un joven sin barba, mostrando su naturaleza impulsiva y a veces imprudente.

La relación adúltera entre Ares y Afrodita es uno de los grandes escándalos del Olimpo. Engañados por Hefesto, esposo de Afrodita, fueron atrapados en pleno acto amoroso gracias a una ingeniosa red de oro que él diseñó. Una vez capturados, Hefesto convocó a los dioses para ridiculizarlos, un evento que muchos del Olimpo no olvidarían.

El triángulo amoroso entre Ares, Afrodita y Adonis culminó cuando, movido por los celos, Ares se transformó en un feroz jabalí. En esta forma, embistió y asesinó al joven Adonis, quien estaba en una cacería. Esta acción desencadenó una serie de sucesos y castigos que fortalecieron aún más la reputación tempestuosa de Ares.

Cuando su hija Harmonía y su yerno Cadmo incurrieron en su ira, Ares, demostrando su poder y dominio sobre las bestias, los transformó en serpientes. Más tarde, estos fueron llevados a un lugar de reposo, las Islas de los Bienaventurados, donde se dice que vivirían en paz por el resto de la eternidad.

Ares siempre ha sido un defensor del honor, y así lo demostró al vengar a su hija Alcipe, tras asesinar a Halirrotio, su violador. Este acto de venganza llevó a Ares a ser juzgado en el tribunal del Areópago en Atenas. Aunque fue un juicio tenso y cargado de emociones, finalmente fue absuelto.

Sísifo, conocido por su astucia y desafío a los dioses, osó secuestrar a Tánatos. Ares, al ver esta afrenta, actuó con rapidez: capturó y entregó a Sísifo para que enfrentara las consecuencias de sus actos.

El duelo entre Ares y Heracles es legendario. Ambos, titanes en sus propios derechos, chocaron debido a Cicno, un protegido de Ares. En la intensa batalla que siguió, Ares sufrió heridas y tuvo que retirarse, con lo que demostró que incluso los dioses no son inmunes al peligro.

Ares tenía una relación especial con las amazonas, en particular con sus hijas. Siempre las apoyó en sus campañas y batallas. La reina amazona Pentesilea destacó al unirse a la guerra de Troya, haciendo gala del coraje y la destreza que heredó de su padre divino.

Los gigantes Alóadas fueron adversarios formidables para los dioses olímpicos. En un audaz intento, lograron capturar a Ares, y lo aprisionaron en una jarra de bronce. Estuvo encerrado hasta que Hermes, astuto y rápido, logró rescatarlo.

Por último, la participación de Ares en la guerra de Troya demuestra su naturaleza belicosa y su alianza con los troyanos. Sin embargo, incluso en esta épica batalla, Ares no fue invulnerable. Fue herido de gravedad por Diomedes, un heroico guerrero griego, lo que provocó que el dios regresara al Olimpo, no sin antes soltar un grito de dolor que resuena en las leyendas.

3.11 APOLO

Apolo era el dios olímpico del arte, en específico de la música, el canto y la poesía. También estaba relacionado con el mundo de la profecía y la medicina. Su representación mostraba a un joven apuesto, sin barba y siempre acompañado de símbolos como la lira y el arco.

La isla de Delos fue el escenario del nacimiento de Apolo. Allí, en un rincón apartado del mundo, Leto, su madre, encontró refugio de la ira vengativa de Hera y dio a luz a dos luminarias: Apolo y su hermana gemela, Artemisa. Esta isla, que una vez fue insignificante, se iluminó con el resplandor divino de estos recién nacidos, destinados a dejar una marca indeleble en las historias de los dioses y los hombres.

Con el tiempo, Apolo, siempre ávido de aventuras y desafíos, se dirigió a Delfos. Allí, enfrentó a la serpiente Pitón, un guardián formidable que custodiaba el oráculo. Con destreza y valor, Apolo derrotó a esta criatura, con lo que aseguró su dominio sobre el oráculo y estableció una conexión eterna con el poder profético.

Mientras tanto, en otro rincón del mundo, el gigante Ticio intentó raptar a Leto. Sin embargo, la audacia del gigante se encontró con la determinación feroz de un hijo dispuesto a proteger a su madre. Apolo, con la ayuda de Artemisa, defendió a Leto, subyugando al atrevido Ticio con lo que reafirmó su voluntad inquebrantable.

Pero no todo en la vida de Apolo fue confrontación. También hubo momentos de pasión y arte. En un recuerdo particularmente vibrante, fue desafiado por el sátiro Marsias en un duelo musical. Aunque Marsias tocó con gran habilidad, el divino arte de Apolo prevaleció. Sin embargo, la osadía del sátiro tuvo un precio, y su destino fue una advertencia para todos aquellos que se atrevieran a desafiar a los dioses.

La vida de Apolo estuvo llena de amores, desafíos y victorias. Desde sus relaciones amorosas con figuras como Dafne y Jacinto hasta su influencia en eventos históricos como la guerra de Troya, su legado resonaría a través de las edades, recordándonos la inquebrantable conexión entre los dioses y los mortales.

3.12 AFRODITA

En las doradas cortes del Olimpo, Afrodita brillaba como la diosa del amor, la belleza, el placer y la procreación. Imaginada como una mujer de incomparable belleza, solía estar acompañada por Eros, el travieso dios del amor, quien con sus flechas infundía pasiones en dioses y mortales. Afrodita, con su grácil figura, a menudo se veía rodeada de símbolos que evocaban su esencia divina: una paloma, una manzana tentadora, la concha de vieira que simbolizaba su nacimiento del mar, y un espejo que reflejaba la belleza que sólo ella podía encarnar. Las esculturas y frescos clásicos solían retratarla en su esplendor desnudo, un homenaje eterno a su figura armoniosa.

La leyenda más prominente sobre Afrodita describe su ascensión desde el espumante mar, nacida de las olas y llevada a la orilla en una concha, una visión de gracia y majestuosidad. Sin embargo, su divinidad no la protegía de las intrigas y pasiones del corazón. Se dice que tuvo un ardiente romance con Ares, el dios de la guerra, un amor tan intenso como furtivo.

Uno de sus amores más conmovedores fue con Adonis, un joven de impresionante belleza de Chipre. Su historia está marcada por la tragedia, ya que Adonis encontró un final temprano, herido de muerte por un jabalí (Apolo). La tristeza de Afrodita por su pérdida era palpable, y las lágrimas que derramó por su amado se convirtieron en anémonas.

En otra historia, Afrodita se enamoró de Anquises, un pastor que más tarde se convirtió en príncipe. De su unión, nació Eneas, un héroe cuyo destino estaba entrelazado con la fundación de Roma.

La famosa historia del juicio de Paris también giraba en torno a Afrodita. Le fue otorgada la manzana dorada, el premio por ser la más hermosa, pues le había prometido al joven el amor de Helena, lo que desencadenó la Guerra de Troya. Durante este conflicto, Afrodita favoreció a Paris y a Eneas, pero no se mantuvo al margen de los peligros, ya que también resultó herida en la batalla.

Historias de amor y competencia también la rodeaban, como la carrera entre Hipómenes y Atalanta, que sólo pudo ganar aquél gracias a las manzanas doradas que le proporcionó Afrodita. Sin embargo, no todas las historias eran de amor y cariño. Hipólito despreció su culto la diosa lo castigó. Además, está el cuento de Pigmalión,quien se enamoró de la estatua de Galatea, la cual cobró vida gracias a la intervención de Afrodita ante las súplicas del amante, y la persecución de Psique, una mortal que se ganó el amor de Eros, lo que despertó los celos de la diosa.

A través de todas estas historias, el legado de Afrodita como diosa del amor y la belleza permanece intacto, y nos recuerda la dualidad del amor: su capacidad para inspirar alegría y belleza, pero también celos y tragedia.

3.13 HADES

Hades, el oscuro rey del inframundo, no era meramente el temido guardián de las almas que dejaban el mundo de los vivos. También tenía dominio sobre las riquezas ocultas de la tierra: desde el fértil suelo que alimenta las semillas hasta los tesoros minados como el oro, la plata y otros metales preciosos.

Desde su nacimiento, la vida de Hades estuvo marcada por el conflicto. Su padre, Cronos, temeroso de una oscura profecía, en cuanto nacieron devoró a todos sus hijos, incluido Hades. Sin embargo, Zeus, el más joven de ellos, rescató a sus hermanos del vientre de Cronos. Unidos, desterraron a los titanes del cielo y los aprisionaron en el abismo del Tártaro. Tras esta victoria, los tres, Zeus, Poseidón y Hades, decidieron dividir el cosmos. Por azar, Hades obtuvo el reino más sombrío, el inframundo.

Pero incluso un dios de la muerte anhela compañía. Hades deseaba una esposa y dirigió sus miradas hacia Perséfone, hija de Deméter. Sabiendo que la madre no aceptaría esta unión fácilmente, con el consentimiento de Zeus, Hades optó por raptar a la joven diosa. La furia de la diosa ante la pérdida de su hija fue tal que causó una gran sequía en la tierra. Ante la amenaza de que la humanidad pereciera, Zeus intervino, y exigió el regreso de Perséfone. Sin embargo, puesto que la hermosa joven había comido una semilla de granada en el inframundo, quedó atada a ese reino donde tenía que pasar una parte del año en compañía de Hades.

Aunque su apariencia y dominio pudieran inspirar miedo,

Hades tenía una faceta menos conocida. También era venerado como Plutón, el dador de riquezas, que derramaba prosperidad y bendiciones de su cuerno de la abundancia. Los romanos lo llamaron Plutón, en referencia a su título griego de "Señor de las Riquezas".

4. EL REINADO
DE ZEUS

Concluimos así la descripción individualizada de cada uno de los dioses del Olimpo, después de haber explorado sus dominios, leyendas y características. Sin embargo, nuestra narrativa no se detiene aquí. A partir de este momento, retomaremos la historia en un orden cronológico, llevándolos a través de los eventos posteriores a la gran titanomaquia. Prepárense para sumergirse en la era del majestuoso reinado de Zeus, donde los dioses olímpicos consolidan su poder y las leyendas toman forma.

Tras superar la amenaza de su padre, los seis descendientes de Rea y Cronos emergieron como las primeras deidades olímpicas. A diferencia de quienes los antecedieron, su reinado sería inquebrantable, orquestando el destino de dioses y mortales por las eras venideras.

Movidos por el consejo de Gea, los dioses del Olimpo, llenos de gratitud hacia su hermano menor por liberarlos, instaron a Zeus, el más formidable entre ellos, a liderarlos. Zeus, con ambiciones a flor de piel, no dudó en aceptar tal honor.

Sin embargo, surgía una pregunta clave: ¿cómo distribuirían los dominios tras su triunfo sobre los titanes? ¿Quién supervisaría los cielos? ¿Y los mares, la tierra y el Inframundo? Zeus propuso una solución justa: sortearían los reinos entre ellos. (Las diosas no participaron en esta asignación). Así, los tres hermanos, Zeus, Poseidón y Hades, inscribieron sus nombres en un yelmo. Por azar, Zeus obtuvo el cielo; Poseidón, los mares; y Hades, el sombrío Inframundo. Acordaron que tanto la tierra como el monte Olimpo, residencia divina, serían territorios compartidos, sin pertenecer a ninguno en particular.

4.1 LA DISTRIBUCIÓN DE LOS REINOS

Zeus, con su sabiduría inigualable, trazó las reglas que guiaban el actuar tanto de humanos como de seres divinos. No sólo se contentaba con definirlas, también era el vigilante constante de su correcto acatamiento.

Su poder no se limitaba a la justicia terrenal. Cada vez que alguien, ya fuera un simple mortal o un dios, realizaba un juramento invocando a las deidades, era Zeus quien garantizaba su cumplimiento. Poseía además un don especial: la capacidad de vislumbrar el futuro, y en ocasiones, compartía visiones a través de oráculos.

Como supremo regente celestial, Zeus tenía la tarea de mantener el equilibrio cósmico. Fue él quien diseñó la perfecta coreografía de planetas y estrellas en el vasto cielo. Y su influencia no terminaba ahí; también tenía el dominio sobre la climatología. Cuando la tierra se humedecía con lluvias generosas, era un regalo suyo. Y en los momentos de furia, desataba tormentas eléctricas, utilizando el trueno y el rayo como manifestación de su poder imponente.

Si bien el pacto original era que el Olimpo no tuviera un único líder, en la práctica, Zeus, como guardián del firmamento, se convirtió en el rector de esta montaña divina. No obstante, su dominio no era tiránico. Zeus se ganó el respeto y la lealtad no sólo por su poder, sino también por su prudencia y equidad.

Zeus no era un monarca que simplemente se complacía en sus propias decisiones; era un estratega, un líder sensato que sabía cuándo y cómo intervenir. Cuando los dioses discutían sobre territorios, como aquella vez en que Poseidón y Atenea disputaban por Atenas, Zeus optaba por la neutralidad, dejando que otros dioses decidieran. En otro enfrentamiento similar por Trecén, sugirió un compromiso: que ambos dioses compartieran la ciudad, una propuesta que, irónicamente, no complació a ninguno de los dos.

Para Zeus, el arte de gobernar radicaba en encontrar el punto medio. Cuando Deméter clamó por el regreso de su hija Perséfone, Zeus propuso que la joven dividiera su tiempo entre el inframundo con Hades y la superficie con su madre. En otro dilema, entre Perséfone y Afrodita sobre quién debía criar a Adonis, Zeus ideó una solución que implicaba ceder de ambos lados.

Respecto a los humanos, Zeus mantenía una postura distante. No veía con buenos ojos a la humanidad, al punto que consideró privarles del fuego, de no ser por el astuto Prometeo que se adelantó a sus intenciones. Y cuando un mortal osó ofenderle, Zeus contempló erradicar a la humanidad con un diluvio. Sin embargo, una vez más, Prometeo intervino, recordándonos que, aunque Zeus era poderoso, no era infalible.

4.2 EL GRAN DILUVIO

Deucalión, heredero del astuto Prometeo, y Pirra, proveniente del linaje de Epimeteo y Pandora, formaron una unión marcada por el destino. Cuando los vientos del rumor trajeron noticias de una gran tormenta que Zeus estaba planeando, fue el mismo Prometeo quien les aconsejó prepararse. Siguiendo su consejo, juntos construyeron una embarcación resistente, llevando consigo todo lo necesario para sobrevivir.

Las aguas se alzaron y cubrieron la tierra durante interminables días y noches, pero al final, la pareja encontró refugio en las alturas del monte Parnaso. Y cuando parecía que todo estaba perdido, Zeus, en un acto de clemencia, les brindó una forma inusual de restaurar la vida en la tierra: lanzar piedras al suelo. Cada piedra que Pirra arrojaba tomaba forma de mujer, mientras que las de Deucalión se transformaban en hombres.

Zeus, al observar la fragilidad y osadía de los mortales, a menudo intervenía cuando se atrevían a traspasar los límites de lo divino. Quienes osaban desafiar o imitar a los dioses pronto enfrentaban su ira.

Más allá de su deber de proteger los dominios divinos, Zeus también era el guardián de los reyes mortales, defendiéndolos de aquellos que anhelaban el poder. Y no mostraba piedad con quienes rompían las reglas sagradas de hospitalidad o con aquellos que, con arrogancia, desafiaban la generosidad de sus anfitriones.

4.3 UN GOLPE DE ESTADO

En el Olimpo, donde el resplandor dorado de los dioses iluminaba cada rincón, Zeus se había consolidado como el líder. Sin embargo, no siempre fue así. Hubo un momento en que su liderazgo fue objetado. Hera, con su astucia, junto con Poseidón y Apolo, formaron un frente unido contra él. Incluso lograron atar a Zeus con cien nudos mágicos mientras descansaba.

El gran Zeus, pese a estar inmovilizado, no perdió su carácter imponente y advirtió a los rebeldes de las consecuencias de su osadía. Pero, al verlo indefenso, se burlaron de él, confiados en su victoria.

El Olimpo estaba al borde del caos, con los dioses divididos y una posible lucha por el dominio. Sin embargo, Tetis, la diosa marina de antiguo linaje, no quería ver la guerra en el Olimpo. Convocó a Briareo, el gigante de múltiples manos. Con habilidad, deshizo cada nudo que ataba a Zeus.

El castigo de Zeus fue ejemplar. Ató a Hera con brillantes brazaletes dorados, la suspendió en el firmamento, con pesados yunques en sus tobillos. Sólo la liberó cuando los dioses, conmovidos por el sufrimiento de Hera, juraron lealtad eterna a Zeus.

Dentro del esplendoroso panteón de los olímpicos, Zeus, aunque magnánimo y poderoso, no estaba exento de debilidades. La más prominente de ellas era su desenfrenado deseo. Rea, su madre, conocía muy bien esta faceta de su hijo y temía las complicaciones que traería consigo, en especial para quien fuera su esposa. Por eso, le prohibió casarse.

Esta prohibición encolerizó tanto a Zeus que incluso amenazó a su propia madre con violarla. Al oír tal barbaridad, Rea, con su poder ancestral, adoptó la forma de una serpiente feroz. Sin embargo, Zeus, en una demostración de su astucia y poder, hizo lo mismo, se entrelazó con ella en un nudo indisoluble y cumplió así su advertencia. Esta sería la primera de muchas historias en las que los impulsos de Zeus causarían estragos en el Olimpo.

4.4 UN DOLOR DE CABEZA: ATENEA

La astuta Metis, una oceánide de deslumbrante belleza, fue la primera en capturar el corazón de Zeus. Famosa por su habilidad de cambiar de forma, Metis empleó este don en múltiples ocasiones para huir de los deseos de Zeus. Sin embargo, finalmente, él la atrapó y de su unión concibieron a la diosa Atenea. Durante el embarazo, Gaia, siempre sabia, vaticinó que un segundo hijo de Metis tendría el poder de derrocar a Zeus y reclamar el trono del cielo para sí mismo. Zeus, familiarizado con tales relatos de traición —pues él mismo había derrocado a su padre Cronos, quien a su vez había usurpado a Urano—, decidió actuar.

En un giro aún más dramático que las acciones de su padre, Zeus decidió no esperar a que nacieran más hijos y tragó a Metis antes de que pudiera dar a luz a Atenea. A partir de ese momento, se decía que la sabiduría inigualable de Metis resonaba desde el interior de Zeus, lo aconsejaba y lo guiaba en sus decisiones más cruciales.

Después del sorprendente acto de Zeus al tragarse a Metis, el cielo y la tierra fueron testigos de un extraordinario acontecimiento. Zeus comenzó a padecer de intensos dolores de cabeza, cada vez más insoportables. El sufrimiento se hizo tan agudo que Zeus rogó a las deidades que aliviaran su agonía. Fue Hefesto, el dios del fuego y la forja, quien intervino. Con un golpe preciso de su hacha, abrió la cabeza de Zeus.

De esta incisión, vestida completamente de armadura y con un grito de guerra, emergió Atenea. Su entrada al mundo no fue como la de cualquier diosa; nació adulta, armada y completamente formada, reflejando la fuerza y sabiduría que heredó de Metis. Esta espectacular aparición dejó atónitos a dioses y mortales por igual. No sólo simbolizaba la inteligencia y estrategia en el campo de batalla, sino que su nacimiento desde la mente de Zeus la estableció como símbolo de la sabiduría y el pensamiento racional.

MOIRAS

CLOTO   LÁQUESIS   ÁTROPO

4.5 ORDEN Y JUSTICIA

Después del episodio con Metis, Zeus dirigió su mirada hacia otra figura poderosa: su tía Temis, una de las titánides. A diferencia de su relación con Metis, en esta ocasión Zeus no dejó que sus temores se interpusieran y permitió que los hijos de su unión con Temis vieran la luz. La magnífica titánide Temis, símbolo de orden y justicia, no sólo estuvo con Zeus en una relación amorosa, sino que también le brindó sabios consejos sobre la gobernación del cosmos.

De este encuentro nacieron seres divinos que personificaban aspectos fundamentales del mundo y de la vida humana. Primero, las tres horas, que regulaban los ciclos naturales y las estaciones: Eunomía, encarnación de la ley y el orden que garantiza la armonía en la sociedad; Dice, la recta justicia, imparcial y firme; e Irene, representante de la paz y la prosperidad, cuyo manto tranquilizador busca cubrir el mundo.

Luego, Temis dio a luz a las tres moiras, también conocidas como las parcas en la mitología romana. Estas tres hermanas tejían el destino de dioses y mortales por igual. Cloto, la hilandera, quien hilaba el hilo de la vida; Láquesis, la que asignaba, quien medía su longitud y decidía cuánto tiempo viviría cada ser; y Átropos, la inexorable, encargada de cortar el hilo de la vida, determinando así el final de cada existencia.

Estas deidades no solo reflejaban la grandeza de Zeus y Temis como padres, sino que también destacaban la estructura y el orden que el rey de los dioses buscaba instaurar en el universo. Al dar vida a estas seis divinas hijas, el dios del trueno, reconocido como el padre de todas las leyes y normas, culminó su tarea de dar forma y sentido a la creación, transformando el caos primordial en un cosmos estructurado.

4.6 LAS TRES GRACIAS

No tardó mucho para que Zeus se sintiera atraído por otra figura celestial. Esta vez, sus ojos se posaron en Eurínome, hermana de Metis y también hija del vasto Océano. Con su delicadeza y esencia etérea, Eurínome cautivó a Zeus y, de su unión, nacieron las tres cárites o gracias: Áglaya, cuyo nombre evoca la brillantez y el esplendor; Eufrósine, encarnación del júbilo y la alegría; y Talía, representante de la festividad y la floración. Estas tres hermanas, dotadas de inigualable belleza y gracia, se convirtieron en las musas del encanto y la alegría, e inspiraron a dioses y mortales por igual con su presencia luminosa y su danza etérea.

4.7 EL INFRAMUNDO YA TIENE DIOSA

Las aventuras amorosas de Zeus parecían no tener fin. Tras su unión con Eurínome, su mirada se posó en su propia hermana, Deméter. De este lazo prohibido, nació Perséfone. Esta joven diosa, aun en contra de los deseos de su madre, fue destinada a un futuro oscuro y misterioso, convirtiéndose en la reina del inframundo.

MUSAS

CLÍO   EUTERPE   TALIA

MELPÓMENE   TERPÍSCORE   ERATO

POLIMNIA   URANIA   CALIOPE

4.8 LAS NUEVE MUSAS

Sin dar tregua a sus romances, Zeus se entrelazó con otra tía suya, la titánide Mnemósine. Durante nueve noches consecutivas, el cielo se iluminó con la pasión de su unión. De este encuentro, nacieron las nueve Musas, entidades celestiales que inspiraban diversas formas de arte y ciencia a los mortales. Aunque algunas versiones varían en sus descripciones, comúnmente se les conoce como:

- Clío, la musa de la historia.
- Euterpe, inspiradora de la música y la poesía lírica.
- Talía, guardiana de la comedia (no confundir con la Cárite del mismo nombre).
- Melpómene, patrona de la tragedia.
- Terpsícore, protectora de la danza.
- Erato, musa de la poesía amorosa y los cantos nupciales.
- Polimnia, guía del canto sagrado y la oratoria.
- Urania, señora de la astronomía.
- Calíope, representante de la poesía épica o heroica.

4.9 LOS GEMELOS OLÍMPICOS

La historia de Zeus y sus romances no termina ahí. La sexta amante del dios supremo fue su prima Leto, hija de los titanes Febe y Ceo. De esta relación nacieron dos de los dioses olímpicos más venerados y hermosos: Artemisa y Apolo.

4.10 LA ESPOSA OFICIAL: HERA

Después de Leto, Zeus encontró un amor que le hizo tocar el cielo con las manos. Esta amante, la séptima en su lista, no sólo le robó el corazón sino que también se convirtió en su esposa: su hermana Hera. Al inicio de su cortejo, Zeus persiguió su atención en secreto, evitando que su madre lo descubriese. Hera, muy consciente del historial amoroso de Zeus y de sus seis amantes anteriores, no estaba dispuesta a ser una más en su lista, por lo que rechazó sus avances. Sin embargo, la persistencia y la pasión de Zeus eran legendarias, y no tardaría en buscar maneras de conquistar el corazón de la diosa que, a la postre, se convertiría en la reina del Olimpo.

Tras los múltiples rechazos de Hera, Zeus ideó un plan astuto. Se transformó en un pájaro empapado, débil y tembloroso. Al ver al frágil ave, el corazón compasivo de Hera se conmovió, y lo acercó a su pecho para tratar de resguardarlo del frío. En ese instante, Zeus, aprovechando su cercanía, recuperó su verdadera forma y, llevado por la pasión y con el deseo de unir sus destinos, la tomó en sus brazos. Superada por la situación y la astucia de Zeus, Hera sintió que no tenía más opción que casarse con él.

La unión de dos poderosos olímpicos no fue un evento cualquiera. Todos los dioses y diosas del Olimpo asistieron, portando obsequios de valor incalculable. Gaia, en un gesto de amor maternal, obsequió a su nieta Hera un árbol excepcional, cuyas ramas portaban manzanas doradas. Hera, deseando que su tesoro estuviera a salvo, lo plantó en su jardín secreto, y lo dejo bajo el cuidado de las hespérides, ninfas hijas de la Noche (Nyx).

La celebración de su unión fue un evento lleno de magia y esplendor que, según se dice, duró tres siglos. De esta enigmática pareja nacieron tres hijos: Ares, dios de la guerra; Hebe, la personificación de la juventud eterna; e Ilitía, diosa de los nacimientos.

A pesar de que Hera simbolizaba el matrimonio y el nacimiento, su propia relación con Zeus estuvo llena de tormentos. Zeus, a pesar de estar casado con ella, nunca dejó de buscar el afecto de otras diosas, ninfas y mujeres mortales, lo que creó un clima constante de celos y tensiones en su matrimonio.

Hijos de Zeus con Mortales

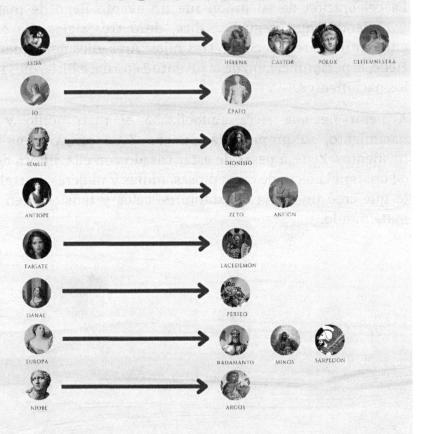

Hijos de Zeus con Diosas

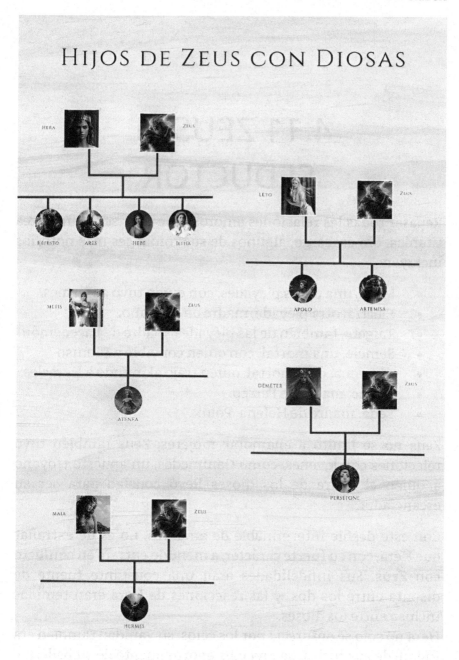

4.11 ZEUS EL SEDUCTOR

Repasar todas las relaciones amorosas de Zeus sería una tarea titánica. Sin embargo, algunos de sus romances más notorios incluyen:

- Maya, una de las pléyades, con quien tuvo a Hermes.
- Electra, otra pléyade, madre de Dárdano.
- Táigete, también de las pléyades, madre de Lacedemón.
- Semele, una mortal, con quien concibió a Dioniso.
- Alcmena, otra mortal, quien trajo al mundo a Heracles.
- Dánae, madre de Perseo.
- Leda, madre de Helena, Pólux.

Zeus no se limitó a enamorar mujeres; Zeus también tuvo relaciones con jóvenes, como Ganímedes, un apuesto troyano a quien el padre de los dioses llevó consigo para ser su escanciador.

Con este desfile interminable de amantes, no es de extrañar que Hera, con su fuerte carácter, a menudo entrara en conflicto con Zeus. Sus infidelidades eran una constante fuente de disputa entre los dos, y las reacciones de Hera eran temidas incluso entre los dioses.

Hera no sólo se enfurecía por los celos; su vanidad también era fuente de sus furias. Se preciaba enormemente de su belleza y no toleraba que alguien osara compararse con ella. Por ejemplo, cuando Side, la primera esposa del renombrado cazador Orión, se atrevió a decir que era más hermosa que Hera, esta, sin vacilar, la envió al reino de Hades o al inframundo.

Otro ejemplo de su inmodestia fue durante el juicio de Paris. Cuando París, el príncipe troyano, eligió a Afrodita como la diosa más hermosa por encima de Hera, ésta no dudó en apoyar a los griegos en la guerra contra Troya que desencadenó esa decisión. Aunque Zeus había prohibido a los dioses intervenir en la guerra, Hera no pudo resistirse. En un acto de astucia, sedujo a Zeus para distraerlo, dando la oportunidad a Poseidón de ayudar a los griegos a atacar a los troyanos.

Además, hubo una ocasión en que Zeus y Hera debatieron acerca de cuál de los dos géneros, masculino o femenino, disfrutaba más del acto amoroso. Cada uno defendía con vehemencia su punto de vista, argumentando que el género opuesto sentía más placer. Para resolver el dilema, consultaron al sabio Tiresias. Este, tras reflexionar, declaró que las mujeres disfrutaban nueve veces más que los hombres. Tal afirmación no fue del agrado de Hera, quien, en un arranque de ira, dejó ciego al adivino.

Mientras Zeus tenía sus propias andanzas y aventuras en los cielos y en la tierra, su hermano Poseidón también vivía historias y entresijos propios en las profundidades del mar. Poseidón cortejó a Anfítrite, una de las nereidas (hijas de Nereo, el Anciano del Mar). Sin embargo, Anfítrite rechazó las insinuaciones del dios y huyó hacia las montañas del Atlas. Pero Poseidón no estaba dispuesto a rendirse con facilidad, por lo que envió mensajeros tras ella para que abogaran por su causa. Uno de estos mensajeros, Delfino, argumentó con tal elocuencia en favor de su señor que logró quebrantar la resistencia de Anfítrite, quien finalmente aceptó casarse con Poseidón. (Como muestra de agradecimiento, Poseidón inmortalizó la imagen de su emisario en el cielo, creando la constelación del Delfín).

HIJOS DE POSEIDÓN

AFITRITE → TRITÓN · RODO

MEDUSA → PEGASO · CRIASOR

TOOSA → POLIFEMO

ETRA → TESEO

SEGÚN ALGUNOS MITOS

GAIA → ANTEO

4.12 POSEIDÓN EL OTRO GRAN SEDUCTOR

Al igual que su hermano Zeus, Poseidón tampoco era un ejemplo a seguir en cuanto a la fidelidad. También tuvo numerosos romances con diosas, ninfas y mortales. Al ser una deidad del mar, Poseidón tenía el poder de transformar su forma, y a menudo lo hacía para llevar a cabo una seducción: Poseidón eligió a Medusa, una doncella mortal, y se le apareció en la forma de un ave. Pero cometió el error de seducirla dentro de uno de los templos de Atenea, un lugar sagrado. Este acto no solo profanó el templo, sino que también despertó la ira de Atenea. Para castigar a Medusa por lo que consideró una falta de respeto, Atenea transformó a la hermosa doncella en una gorgona, un ser con serpientes por cabello y una mirada que podía convertir a cualquier ser en piedra. Este drástico cambio en Medusa además de constituir una condena por su papel en el acto sacrílego, sino que también simbolizaba la cólera y el poder vengativo de los dioses.

En otra ocasión, Poseidón se sintió atraído por Teófane, una mujer de notable belleza. Para protegerla de los numerosos pretendientes que la cortejaban y también en un intento por ocultarla de los ojos curiosos, la transformó en una oveja. Sin embargo, su deseo por la joven no disminuyó con esta transformación. A fin de poder acercarse a ella, Poseidón tomó la forma de un carnero y, en ese estado, se unió a Teófane. Esta unión es emblemática de la naturaleza caprichosa y a menudo impulsiva de los dioses, y de cómo su poder les permitía traspasar las barreras de la naturaleza.

Deméter, diosa de la agricultura y la cosecha, sufrió profundamente cuando su hija Perséfone fue raptada por Hades y llevada al inframundo. Mientras deambulaba por la tierra en busca de su hija perdida, trató de evadir las atenciones de Poseidón y se transformó en una yegua. Sin embargo, el dios de los mares, con su conocimiento y astucia divina, vio a través de su disfraz. A su vez, se convirtió en un semental, la encontró en un pastizal de Arcadia y se unió a ella.

Poseidón, en su insaciable deseo y pasión, no se limitó a una única forma. A menudo se transformaba en diferentes criaturas, cada una con su propia simbología en la mitología griega. Como delfín, representaba la libertad y la fluidez de los mares, mientras que como toro simbolizaba la fuerza bruta y la potencia.

Estas metamorfosis no nada más demostraban la habilidad del dios para adaptarse y superar obstáculos en la búsqueda de sus deseos, sino que también tenían un impacto profundo en la progenie que resultaba de estas uniones.

De su unión con Medusa, nacieron dos seres extraordinarios. Pegaso, el caballo alado, es uno de los seres mitológicos más icónicos, que simboliza la libertad, la inocencia y todo lo que es puro y bueno. Su hermano, Crisaor, por otro lado, era un gigante guerrero con una hoja de oro, que personifica el poder y la valentía.

La unión con Teófane, que se había convertido en oveja, resultó en la creación del carnero del vellocino de oro. Este carnero, que más tarde sería central en la historia de Jasón y los argonautas, tenía un vellocino dorado y brillante que representaba la riqueza y la inmortalidad.

Poseidón, en forma de semental, consoló a Deméter, en su desdicha y dolor por la pérdida de su hija Perséfone; de esta unión surgieron dos hijos: Despoena, una ninfa, que simboliza la conexión entre el reino agrícola de su madre y el dominio acuático de su padre y Arión, un caballo salvaje dotado de velocidad sobrenatural y con la capacidad de comunicarse con los humanos.

Mientras Poseidón dominaba los mares, su hermano Hades regía un reino completamente diferente, oculto en las sombras del inframundo.

4.13 MIENTRAS TANTO, EN EL INFRAMUNDO...

En su mayoría, se mantuvo distante tanto del Olimpo como de la tierra, y solo se enteraba de los acontecimientos cuando alguien invocaba su nombre en juramentos o maldiciones. Raramente se encontraba con los otros dioses y diosas del Olimpo. Y a menos que el deseo lo impulsara, no era frecuente que dejara el Inframundo para pisar el suelo terrenal.

Hades ejercía una autoridad en sus dominios tan absoluta como la que Zeus tenía en el cielo. Feroz protector de sus derechos, se atribuyó la propiedad de todos los metales y gemas bajo la superficie terrestre.

Como el más reservado de todos los dioses, Hades no acogía con agrado a los "visitantes" y en contadas ocasiones vez permitía que alguien que entrara al inframundo saliera de nuevo. Cerbero, un feroz perro guardián de tres cabezas, vigilaba la puerta cerrada, y se aseguraba así de que los muertos permanecieran en el lugar que pertenecían.

Por estas razones, los hombres temían y detestaban al imponente señor del Tártaro. De hecho, se asoció tan estrechamente el mundo de los muertos con la oscuridad y el horror que el lugar llegó a ser conocido simplemente como Hades.

Aunque se trataba de una divinidad fría y umbrosa, no era malicioso ni malvado. Si bien supervisaba todos los castigos de los muertos ordenados por los dioses, la mayoría de estas torturas eran llevadas a cabo por las erinias (furias). En su tarea de señorear sobre los difuntos, simplemente cumplía con su deber. Sin embargo, los mortales eran reacios a pronunciar su nombre por temor a atraer su atención.

Mientras Hades custodiaba las profundidades ocultas, en el ámbito de lo cotidiano, Hestia tejía una historia diferente.

4.14 LA BONDAD
DE HESTIA

Hestia, la primogénita de Rea y Cronos, era una deidad distinguida por su bondad y generosidad sin parangón entre los olímpicos. Encargada del hogar y el fuego, se decía que su presencia impregnaba cada rincón de las casas, cuidando de la familia y las tareas cotidianas. Incluso, hay quienes afirman que fue ella la mente maestra detrás del arte de edificar hogares. Más allá de las paredes de las moradas, su manto protector se extendía hacia la comunidad y sus interacciones cívicas.

A pesar de su influencia omnipresente, eran escasos los templos que se erigían en su nombre. Y es que, ¿para qué un templo cuando cada hogar servía como altar a su esencia? Tanto en casas particulares como en lugares públicos, su protección podía ser invocada. Y aunque simbolizaba la esencia del hogar y la familia, curiosamente, nunca llegó a tener una familia propia. Historias antiguas cuentan que tanto Poseidón como Apolo buscaron su mano, lo que generó tensiones en el Olimpo. Sin embargo, fiel a su naturaleza pacífica, Hestia rechazó ambas proposiciones y juró mantenerse casta por siempre. Zeus, en reconocimiento a su devoción, le otorgó el privilegio de recibir la ofrenda principal en cada ritual público.

Es interesante destacar que, a pesar de su papel fundamental en la vida diaria, no todas las historias la sitúan como una deidad olímpica central. Su sutileza y discreción la mantienen en un espacio único, a veces al margen de los relatos más grandiosos de otros dioses.

4.15 DEMÉTER: UNA BUENA COSECHA

Mientras el dominio de la tierra se dejaba en manos de los hijos de Cronos, Deméter se alzaba como una presencia imponente sobre ella. Aunque muchos dioses paseaban por los cielos, era Deméter quien realmente sentía y cuidaba la tierra bajo sus pies. Venerada por su bendición sobre las cosechas y la tierra, tenía un cariño especial por los granos, pero por alguna extraña razón, las alubias nunca ganaron su favor.

Deméter, con una naturaleza enigmática, tuvo sus momentos apasionados. Con Zeus, tuvo a Yaco y a la encantadora Kore, que luego sería conocida como Perséfone. Sin embargo, en la boda de Harmonía y Cadmo, cayó subyugada por los encantos de Yasión. Pero su amorío no se mantuvo en secreto por mucho tiempo; un celoso Zeus, al percatarse de la relación, decidió terminarla de manera abrupta. De este fugaz romance, nació Pluto, que representaría la riqueza oculta de la tierra y Filomelo, patrón de la ganadería.

Aunque por lo general se mostraba dulce y comprensiva, Deméter tenía un carácter fuerte cuando se trataba de su hija. Su furia se desató cuando Perséfone fue raptada por Hades, lo que orilló a la indignada madre a castigar a la tierra con un año de infertilidad.

Pero en su corazón, Deméter era generosa. Cuando las hijas del rey Celeo le ofrecieron refugio, a cambio, ella les compartió con ellos rituales sagrados que se convertirían en la base de los misterios eleusinos.

En otra ocasión, intentó otorgar la inmortalidad al joven Demofonte, pero el destino tenía otros planes. Sin embargo, su generosidad no se detuvo ahí. Triptólemo la socorrió en su búsqueda desesperada de Perséfone, y en un gesto de gratitud lo instruyó en la agricultura y lo envió a enseñar sus técnicas por todo el mundo.

4.16 ATENEA: LA DIOSA VIRGEN

Atenea, a pesar de ser considerada diosa de la guerra, se distingue claramente de Ares. No se deleita en el caos y la sangre como él. Si bien es cierto que se le representa con armadura y lista para el combate, su verdadero poder radica en promover soluciones pacíficas a los conflictos. De hecho, cuando tuvo que hacer justicia, como en el proceso de Orestes, prefirió la absolución, una muestra de su clemencia.

Aunque no era una amante de la guerra, cuando se veía empujada a luchar, su astucia y estrategia la hacían casi invencible. Su brillantez táctica la llevó a derrotar al propio Ares y a tener un papel crucial en la guerra contra los gigantes.

Atenea, siendo también diosa de la sabiduría, solía recompensar el valor y la ingeniosidad. Ayudó a Perseo a derrotar a la Medusa y, tras la victoria, usó la cabeza de la gorgona como emblema en su escudo. También se convirtió en la protectora de Odiseo, a quien apoyó en sus aventuras y reconoció en él a un igual, sobre todo en su habilidad para el engaño y la astucia.

Una diosa virginal, mantuvo su castidad a pesar de tener numerosos pretendientes. Sin embargo, durante la guerra de Troya, vivió un episodio que la puso a prueba.

Necesitaba tanto armadura como armas, ya que sólo las portaba en combate. Por ello, solicitó a Hefesto que las forjara para ella. Él, siempre dispuesto a ayudar y secretamente enamorado de la diosa, accedió a su petición, viéndolo como un acto de amor y devoción.

El dios Hefesto, encendido de pasión ante la belleza de la virginal Atenea, intentó violarla. Sin embargo, la diosa se resistió, de forma que el semen de Hefesto acabó derramado en la pierna de Atenea. Ésta se limpió con repugnancia el semen del dios con un pedazo de lana y lo arrojó al suelo. La unión de la semilla del dios con la diosa Gea, divinidad de la tierra, engendró a una criatura, el pequeño Erictonio. La diosa Atenea se compadeció del niño y lo crió hasta que éste se convirtió en rey de la ciudad sobre la que la diosa ejercía como protectora.

4.17 HEFESTO: EL GRAN ARTESANO

La historia de Hefesto, en medio de los conflictos y juegos de poder en el Olimpo durante el reinado de Zeus, es singular. Su origen no proviene del amor tradicional, sino de la rivalidad. Cuando Atenea emergió sorpresivamente de la cabeza de Zeus, Hera, en un acto de desafío, decidió concebir un hijo por su cuenta. Sin embargo, la naturaleza caprichosa de los dioses determinó que Hefesto naciera con imperfecciones físicas, lo que le ganó el desdén de su madre.

En lugar de ser acogido y celebrado en el Olimpo, fue expulsado, y cayó en la isla griega de Lemnos. Fue este exilio el que le brindó a Hefesto la oportunidad de descubrir y perfeccionar su habilidad en la artesanía. Con el tiempo, se convirtió en un orfebre incomparable, cuyas creaciones brillaban tanto como cualquier estrella.

Quizás como venganza, o tal vez para demostrar su valía, Hefesto decidió crear un trono dorado para Hera, la madre que lo había rechazado. Pero no se trataba de un trono común: una vez que Hera se sentó en él, quedó atrapada, prisionera de su propia ambición y de la maestría de su hijo.

La situación causó alboroto en el Olimpo. Los dioses, conscientes del talento y el valor de Hefesto, le rogaron que regresara y liberara a Hera. Sin embargo, el orgulloso artesano no se movió hasta que Dionisio, siempre astuto, encontró la forma de persuadirlo usando el vino como aliado.

Al regresar al Olimpo, Hefesto no sólo fue aceptado, sino que su genialidad en la forja fue aclamada. Sus creaciones adornaron el Olimpo y se convirtieron en objetos legendarios: desde los palacios de los dioses hasta el escudo de Aquiles y la misma Pandora, la primera mujer.

4.18 ARES: CON ÉL O CONTRA DE ÉL

En el reinado de Zeus, no todas las divinidades eran tan admiradas o amadas. Ares, producto de la unión entre Hera y Zeus, era una figura polarizante en el Olimpo. A pesar de ser una deidad de alto rango, como dios de la guerra, se ganó la enemistad y desdén de muchos. Sin embargo, no estaba completamente sólo. Eris, la diosa del conflicto, veía en Ares una extensión de su caos. Hades, si bien no tenía una afinidad particular por él, valoraba la constante afluencia de almas que la deidad de la guerra enviaba al inframundo. Y por supuesto, estaba Afrodita, quien inexplicablemente lo amaba, pues hasta entre las divinidades, el amor y el odio pueden estar inextricablemente vinculados.

La naturaleza impredecible de Ares era un problema. Aunque representaba la guerra, su enfoque no era estratégico o reflexivo. Le encantaba el caos, el derramamiento de sangre y la devastación sin sentido. Esta naturaleza impulsiva, sin embargo, no siempre jugó a su favor. Cierto que era valiente, pero Ares no tenía la habilidad táctica que, por ejemplo, Atenea poseía, quien lo superó en combate en más de una ocasión. Otros, como los gigantes Oto y Efialtes, lograron humillarlo, y héroes mortales como Heracles y Diomedes también demostraron que no era invencible.

A pesar de su tempestuosa naturaleza, Ares también tenía una faceta paterna. Engendró numerosos hijos con mortales e inmortales. Pero, sin duda, su relación más destacada y tumultuosa fue con Afrodita.

4.19 ¿Y EL AMOR?
AFRODITA

En la dinámica y colorida corte de Zeus, Afrodita era una entidad única. A diferencia de muchos otros dioses olímpicos, su origen no estaba vinculado a la genealogía de Zeus sino a un acto violento entre los titanes. Después de su ascensión desde las profundidades del océano como un ser de belleza sin paralelo, su papel en el Olimpo era claro: personificar el amor, el deseo y la pasión.

Mientras que otros dioses estaban ocupados en conservar el orden, desencadenar tormentas o forjar armas, Afrodita tenía una sola tarea, pero una de gran poder: ser la diosa del amor. Con su cinturón mágico, podía hacer que cualquier ser, mortal o inmortal, se enamorara a primera vista. Sin embargo, no siempre utilizaba este poder para bien. Le gustaba jugar con los corazones de los otros dioses, haciendo que se enamoraran de mortales, sólo para divertirse con las complicaciones que surgían. Incluso Zeus, el rey del Olimpo, no pudo resistirse a interferir en sus asuntos amorosos, orquestando su romance con el mortal Anquises, del cual nació el heroico Eneas.

Afrodita no era sólo juegos y pasión. Tenía un lado vengativo, en especial hacia aquellos que desafiaban o rechazaban las delicias del amor. Veía en quienes elegían la castidad o despreciaban el amor una afrenta a su dominio. Hipólito fue un trágico ejemplo de esto, pues fue castigado por resistirse a los encantos eróticos.

Así, en la era de Zeus, Afrodita se destacó como una fuerza de naturaleza, una diosa cuya influencia se sentía tanto en las altas esferas del Olimpo como en los asuntos cotidianos de los mortales.

Al igual que Hera, Afrodita era en extremo orgullosa de su belleza. Por eso, cuando Cíniras, el rey de Chipre, se jactó de que su hija, Mirra, superaba en hermosura a Afrodita, tal desfachatez no podía quedar sin castigo. La diosa hizo que Mirra se enamorara de su propio padre. Una noche, Mirra se deslizó en el lecho paterno, y Cíniras, ebrio y sin darse cuenta, la dejó embarazada.

Al descubrir lo que había sucedido, Cíniras persiguió a su hija con una espada. En un acto de piedad, Afrodita transformó a la joven en un árbol justo cuando el padre le daba alcance, y solo consiguió partir el árbol por la mitad. Del tronco emergió un bebé: Adonis. Arrepentida, Afrodita amó al niño, y lo escondió en un cofre que entregó a Perséfone, reina del inframundo, para que lo protegiera.

Sin embargo, la curiosidad de Perséfone la llevó a abrir el cofre. Al descubrir al hermoso bebé, se enamoró de él y decidió criarlo en su palacio. Cuando Afrodita regresó para reclamar a Adonis, Perséfone, ya encariñada con el joven, se negó a devolverlo.

Para resolver la disputa, Zeus encargó a la musa Calíope que dictaminara. Calíope decidió que Adonis pasaría cuatro meses del año con Perséfone, cuatro con Afrodita y los otros cuatro por su cuenta.

No obstante, a Afrodita no le agradó la decisión, así que usó su cinturón mágico para encantar a Adonis, quien finalmente entregó su tiempo a la diosa, incluso los meses que debía pasar con Perséfone.

Perséfone, indignada, recurrió a Ares para despertar sus celos hacia el hermoso mortal. Ares, celoso, se transformó en un jabalí y, mientras Adonis cazaba en el monte Líbano, lo atacó hasta matarlo.

4.20 EL NACIMIENTO DE APOLO Y ARTEMISA

En una era donde dioses y titanes caminaban entre los mortales, Zeus tuvo una relación con la hermosa Leto, descendiente de los titanes originales Ceo y Febe. Sin embargo, este romance no fue del agrado de todos, especialmente de Hera, la reina de los dioses, que estaba consumida por los celos.

Hera, en su despecho, envió una serpiente para acosar a Leto e impedir que encontrara un lugar seguro para dar a luz a sus hijos. En su huida desesperada, la joven recorrió numerosos lugares, pero todos le cerraron las puertas por miedo a desencadenar la ira de Hera. Por fin encontró refugio en Ortigia, isla de su hermana Asteria. Allí, Leto dio a luz a la diosa Artemisa. Con asombrosa madurez para un recién nacido, la pequeña asistió a su madre durante nueve días más hasta que su hermano Apolo nació. Bajo el cuidado de Temis, tía de Leto, los gemelos crecieron alimentándose de ambrosía y néctar, sustento de los dioses.

Artemisa y Apolo, desde sus primeros días, mostraron una devoción inquebrantable hacia su madre. Cuando el gigante Ticio intentó atacar a Leto en un bosque sagrado cerca de Delfos, los hermanos no dudaron en defenderla, acabando con la vida del gigante con una lluvia de flechas. A pesar de que

Ticio era hijo de Zeus, el padre de todos decidió castigarlo, y lo condenó a un tormento eterno en el inframundo.

Ambos, hermano y hermana, no sólo se defendían mutuamente sino que también se hacían respetar. Cuando Niobe, hija de Tántalo, se vanaglorió de tener más y mejores hijos que Leto, la furia de los gemelos se desató, sumiendo a Niobe en un lamento perpetuo.

Estos dos dioses, surgidos de la adversidad y la persecución, demostraron a través de sus actos la fortaleza de su carácter y su profunda lealtad familiar, y dejaron una huella indeleble en las leyendas del Olimpo.

Artemisa creció hasta convertirse en la diosa virgen de la caza, de los animales salvajes y del parto, debido a su participación en el nacimiento de su hermano. Ella y su hermano también se convirtieron en los protectores de los niños jóvenes.

A la tierna edad de tres años, su padre, Zeus, le pidió a Artemisa que nombrara cualquier regalo que quisiera. Entre muchos otros, pidió un arco y flechas similares a los de su hermano, todas las montañas del mundo como su hogar y área de juego, sólo una ciudad ya que prefería vivir en las montañas y la eterna virginidad.

Para complacer a su hija, Zeus le proporcionó todo lo que quería y más. Ordenó a los cíclopes que forjaran un arco de plata y llenaran una carcaj con flechas para ella. Le prometió la virginidad eterna, le dio todas las montañas como su dominio y le presentó con treinta ciudades, además de nombrarla guardiana de las carreteras y puertos del mundo.

Casi siempre era posible encontrar a Artemisa, acompañada constantemente por ninfas, en las montañas que amaba. Aunque era la guardiana de los animales salvajes, no disfrutaba nada más que la caza.

Artemisa, como diosa de la caza y la naturaleza, era una figura que combinaba protección y justicia. Valoraba el respeto y no dudaba en intervenir cuando se sentía desairada. Por ejemplo, cuando Admeto pasó por alto un sacrificio en su honor durante su boda, Artemisa no titubeó en llenar su habitación nupcial con serpientes, una clara señal de su disgusto. Por fortuna, de acuerdo con las indicaciones de su hermano Apolo, Admeto ofreció los sacrificios necesarios para calmar la ira de la divinidad.

Otro gobernante, el rey Eneo de Calidón, cometió un error similar al no dedicar las primeras frutas de la cosecha a Artemisa. Como respuesta, la diosa envió un feroz jabalí para aterrorizar su reino, lo que obligó al rey a convocar a los héroes más valientes de la época para enfrentar a la bestia.

Acteón, por su parte, cometió el grave error de encontrarse con Artemisa mientras la diosa se bañaba en un bosque. Indignada porque un mortal hubiera visto su figura desnuda, Artemisa lo transformó en un ciervo, que más tarde fue cazado y despedazado por sus propios perros.

Por último, el rey Agamenón de Micenas tuvo que enfrentar la ira de la deidad después de jactarse de ser mejor cazador que ella. Artemisa, en respuesta, retuvo los vientos, e impidió así que la flota griega zarpara hacia Troya. Para apaciguarla, Agamenón estuvo dispuesto a sacrificar a su hija Ifigenia. Sin embargo, según algunas historias, Artemisa, en un gesto de misericordia, en el último momento reemplazó a la joven por un ciervo.

Artemisa, con su compromiso de mantener eternamente su virginidad, también defendió con fiereza este voto. Búfago intentó asaltarla, pero fue pronto eliminado por sus flechas. De manera similar, los gemelos Otus y Efialtes, hijos de Poseidón, intentaron hacerle daño. Sin embargo, un ciervo, enviado por su hermano Apolo, los distrajo, y terminaron hiriéndose de muerte mutuamente.

En el panteón de los dioses olímpicos, Apolo, el hermano de Artemisa, destacaba por su habilidad con el arco y la flecha. Este dios, patrón de la arquería, la música, la profecía, la sanación y la juventud, mostró su talento desde una edad temprana. Apenas a los cuatro días de nacido, Apolo ya reclamaba un arco y flechas, artefactos que Hefesto forjó especialmente para él.

Con su nuevo equipo en mano, Apolo no perdió tiempo y se lanzó en persecución de la serpiente Pitón, que Hera había enviado para atormentar a su madre, Leto. La serpiente buscó refugio en Delfos, pero Apolo, sin dudarlo, la siguió hasta el santuario del Oráculo de la Madre Tierra y la aniquiló allí mismo.

Gaia, la diosa tierra, se indignó ante tal profanación de su sagrado espacio. Sin embargo, tras ser purificado por su crimen en Creta, Apolo aprendió el arte de la profecía, posiblemente de manos de Pan, el dios con patas de cabra, protector de los rebaños y las manadas. Sea como fuere, el gemelo no tardó en hacerse cargo del Oráculo en Delfos.

A través del Oráculo de Apolo, como se le llamó, el dios se vinculó de forma tan estrecha con el arte de la profecía que, en poco tiempo, la mayoría de los videntes sostenían que él los había instruido o, incluso, engendrado, Así, Apolo no sólo demostró su destreza como arquero, sino que también se erigió como una figura central en el mundo de los misterios y las revelaciones divinas.

Apolo cuidaba del ganado que pastaba en los campos cercanos a la ciudad. Sin embargo, con el tiempo, decidió ceder esta responsabilidad a Hermes a cambio de algunos instrumentos musicales recién creados por el dios más joven.

Apolo demostró ser un músico tan talentoso que pronto se convirtió también en el dios de este arte. Algunos incluso le atribuyen la invención de la cítara, un instrumento de cuerdas que resonaba con melodías divinas bajo sus diestras manos.

No obstante, hubo quienes osaron desafiar el talento musical de Apolo, aunque nunca lo hicieron en más de una ocasión. Un sátiro llamado Marsias encontró una flauta hecha con huesos de ciervo, un instrumento originalmente creado por Atenea. La diosa, sin embargo, la había descartado enfadada cuando las risas de los otros inmortales le hicieron darse cuenta de lo ridícula que parecía al inflar sus mejillas para tocarla. Pero en manos de Marsias, inspirado por Atenea, la flauta producía una música extática. Los que la escuchaban llegaron incluso a comparar favorablemente la interpretación del sátiro con la destreza de Apolo tocando la lira, pero el dios no podía soportar que alguien osara compararse con él. Así que cuando Marsias se atrevió a hacerlo, Apolo lo retó a un duelo musical, un enfrentamiento que resonaría en los anales de la historia.

Las musas, divinidades del arte, fueron llamadas a ser testigos y jueces de este singular concurso. Ambos contendientes desplegaron su arte con maestría, pero Apolo, con su astucia divina, llevó el desafío a otro nivel. Reto a Marsias a invertir su instrumento y a cantar mientras tocaba, algo imposible para una flauta.

Impresionadas por la habilidad y creatividad de Apolo, las musas lo declararon vencedor. Pero Apolo, con su orgullo herido y su ira encendida, no se conformó con la victoria. Decidió imponer un castigo ejemplar a Marsias: lo desolló vivo y dejó su piel como un recordatorio brutal de su supremacía.

Apolo, aunque nunca se casó, tuvo numerosos romances y descendencia con diferentes parejas. Pero hubo una persecución amorosa que nunca llegó a buen puerto: su obsesión por Dafne, una ninfa de la montaña. Apolo eliminó a la competencia, desenmascaró a Leucipo y lo dejó a merced de las ninfas enfurecidas.

Sin embargo, Dafne seguía siendo esquiva. En su desesperación, se transformó en un laurel, pues prefirió perder su forma humana antes que ceder ante los deseos de Apolo. Él, en su tristeza y respeto, consagró el laurel como su planta sagrada, un recordatorio eterno de un amor no correspondido.

4.21 LA HISTORIA DE APOLO Y HERMES

En el Olimpo, el hogar de los dioses, Hermes irrumpió como una brisa fresca y renovadora. Este joven dios, amistoso y encantador, no sólo se convirtió en el protector de viajeros y comerciantes, sino también en el patrón de los ladrones y pícaros. Hijo de Zeus y Maia, una hija del titán Atlas, Hermes nació en una cueva en el monte Cilene, en la pintoresca Arcadia del sur de Grecia.

Desde su nacimiento, Hermes demostró ser un niño prodigioso, que creció a un ritmo asombroso. En cuestión de horas, ya exploraba fuera de su cueva, donde encontró una tortuga, la transformó en una lira y aprendió a tocarla con maestría. Aquel mismo día, impulsado por su sed de aventuras, Hermes se aventuró más allá, y al llegar a los pastos divinos donde, sin pensarlo dos veces, decidió robar cincuenta vacas pertenecientes a Apolo.

A pesar de su corta edad, Hermes ya poseía una mente astuta. Ingeniosamente, disfrazó sus huellas utilizando zapatos hechos de corteza de roble y confundió el rastro del rebaño, llevando a las vacas hacia atrás y cruzando áreas arenosas que no dejaban huellas. En su camino, se encontró con un anciano llamado Bato, a quien compró su silencio. Sin embargo, desconfiando del viejo, Hermes volvió disfrazado y, al descubrir que Bato estaba dispuesto a traicionarlo, lo castigó convirtiéndolo en piedra.

Tras esconder las vacas y ofrecer un sacrificio para no dejar rastro de su fechoría, Hermes regresó a casa, se deslizó por la cerradura, se volvió a poner sus pañales y se hizo el dormido. Aunque intentó engañar a todos, su madre Maia no se dejó embaucar y le advirtió sobre la ira de los dioses.

Mientras tanto, Apolo buscaba frenéticamente sus vacas. Guiado por un presagio, llegó a la cueva de Hermes, pero el pequeño dios fingió inocencia. A pesar de sus protestas, Apolo no le creyó y lo llevó ante Zeus para acusarlo de robo. Aunque Zeus encontró divertida la travesura de su hijo, lo instó a confesar y llevar a Apolo hasta el rebaño. Al ver las vacas sacrificadas, Hermes explicó que había dividido la carne en doce partes iguales para los dioses. Intrigado, Apolo preguntó quién era el duodécimo dios. "Yo, por supuesto", respondió Hermes con una sonrisa encantadora.

Mientras Apolo reunía su rebaño, Hermes comenzó a tocar su lira, cautivando a Apolo con su música y una canción que halagaba la inteligencia y generosidad del dios mayor. Encantado, le ofreció cambiar todo el rebaño por la lira. Hermes aceptó y, sin perder tiempo, creó otro instrumento musical: una flauta de caña. Apolo, igualmente hechizado, pidió comprarla y Hermes, astuto, pidió a cambio el bastón dorado de Apolo y el honor de ser el dios de los pastores, así como lecciones para adivinar el futuro con guijarros.

Cuando Zeus llamó a Hermes al Olimpo para reprenderlo por robar y mentir, Hermes prometió no volver a hacerlo si Zeus lo nombraba su mensajero y heraldo. El padre de los dioses aceptó de inmediato y le asignó la protección de los viajeros, la promoción del comercio y la negociación de tratados. Para asegurar la rápida entrega de sus mensajes, Zeus le obsequió sandalias aladas y un sombrero redondo. Hades, el hermano de Zeus, también solicitó los servicios de Hermes como su heraldo, y desde entonces, Hermes guía con gentileza a los muertos hacia el inframundo.

5. LOS MITOS DE AMOR Y TRAGEDIA

5.1 EDIPO REY

Edipo, marcado por un destino trágico desde su nacimiento, fue abandonado por sus padres biológicos, el rey Layo y la reina Yocasta de Tebas, debido a una profecía que predecía que mataría a su padre y se casaría con su madre. En un intento de evitar este destino, lo dejaron en una ubicación remota, una práctica conocida como "exposición" en la cultura griega antigua, que dejaba en manos del destino la supervivencia del niño. Sin embargo, un pastor compasivo rescató al bebé y lo entregó a un mensajero, quien a su vez lo llevó al reino de Corinto, donde fue adoptado por los reyes locales.

Años más tarde, Edipo, ya convertido en un joven, se enteró de una nueva profecía que auguraba que mataría a su padre y se casaría con su madre. Ignorante de su verdadero origen y determinado a evitar cumplir este destino, decidió abandonar Corinto. Creía que así podría escapar de la maldición profetizada, sin saber que en realidad estaba alejándose de sus padres adoptivos, no de sus padres biológicos.

Este giro del destino llevó a Edipo a un camino de descubrimiento y tragedia, ya que, a pesar de sus esfuerzos por cambiar su fortuna, las piezas del rompecabezas de su vida comenzaron a encajar, acercándolo cada vez más a la realización inevitable de las profecías que tanto temía.

Durante su viaje, Edipo tuvo un violento enfrentamiento con otro viajero, un incidente que podría compararse con un caso de ira en la carretera en la actualidad. Edipo mató al viajero y continuó su camino, sin saber que acababa de cumplir la primera parte de la profecía, tras asesinar a su verdadero padre biológico, Layo.

Posteriormente, Edipo llegó a Tebas, una ciudad que estaba siendo atormentada por una Esfinge sanguinaria. Este ser mítico mataba a los habitantes del lugar y planteaba enigmas mortales. Quien no pudiera resolver el acertijo, sería devorado. Layo, el rey de Tebas, había partido hacia Delfos en busca de consejo de la famosa Oráculo, pero nunca llegó debido a su encuentro fatal con Edipo.

Una vez en Tebas, Edipo se encontró con una ciudad de luto por su rey, supuestamente asesinado por bandidos, y aún aterrorizada por la Esfinge. Edipo, presentándose como un joven príncipe de Corinto, se ofreció para enfrentarse a la Esfinge y resolver su acertijo.

Cuando Edipo desafió a la Esfinge, esta le planteó el siguiente enigma: "¿Qué ser camina en cuatro patas por la mañana, en dos al mediodía y en tres por la noche?". Edipo, con astucia, respondió correctamente: "El hombre, que gatea de bebé, camina erguido de adulto y se apoya en un bastón en la vejez". Al escuchar la respuesta correcta, la Esfinge se suicidó.

Liberada Tebas de la amenaza, Edipo fue recibido como un héroe. Su compasión por la reina viuda, Yocasta, y su éxito en liberar a la ciudad de la Esfinge, le otorgaron el derecho de casarse con ella, con lo que se cumplió así la segunda parte de la profecía. Edipo, sin saberlo, acababa de casarse con su madre biológica. La profecía se había consumado por completo.

Edipo y Yocasta, unidos en un matrimonio, tuvieron cuatro hijos: dos hijas, Antígona e Ísmene, y dos hijos, Eteocles y Polinices. Aunque la familia parecía prosperar, estaban marcados por una maldición que recaía sobre Layo, el padre de Edipo. Eteocles y Polinices acabarían siendo enemigos mortales, lo que sumió a Tebas en una guerra civil, mientras que Antígona desafiaría al estado, para después terminar trágicamente con su propia vida.

Layo, antes de ser padre de Edipo, había cometido errores graves en su juventud, con lo que atrajo una maldición sobre él y sus descendientes. Aunque su madre es una figura misteriosa, su padre, Lábdaco, fue el rey de Tebas. Tras la muerte prematura de Lábdaco, Lico se convirtió en el tutor y regente de Tebas. Sin embargo, los hermanos de Layo lo resentían y lo asesinaron. A pesar de la división en la ciudad, algunos tebanos protegieron a Layo, llevándolo a la casa del rey Pélope en el Peloponeso. Allí, Layo creció, pero cometió un acto imperdonable al violar a Crisipo, hijo de Pélope, y fue expulsado por su crimen.

Al regresar a Tebas, Layo reclamó el trono, ya que sus hermanos habían fallecido. Pero su pasado lo perseguiría, y tanto él como su familia estarían malditos por los dioses debido a su crimen contra Crisipo y la familia de Pélope. Años después, Edipo, sin saberlo, se casó con su madre Yocasta, tuvieron hijos, y vivieron en ignorancia de su verdadera relación biológica por mucho tiempo.

De nuevo Tebas se encontró nuevamente en problemas, esta vez debido a una plaga devastadora. La gente buscó respuestas en el Oráculo, que les dijo que debían encontrar y castigar al asesino de Layo para poner fin a la plaga. Edipo, decidido a salvar la ciudad, llamó al profeta ciego Tiresias. Aunque al principio reacio, por fin Tiresias acusó a Edipo de ser el asesino de Layo y profetizó que Edipo se quedaría ciego y sufriría enormemente.

Yocasta, intentando calmar a Edipo, le contó sobre la profecía que decía que su hijo mataría a su padre y se casaría con su madre, esperando que estas palabras lo tranquilizaran. Sin embargo, tuvieron el efecto contrario, pues llevaron a Edipo a la terrible realización de la verdad. Para empeorar las cosas, un mensajero llegó con noticias de la muerte del "padre" de Edipo en Corinto, revelando que en realidad no era su verdadero padre. Lejos de consolarlo, esta noticia sumió a Edipo en una profunda desesperación y horror al comprender completamente su destino y las atrocidades que había cometido.

El último paso para descubrir toda la verdad fue encontrar al pastor que recibió la orden de abandonar al bebé de Yocasta. Bajo intensos interrogatorios, finalmente reveló que Edipo era, de hecho, el hijo de Yocasta. Con todas las piezas del rompecabezas en su lugar, la verdad salió a la luz.

Yocasta, incapaz de soportar el peso de la verdad y las implicaciones de sus acciones, decidió poner fin a su propia vida. Por otro lado, Edipo, decidido a asumir la responsabilidad y proteger a los ciudadanos de Tebas, se auto infligió un castigo extremo: se sacó los ojos.

Esta serie de eventos trágicos dejó una marca indeleble en la historia de Tebas, al evidenciar una vez más cómo el destino y las profecías pueden jugar un papel crucial en las vidas de los mortales, sin importar cuánto intenten evitarlo.

5.2 ORFEO Y EURÍDICE

Orfeo, un prodigio musical nacido de la unión entre una Musa y un príncipe tracio, destacaba en un arte que trascendía lo terrenal, rivalizando incluso con los dioses. Su cuna fue Tracia, tierra impregnada de melodías y ritmos, donde su talento floreció y se nutrió. Con su lira en mano y una voz que emanaba dulzura, Orfeo tenía el don de suavizar la tierra bajo sus pies, hacer danzar a los ríos y cautivar a todo ser viviente.

Antes de que su vida tomara un giro trágico, Orfeo se embarcó en una aventura épica junto a Jasón y los argonautas. En momentos de agotamiento o discordia, su música insuflaba nueva energía en los corazones de los héroes y apaciguaba las tensiones. Incluso, frente al canto seductor de las sirenas, fue Orfeo quien, con las cuerdas de su lira, creó una melodía aún más cautivadora, que salvó a la tripulación de un destino fatal.

El amor tocó la puerta de Orfeo en forma de Eurídice, una joven de belleza incomparable. Rendida ante la magia de su música, no pudo resistirse a él y los enamorados se prometieron amor eterno. Sin embargo, la felicidad les fue arrebatada demasiado pronto. Eurídice, víctima de una mordedura venenosa, fue arrancada de este mundo, dejando a Orfeo sumido en la más profunda desolación.

Con el corazón roto pero lleno de determinación, Orfeo decidió desafiar las leyes de la naturaleza y descender al inframundo, con la esperanza de traer de vuelta a su amada. Su música tocó los confines más oscuros y logró conmover a los mismos dioses del Hades, quienes accedieron a devolverle a Eurídice con una única condición: no debía mirarla hasta que ambos hubieran regresado al mundo de los vivos.

Juntos emprendieron el camino de regreso, pero la ansiedad y el amor desbordante de Orfeo lo traicionaron. A un paso de la luz, giró para asegurarse de que Eurídice lo seguía, pero en ese instante, ella fue arrastrada de vuelta a las sombras, dejándole sólo un susurro de despedida.

Orfeo, ahora completamente roto, vagó sin rumbo, y sólo encontró consuelo en su música. Su trágico destino aún tenía un acto final: fue atacado y desmembrado por un grupo de ménades enloquecidas. Su cabeza, que aún cantaba melodías de amor y pérdida, fue arrojada a un río, donde finalmente encontró descanso gracias a las musas. Sus restos fueron enterrados al pie del monte Olimpo, donde se dice que los ruiseñores cantan más dulcemente que en cualquier otro lugar, en honor al músico cuya leyenda y melodías resonarán por siempre.

5.3 EROS Y PSIQUE

En un reino distante, tres princesas deslumbraban a todos con su gracia y belleza, pero la menor, Psique, superaba a sus hermanas de tal manera que parecía una diosa viviendo entre mortales. Su belleza sin igual se convirtió en leyenda que atraía multitudes que venían a rendirle culto, olvidándose completamente de Afrodita, la diosa del amor y la belleza.

Afrodita, herida en su orgullo y consumida por los celos ante la atención que Psique recibía, maquinó un plan para vengarse. Recurrió a su hijo Eros, el dios del amor, y le solicitó que hiciera que Psique se enamorara del ser más vil y despreciable de la tierra. Sin embargo, al contemplar la belleza de Psique, Eros quedó perdidamente enamorado de ella, incapaz de cumplir el deseo vengativo de su madre.

Contrario a lo que todos esperaban, Psique, a pesar de ser admirada por todos, no encontraba el amor. Sus hermanas, notablemente menos agraciadas, encontraron maridos reales, mientras que ella permanecía sola, deseada por muchos pero amada por ninguno.

Desesperados, sus padres buscaron la orientación de un oráculo, con la esperanza de encontrar un esposo digno para Psique. Pero las palabras del oráculo fueron aterradoras: Psique debía ser abandonada en una colina rocosa, vestida de luto, para ser reclamada por una serpiente alada, más poderosa que los propios dioses.

Con el corazón destrozado, su familia cumplió con la profecía: dejaron a Psique sola en la colina a la espera de su destino incierto. Pero en lugar de encontrar la muerte, encontró consuelo en los brazos de Céfiro, el viento suave, que la llevó a un prado lleno de flores y la depositó junto a un río cristalino.

En ese santuario de opulencia, Psique se encontró en una morada sublime, con columnas cubiertas de oro y suelos embellecidos con joyas deslumbrantes. Aunque su porvenir permanecía envuelto en misterio, en ese instante, rodeada de tanta magnificencia, experimentó un destello de serenidad y esperanza que hacía tiempo no sentía.

Dentro de esta atmósfera de lujo y esplendor, Psique estaba sola, pero no del todo desamparada, ya que voces invisibles la atendían con esmero. Entre esas voces misteriosas, una en particular, suave y reconfortante, era la de su esposo invisible, que la envolvía con palabras de amor y cariño. Aunque no podía verlo, su presencia era palpable, brindándole compañía y consuelo. Rodeada de comodidades, baños relajantes y manjares exquisitos, sus días estaban llenos de placer. Y cuando la noche caía, la presencia invisible de su esposo la llenaba de felicidad y paz, y hacía que su soledad se disipara en la dulzura de su compañía etérea.

Aunque no podía verlo, Psique sentía un profundo amor y conexión con su misterioso marido. Él, a su vez, la amaba profundamente, pero la advertía sin cesar de los peligros que la acechaban, especialmente en relación con sus hermanas. Psique, llevada por el amor y la preocupación, no pudo resistir el deseo de verlas y compartir su felicidad con ellas.

A pesar de las advertencias de su esposo, Psique permitió que Céfiro trajera a sus hermanas al palacio. La alegría del reencuentro pronto se vio opacada por la envidia que consumía a las mayores al ver la riqueza y felicidad de Psique. Aunque ella intentó ocultar la verdad sobre su esposo, las hermanas, cegadas por la codicia y los celos, comenzaron a urdir un plan para destruir la felicidad de Psique.

Esa noche, su esposo invisible la advirtió una vez más, al percibir la amenaza que representaban sus hermanas. Psique, dividida entre el amor a su esposo y el cariño hacia sus familiares, se encontraba en una encrucijada. Su esposo, aunque preocupado, accedió a sus deseos de volver a ver a sus hermanas, pero no sin antes advertirle de las consecuencias que podría acarrear desobedecer sus consejos y dejarse llevar por las manipulaciones de aquellas.

La trama se espesaba y Psique, atrapada en una red de amor, lealtad y engaños, debía encontrar la manera de navegar por estas turbulentas aguas, sin perder lo que más amaba.

Ya para ese momento, debido a las respuestas titubeantes e inconsistentes de Psique cuando sus hermanas le preguntaban sobre la apariencia de su esposo, estaban convencidas de que Psique nunca lo había visto en realidad y no sabía quién era. No se lo dijeron directamente, pero la reprocharon por ocultarles su terrible situación. Le aseguraron que habían descubierto la verdad: su esposo no era un hombre, sino la temible serpiente que el oráculo de Apolo había predicho. Aunque ahora se mostrara amable, tarde o temprano se volvería contra ella y la devoraría.

Psique, horrorizada, sintió cómo el terror inundaba su corazón, desplazando al amor. Comenzó a cuestionarse por qué él nunca le permitía verlo. Debía haber alguna razón terrible detrás de eso. ¿Qué sabía realmente de él? Si no era monstruoso a la vista, entonces era cruel por prohibirle verlo. Sumida en la miseria, balbuceando, dejó entrever a sus hermanas que no podía negar lo que decían, ya que sólo había estado con él en la oscuridad. "Debe haber algo muy malo", sollozó, "para que él evite la luz del día". Y les rogó que le aconsejaran.

Ellas ya tenían preparado su consejo. Esa noche, Psique debía esconder un cuchillo afilado y una lámpara cerca de su cama. Cuando su esposo estuviera profundamente dormido, debería levantarse, encender la lámpara y tomar el cuchillo. Debía armarse de valor para clavarlo con prontitud en el cuerpo del ser espantoso que la luz seguramente revelaría. "Nosotras estaremos cerca", le dijeron, "y te llevaremos con nosotras cuando esté muerto".

Luego la dejaron, desgarrada por la duda y distraída sobre qué hacer. Lo amaba; él era su querido esposo. No; era una serpiente horrible y lo detestaba. Lo mataría... No lo haría. Necesitaba tener certeza... Así, sus pensamientos lucharon entre sí todo el día. Sin embargo, al llegar la noche, había abandonado la lucha. Estaba decidida a hacer una cosa: verlo.

Entonces, cuando él ya dormía tranquilo, reunió todo su valor, encendió la lámpara y se acercó con sigilo. Sosteniendo la luz por encima de ella, miró lo que había en la cama. Oh, el alivio y el éxtasis que llenaron su corazón. No se reveló ningún monstruo, sino la criatura más dulce y hermosa, ante cuya vista la misma lámpara parecía brillar con mayor intensidad. En su primera vergüenza por su insensatez y falta de fe, Psique cayó de rodillas y habría clavado el cuchillo en su propio pecho si no se le hubiera caído de las manos temblorosas. Pero esas mismas manos inestables que la salvaron también la traicionaron, porque mientras se inclinaba sobre él, extasiada ante su belleza y sin poder negarse el placer de llenar sus ojos con su hermosura, algo de aceite caliente de la lámpara cayó sobre su hombro. Él despertó de golpe, vio la luz y comprendió su falta de fe, y sin decir una palabra, huyó de ella.

Ella corrió tras él en la noche. No podía verlo, pero escuchó su voz hablándole. Le reveló quién era y se despidió con tristeza. "El amor no puede vivir donde no hay confianza", le dijo, y se fue volando. "¡El Dios del Amor!", pensó Psique. "Él era mi esposo, y yo, miserable de mí, no pude serle fiel. ¿Se ha ido para siempre?... De todos modos", se dijo a sí misma con creciente valentía, "puedo pasar el resto de mi vida buscándolo. Si ya no me ama, al menos puedo mostrarle cuánto lo amo". Y comenzó su viaje. No tenía idea de a dónde ir; sólo sabía que nunca dejaría de buscarlo.

Mientras tanto, él había buscado refugio y consuelo en la habitación de su madre, Afrodita, para que le curara la herida. Sin embargo, al escuchar la historia completa y darse cuenta de que Psique era la elegida de su hijo, Afrodita lo dejó sólo en su dolor y salió a buscar a la joven que ahora la había hecho sentir aún más celosa. Estaba decidida a enseñarle a Psique lo que significaba desafiar y atraer la ira de una diosa.

La pobre Psique, perdida y desesperada en su búsqueda, intentaba ganarse el favor de los dioses. Les rogaba incansablemente, pero ninguno de ellos quería enfrentarse a Afrodita y hacerse su enemigo. Por fin, Psique comprendió que no había esperanza para ella, ni en el cielo ni en la tierra. Tomó una decisión desesperada: iría a ver a Afrodita, se ofrecería humildemente como su sirvienta e intentaría aplacar su ira. "Y quién sabe", pensó, "tal vez él esté allí, en la casa de su madre". Así que se dispuso a buscar a la diosa.

Cuando Psique se presentó ante Afrodita, esta soltó una carcajada y le preguntó con sarcasmo si andaba a la caza de un esposo, ya que el que había tenido no quería tener nada que ver con ella debido a la quemadura que ella le había causado. "Pero en realidad", dijo con desprecio, "eres tan poco atractiva y desfavorecida que nunca podrás conseguirte un amante a menos que sea mediante el servicio más diligente y doloroso. Por lo tanto, te mostraré mi buena voluntad enseñándote estas labores". Dicho esto, tomó una gran cantidad de las semillas más pequeñas, trigo, amapola, mijo, etc., y las mezcló todas juntas en un montón. "Para el anochecer, todas estas deben estar clasificadas", dijo. "Hazlo por tu propio bien". Y con eso se fue.

Psique permaneció sola, se quedó quieta, mirando el montón, su mente confundida por la crueldad de la orden. De hecho, no tenía sentido comenzar una tarea tan evidentemente imposible. Pero en ese momento crítico, ella, que no había despertado compasión ni en mortales ni en inmortales, fue compadecida por las criaturas más diminutas del campo, las pequeñas hormigas, las corredoras veloces. Se llamaron unas a otras: "Vengan, tengan piedad de esta pobre joven y ayúdenla diligentemente". De inmediato llegaron, oleadas de ellas, una tras otra, y trabajaron separando y dividiendo, hasta que lo que había sido una masa confusa quedó todo ordenado, cada semilla con su tipo. Esto fue lo que Afrodita encontró cuando regresó, y estaba muy enfadada al verlo. "Tu trabajo aún no ha terminado", dijo. Luego le dio a Psique una corteza de pan y le ordenó dormir en el suelo mientras ella misma se retiraba a su cama suave y fragante. Seguramente, si podía mantener a la chica trabajando duro y también medio muerta de hambre, esa odiosa belleza suya pronto se perdería. Hasta entonces, debía asegurarse de que su hijo estuviera bien guardado en su habitación, donde aún sufría por su herida. Afrodita estaba complacida con la forma en la que se desarrollan las cosas.

A la mañana siguiente, ideó otra tarea para Psique, esta vez peligrosa. "Allá abajo, cerca de la orilla del río, donde crecen espesos arbustos, hay ovejas con vellones de oro. Ve y tráeme algo de su brillante lana". Cuando la agotada joven llegó al tranquilo río, la invadió un gran deseo de arrojarse a él y poner fin a todo su dolor y desesperación. Pero mientras se inclinaba sobre el agua, escuchó una pequeña voz cerca de sus pies y, al mirar hacia abajo, vio que provenía de una caña verde. Le decía que no debía ahogarse. Las cosas no estaban tan mal. Las ovejas eran realmente muy feroces, pero si Psique esperaba hasta que salieran de los arbustos hacia la tarde para descansar junto al río, podría entrar en el matorral y encontrar abundante lana dorada colgando de las espinas afiladas. Así habló el amable y suave junco, y Psique, siguiendo sus indicaciones, logró llevar de vuelta a su cruel señora una cantidad de la brillante lana. Afrodita la recibió con una sonrisa maliciosa. "Alguien te ayudó", dijo con dureza. "Nunca podrías haber hecho esto por ti misma. Sin embargo, te daré la oportunidad de demostrar que realmente tienes el valor y la prudencia excepcional que tanto presumes. ¿Ves aquella agua oscura que cae de la colina allá? Es la fuente del temible río que llaman el Estigia. Debes llenar este frasco con él". Esa fue la peor tarea hasta ahora, como Psique pudo ver cuando se acercó a la cascada. Solo una criatura alada podría llegar allí, tan empinadas y resbaladizas eran las rocas por todos lados, y tan temible el torrente de las aguas descendentes. Esta vez, su salvador fue un águila, que se posó a su lado con sus grandes alas, tomó el frasco con su pico y se lo devolvió lleno de agua negra.

Pero Afrodita continuó con sus pruebas. Uno no puede evitar acusarla de cierta estupidez. El único efecto de todo lo que había sucedido era hacerla intentarlo de nuevo. Le dio a Psique una caja que debía llevar al inframundo y pedirle a Perséfone que la llenara con algo de su belleza. Debía decirle que Afrodita la necesitaba pues estaba agotada de cuidar a su hijo enfermo. Obediente como siempre, Psique partió en busca del camino al Hades. Encontró su guía en una torre que pasó. Le dio instrucciones precisas sobre cómo llegar al palacio de Perséfone: primero a través de un gran agujero en la tierra, luego hacia el río de la muerte, donde debía darle un penique a Caronte el barquero, para que la llevara al otro lado. Desde allí, el camino llevaba directamente al palacio. Cerbero, el perro de tres cabezas, guardaba las puertas, pero si le daba un pastel, sería amistoso y la dejaría pasar.

Todo sucedió, por supuesto, como la torre había predicho. Perséfone estaba dispuesta a hacerle un favor a Afrodita, y Psique, muy alentada, llevó de vuelta la caja, y volvió mucho más rápido de lo que había bajado.

Su siguiente prueba se la impuso ella misma debido a su curiosidad y, aún más, a su vanidad. Sintió que debía ver cuál era ese encanto de belleza en la caja; y, tal vez, usar un poco ella misma. Sabía tan bien como Afrodita que su apariencia no había mejorado con lo que había pasado, y siempre en su mente estaba el pensamiento de que podría encontrarse de repente con Eros. ¡Si sólo pudiera hacerse más hermosa para él! No pudo resistir la tentación; abrió la caja. Para su gran decepción, no vio nada allí; parecía vacía. Sin embargo, de inmediato, un letargo mortal se apoderó de ella y cayó en un sueño profundo.

En este punto crítico, el Dios del Amor mismo intervino. Eros ya se había curado de su herida y anhelaba a Psique. Es difícil mantener al Amor encerrado. Afrodita había cerrado la puerta con llave, pero estaban las ventanas. Todo lo que Eros tenía que hacer era salir volando y empezar a buscar a su esposa. Estaba tumbada casi al lado del palacio, y la encontró de inmediato. En un momento, le limpió el sueño de los ojos y lo puso de vuelta en la caja. Luego, despertándola con sólo un pinchazo de una de sus flechas y regañándola un poco por su curiosidad, le pidió que llevara la caja de Perséfone a su madre y le aseguró que todo estaría bien después.

Mientras la alegre Psique se apresuraba en su encargo, el dios voló hacia el Olimpo. Quería asegurarse de que Afrodita no les causaría más problemas, así que fue directamente a Zeus mismo. El Padre de los Dioses y los Hombres accedió de inmediato a todo lo que Eros pidió: "Aunque", dijo, "me has hecho mucho daño en el pasado, has dañado seriamente mi buen nombre y mi dignidad al transformarme en un toro, un cisne y cosas por el estilo... Sin embargo, no puedo negarte".

Luego llamó a una asamblea completa de los dioses y anunció a todos, incluida Afrodita, que Eros y Psique estaban formalmente casados, y que él tenía la intención de otorgarle la inmortalidad a la novia. Hermes trajo a Psique al palacio de los dioses, y el propio Zeus le dio a probar la ambrosía que la hizo inmortal. Esto, por supuesto, cambió por completo la situación. Afrodita no podía objetar tener a una diosa como nuera; la alianza se había vuelto eminentemente adecuada. Sin duda, también reflexionó sobre el hecho de que Psique, viviendo en el cielo con un esposo e hijos que cuidar, no podría estar mucho en la tierra para hacer que los hombres perdieran la cabeza e interferir con su propio culto.

Así que todo llegó a un final muy feliz. El Amor y el Alma (porque eso es lo que significa Psique) se encontraron.

5.4 DÉDALO E ÍCARO

La historia de Dédalo y su hijo Ícaro comienza mucho antes del nacimiento del pequeño. Dédalo, según cuenta el mito, era un escultor sin igual. Sus obras eran tan realistas que, según se decía, había que atarlas para evitar que se escaparan. Su arte cobraba vida, y no es casualidad que muchas antiguas imágenes de culto en templos griegos fueran atribuidas a su autoría. Dédalo era más que un hábil artista; también era un inventor. A él se le atribuyeron una serie de inventos, de los cuales el más importante era la carpintería.

Sin embargo, había un lado oscuro en Dédalo. Aunque era el inventor más grande de su época, hubo un breve período en el que enfrentó una seria competencia. Dédalo, nacido en Atenas, se había convertido en un ciudadano respetable debido a su habilidad e intelecto. Su hermana pensó que su hijo, Talo, podría beneficiarse enormemente si estudiaba junto a su tío en Atenas. Pero no sabía lo que le esperaba.

Dédalo acogió a Talo y le enseñó todo lo que sabía. El joven era astuto y pronto asimiló todos los conocimientos, y comenzó a aplicarlos en el mundo que le rodeaba. Pronto, Dédalo se dio cuenta de que el chico no solo era inteligente, sino más inteligente que él. Si Talo continuaba así, Dédalo quedaría eclipsado por completo. Así que, en un acto de celos, arrojó a Talo desde lo alto de la Acrópolis. La diosa Atenea salvó al joven transformándolo en un pájaro que recibió el nombre de su madre, Perdix. A pesar de esto, Dédalo fue juzgado por este acto y desterrado de Atenas.

Tras su expulsión de Atenas, Dédalo encontró refugio en la corte del rey Minos, el mítico rey de Creta. Minos gobernaba los mares con una poderosa flota sin igual. Con Dédalo en su corte, se convirtió en una fuerza imparable.

Durante su tiempo en la corte de Minos, Dédalo tuvo la oportunidad de empezar de nuevo. Fue allí donde tuvo un hijo con una esclava llamada Náucrate. El niño se llamaba Ícaro.

Dédalo podría haber vivido en paz en Creta. Sin embargo, un día se le pidió de repente que ayudara a Pasifae, la esposa de Minos. Pasifae deseaba cometer uno de los actos más despreciables imaginables; aparearse con un animal, y más específicamente, con un toro. Todo comenzó cuando Minos pidió a Poseidón que le enviara una señal de favor divino en forma de un hermoso toro. El rey prometió que devolvería el animal en forma de sacrificio. Poseidón concedió el deseo de Minos y un toro excepcionalmente hermoso apareció desde el mar.

Minos estaba contento de ver que Poseidón lo favorecía, pero no estaba dispuesto a sacrificar al animal. En su lugar, decidió quedarse con el toro y sacrificar a otro en su lugar. Poseidón había cumplido su parte del trato, pero Minos no. El castigo era inminente y llegó en forma de una locura divina que se apoderó de Pasifae. La esposa de Minos se sintió impulsada a aparearse con el toro que Poseidón había enviado. Incapaz de realizar el acto, ya que el toro también se había vuelto desobediente, pidió ayuda a Dédalo.

Para resolver el problema de Pasifae, Dédalo talló una vaca de madera sobre ruedas. La vació por dentro, la cubrió con la piel de una vaca que había desollado y la colocó en el prado donde el toro solía pastar. Pasifae se metió dentro de la efigie de madera, y así engañó al toro. De la unión de humano y animal, nació el minotauro, mitad hombre y mitad toro.

Cuando Minos vio al terrible ser, pidió a Dédalo que construyera un laberinto para ocultarlo allí. Más tarde, Minos utilizó al minotauro para mantener un reinado de terror sobre Atenas, exigiendo siete jóvenes mujeres y siete jóvenes hombres de la ciudad para alimentar a la bestia como tributo. Eventualmente, Teseo, un héroe ateniense, llegó a Creta y mató al minotauro con la ayuda de Ariadna, la hija de Minos. Algunos escritores antiguos incluso afirman que Dédalo desempeñó un papel y ayudó a la pareja en su búsqueda de la cabeza del minotauro.

Según se cuenta, en algún momento, Dédalo comenzó a odiar Creta y decidió regresar a su hogar. Sin embargo, Minos estaba decidido a mantener al inventor cerca de él, incluso si eso significaba encarcelarlo.

La vida en prisión no era fácil, pero al menos Dédalo no estaba sólo; su querido hijo Ícaro estaba allí con él. Aun así, Dédalo estaba desesperado por escapar de Creta.

Y así, Dédalo hizo lo que mejor sabía hacer; pensar fuera de lo común. Estudió los movimientos de las aves y construyó un dispositivo que las imitaba. Luego, colocó múltiples plumas en fila de la más corta a la más larga y las ató juntas usando cera de abejas e hilo. Todo este tiempo, Ícaro jugaba con las plumas, reía sin darse cuenta de que tocaba lo que provocaría su trágico final.

Cuando Dédalo terminó, se puso las alas. Dédalo e Ícaro se miraron mientras el padre volaba frente a su hijo. Le explicó cómo debía usar las alas y lo que debía evitar:

"Permíteme advertirte, Ícaro, que tomes el camino intermedio, para evitar que la humedad pese sobre tus alas si vuelas demasiado bajo, o que el sol las queme si te elevas demasiado. Navega entre los extremos."

Las advertencias e instrucciones de Dédalo tenían un tono

dramático. Él comprendía que esto no era un juego, sino un viaje que podría terminar mal. El miedo por la vida de su hijo lo invadía. Las lágrimas brotaban de sus ojos y sus manos temblaban. Las reacciones de Ícaro mostraban que no reconocía los peligros del vuelo. Aun así, no había otra opción. Dédalo se acercó a Ícaro y le dio un beso. Luego, volvió a elevarse al cielo. Lideraba el camino y así enseñaba a Ícaro cómo usar correctamente sus alas.

Dédalo e Ícaro volaron y dejaron atrás Creta. Ahora estaban fuera del alcance de Minos, pero no estaban seguros. Mientras se acercaban a la isla de Samos, Ícaro se volvió arrogante. Sintió una urgencia inconquistable de volar hacia el cielo, lo más cerca posible del sol. Ignorando las advertencias de su padre, voló cada vez más alto, hasta que la cera que mantenía unidas las alas se derritió y comenzó a caer a gran velocidad. Ícaro intentó volar, pero sus manos ya estaban desnudas. Lo único que le quedaba era gritar el nombre de su padre.

"¡Padre!"

"¿Ícaro, Ícaro, dónde estás? ¿Hacia dónde debo mirar para verte?", gritó Dédalo, pero Ícaro ya se había hundido en el oscuro mar, que pasaría a llamarse el Mar Icario.

"¡Ícaro!", gritó de nuevo, pero no recibió respuesta.

Finalmente, Dédalo encontró el cuerpo de su hijo flotando entre las plumas. Maldiciendo sus inventos, llevó el cuerpo a la isla más cercana y lo enterró allí. La isla donde Ícaro fue enterrado se llamó Icaria.

Dédalo acababa de enterrar a su hijo cuando un pequeño pájaro voló junto a su cabeza. Era su sobrino Talo, ahora llamado Perdix, que había regresado para disfrutar del sufrimiento del hombre que casi lo había matado por envidia. Así es como llega a su fin el mito de Dédalo e Ícaro.

5.5 EL MITO DE NARCISO Y ECO

Liríope, al consultar al poderoso oráculo Tiresias sobre el futuro de su recién nacido, recibió una respuesta enigmática: "Si logra no reconocerse a sí mismo, tendrá una larga vida bajo el sol". Aunque en un principio estas palabras parecían frívolas, con el tiempo demostraron ser profundamente ciertas.

Desde pequeño, Narciso destacó por su belleza excepcional,tanto que atraía a hombres y a mujeres que intentaban captar su atención y amor, aunque ninguno lograba realmente interesarse en él.

Entre las mujeres que se enamoraron de Narciso estaba la ninfa Eco, cuyo nombre deriva de la palabra griega que significa 'sonido'. Eco era una mujer habladora, conocida por interrumpir a los demás en las conversaciones. Sin embargo, cometió el error de ayudar a Zeus, el rey de los dioses griegos, a ocultar sus aventuras amorosas de su esposa, Hera. Cuando Hera estaba a punto de sorprender a Zeus con otra mujer, Eco la distraía con largas historias, dándole tiempo a Zeus para escapar. Al darse cuenta de lo que Eco estaba haciendo, Hera la maldijo para que nunca pudiera expresar de nuevo sus propios pensamientos en voz alta. En su lugar, Eco solo podría repetir las últimas palabras pronunciadas por otra persona.

Un día, Eco vio a Narciso en el bosque y, encantada por su apariencia, comenzó a espiarlo. Eco siguió al joven, sintiéndose cada vez más atraída por él, pero había un problema: Eco no podía hablar con Narciso. La única forma de hacerle saber sus sentimientos era esperar a que él dijera algo.

En algún momento, Narciso se dio cuenta de que alguien lo seguía y preguntó: "¿Quién está ahí?". "Ahí", repitió Eco, aún oculta. Narciso, incapaz de ver quién lo llamaba, invitó a la voz a acercarse. Eco no perdió tiempo, salió de su escondite, abrió los brazos e intentó abrazar a Narciso. Sin embargo, él no compartía su entusiasmo y la rechazó cruelmente: "¡Quita tus manos! Prefiero morir antes que alguien como tú me toque". "Toque", repitió Eco, en shock y desapareció nuevamente en el bosque, a donde huyó con lágrimas en los ojos. El rechazo había sido demasiado cruel para soportarlo. El amor que sentía por Narciso era tan intenso y obsesivo que no pudo aceptar cómo la había tratado y decidió vivir sola en la naturaleza. Sin embargo, el recuerdo de su desaire la perseguía constantemente. Al final, sus sentimientos eran tan intensos que su cuerpo se marchitó, dejando atrás sólo sus huesos y su voz. La voz de Eco continuó viviendo en el bosque, y en las colinas aún se puede escuchar su eco.

Sin embargo, el trágico final de Eco no pasó desapercibido. Muchos, enfadados con Narciso por haberle causado tanto sufrimiento innecesario, clamaban por una punción.

Némesis, la diosa de la venganza, escuchó los llamados de revancha desde el bosque y decidió actuar. Atrajo a Narciso hacia una fuente de aguas cristalinas y tranquilas. Narciso, cansado de cazar, decidió tomar un descanso y beber agua. Al hacerlo, comenzó a notar las aguas tranquilas y vio su propio rostro reflejado con más claridad que nunca. Cuanta más agua bebía, más absorto estaba en su propia imagen. La sorpresa se convirtió en admiración, la admiración en amor y el amor en obsesión. Narciso fue incapaz de moverse, paralizado por el deseo hacia la persona que veía en el agua de la fuente.

En vano intentó abrazar al ídolo, sólo para darse cuenta de que el reflejo en el agua tranquila era él mismo. Si se iba, perdería de vista a su único amor y comenzó a entrar en pánico al darse cuenta de que el amor podría estar fuera de su alcance para siempre.

Narciso comenzó a ser consciente de que estaba fuera de su alcance y llegó lentamente a la dolorosa comprensión de su trágico destino. Aun así, fue incapaz de controlar sus sentimientos y domar su deseo.
La más mínima ondulación en el agua provocaba que Narciso entrara en pánico, ya que el espejo acuático se perturbaba y él pensaba que su imagen lo abandonaría.

Tras aceptar la inutilidad de sus intentos, Narciso perdió las ganas de vivir y, con resignación, murmuró: "Adiós". Eco, que había estado observando desde lejos, devolvió sus palabras como un susurro: "Adiós".

Narciso se tumbó sobre la hierba, dejando que la vida abandonara su cuerpo mientras su amor obsesivo se transformaba en una desesperación existencial. Al día siguiente, en el lugar donde Narciso se había tendido, apareció una flor con pétalos blancos y un núcleo amarillo. Esta flor es conocida hasta hoy como la flor de Narciso.

6. HÉROES

6.1 PERSEO

La saga de Perseo tiene sus raíces en conflictos familiares que se remontan a dos generaciones atrás. Su abuelo, Acrisio, monarca de Argos, tenía un hermano gemelo, Preto. Desde antes de nacer, estos dos ya estaban en constante disputa, lo que dio inicio a una rivalidad que duraría toda la vida.

A pesar de ser gemelos, Acrisio y Preto eran como el día y la noche, y su enemistad creció con los años. Se suponía que ambos gobernarían Argos juntos, pero las diferencias eran insalvables. Al final, Acrisio se impuso y relegó a Preto al exilio, quien a su vez se convirtió en rey de Tirinto, una ciudad cercana.

Acrisio, aunque victorioso, no encontró paz. Su matrimonio con Aganipe no le dio el heredero masculino que tanto deseaba, sólo una hija: Dánae. Desesperado por asegurar su legado, consultó a un oráculo, sólo para recibir una profecía desalentadora: no tendría hijos varones y, para colmo, su nieto sería quien acabaría con su vida.

Decidido a desafiar al destino, Acrisio tomó medidas extremas. Encerró a Dánae en una cámara subterránea de bronce, pues de este modo esperaba evitar la profecía. Pero el destino tiene maneras misteriosas de cumplirse. A pesar de su encierro, Dánae concibió un hijo. Mientras algunos murmuraban que Preto había burlado la seguridad de la cámara y la había embarazado, Dánae siempre afirmó que el padre de su hijo era Zeus, quien se le apareció en forma de una lluvia dorada.

El pequeño Perseo nació en cautiverio. Madre e hijo pasaron

más de un año juntos en la oscuridad. Pero, tarde o temprano, Acrisio se enteró. Su reacción fue tan rápida como cruel: encerró a Dánae y a Perseo en un cofre de madera y los arrojó al mar Egeo, dejando a su hija y a su nieto a merced de las olas y su cruel destino.

En un giro afortunado del destino, Dánae y Perseo, guiados por la mano invisible de Zeus, llegaron a la isla de Serifos, donde residían dos hermanos de caracteres muy distintos. Polidectes, el monarca de la isla, vivía en la opulencia y el poder, mientras que Dictis, su hermano, llevaba una vida humilde dedicada a la pesca.

Fue Dictis quien, mientras lanzaba sus redes al mar, encontró el cofre a la deriva y rescató a madre e hijo de las aguas traicioneras. Con un corazón generoso, los acogió en su hogar, los trató como a familiares lejanos, ya que compartían un linaje común pues ambos descendían de Danao, un antiguo soberano de Argos.

Bajo el techo de Dictis, Dánae y Perseo encontraron refugio y cariño durante muchos años, hasta que Perseo alcanzó la juventud. Durante ese tiempo, Polidectes, el rey, puso sus ojos en Dánae, quedando prendado de su belleza. A pesar de sus insistentes propuestas de matrimonio, Dánae se mantuvo firme en su rechazo. Polidectes, consciente del joven y fuerte Perseo, optó por una estrategia más sutil para conseguir lo que deseaba.

Con astucia, Polidectes ideó un plan y anunció su intención de desposar a Hipodamía, la hija del rey Enómao de Pisa. Organizó un fastuoso banquete, donde cada invitado debía llevar un regalo para la futura esposa, en específico, a cada uno les exigió un caballo. Perseo, sin recursos ni caballos que ofrecer, se vio atrapado en una encrucijada.

Lejos de atemorizarse, el joven, impulsado por su valentía, prometió a Polidectes cualquier cosa que deseara, incluso la cabeza de Medusa, la gorgona cuya mirada petrificaba a los hombres. Polidectes, ocultando su regocijo tras una máscara de seriedad, aceptó la oferta, a sabiendas de que enviaba a Perseo a una misión prácticamente suicida.

Medusa, la temida integrante de las tres hermanas gorgonas, se destacaba por ser la única vulnerable entre ellas, a diferencia de sus inmortales hermanas Euríale y Esteno. Perseo, al reflexionar sobre la arriesgada promesa que había hecho, probablemente comenzó a dudar de su capacidad para llevar a cabo tal hazaña. Enfrentarse y vencer a la poderosa Medusa se perfilaba como una misión casi imposible. Necesitaría infiltrarse en su guarida sin ser detectado para evitar su mirada petrificante y, además, debería ser en extremo rápido para escapar de la veloz persecución de sus hermanas aladas.

Afortunadamente para Perseo, no estaría sólo en esta ardua tarea. Atenea, la diosa que aborrecía a Medusa, se le apareció para ofrecerle su sabiduría y apoyo, guiándolo hacia una cueva en Serifos, donde residían algunas Náyades. Estas ninfas de manantiales y lagos le proporcionaron a Perseo herramientas esenciales para su misión. Le entregaron sandalias aladas para moverse con rapidez, el yelmo de la oscuridad que lo haría invisible a los ojos de sus enemigos y una bolsa para guardar el trofeo de su victoria, la cabeza de Medusa. Hermes, el mensajero de los dioses, también se presentó para entregarle a Perseo la última pieza del rompecabezas: una espada forjada en adamantio, una piedra tan dura que era prácticamente indestructible. Con estas herramientas en su poder, Perseo estaba finalmente preparado para enfrentarse a Medusa y desafiar su destino.

Armado con sus poderosas herramientas, Perseo emprendió su viaje hacia una caverna situada en la montaña donde el titán Atlas habitaba. En esta oscura y misteriosa cueva, habitaban las grayas, tres hermanas ancianas y brujas de nacimiento. A pesar de su avanzada edad, las tres compartían un único ojo y un único diente desde su nacimiento, elementos que se pasaban de una a otra para poder ver y alimentarse.

Perseo, con astucia y sigilo, se ocultó en las sombras de la caverna, esperando pacientemente el momento preciso para actuar. Su corazón latía fuerte mientras observaba cómo una de las hermanas retiraba su ojo y se disponía a entregárselo a la siguiente. Era ese breve instante, cuando todas las grayas quedaban ciegas, el momento perfecto para atacar.

De repente, con un movimiento rápido y preciso, Perseo salió de su escondite y, en un acto audaz, interceptó el ojo en pleno aire. Las hermanas, sorprendidas y desorientadas, comenzaron a gritar y a buscar a tientas el precioso órgano que les permitía ver. Pero Perseo, sosteniendo el ojo como rehén, no estaba dispuesto a devolverlo hasta obtener lo que necesitaba.

Con voz firme y decidida, exigió a las grayas que le revelaran la ubicación exacta del escondite de las gorgonas. Las hermanas, desesperadas y sin otra opción, accedieron a sus demandas y le proporcionaron la información deseada. Satisfecho y sin perder un segundo más, Perseo lanzó el ojo al lago Tritonis y, con un nuevo sentido de urgencia y determinación, se apresuró hacia la guarida de las gorgonas, consciente de que cada momento contaba en su peligrosa misión.

Envuelto en un manto de invisibilidad, Perseo avanzó sigilosamente hacia el oscuro y temido refugio de las Gorgonas. Su destino estaba en los confines más remotos de la tierra, en un lugar maldito donde ni el sol ni la luna se atrevían a brillar. A medida que se adentraba en la guarida, el camino se llenaba de figuras de piedra, testigos silenciosos de aquellos que, imprudentemente, se habían cruzado con las gorgonas y habían pagado el precio más alto.

Con manos temblorosas, Perseo había pulido su escudo de bronce hasta que brillaba como un espejo, una herramienta crucial para su peligrosa misión. Ahora, lo utilizaba para espiar a las gorgonas sin tener que enfrentarse a su mirada mortal. Se escondió en las sombras, cerca de la entrada de su refugio, a la espera del momento perfecto cuando las Gorgonas sucumbieran al sueño.

El aire se llenó de una tensión palpable mientras Perseo, utilizando su escudo como espejo, reflejó la imagen de Medusa y dirigió su ataque con precisión milimétrica. Con un golpe certero y poderoso de su espada, decapitó a Medusa, guardó con presteza la cabeza en su bolsa y, con el corazón aún palpitante, emprendió la huida en sus sandalias aladas. Las hermanas de Medusa, despertadas por el tumulto, se elevaron al aire, emitiendo gritos desgarradores en busca de venganza. Pero Perseo, oculto por el yelmo de la oscuridad, se había convertido en una sombra, inalcanzable e invisible.

Con su preciado trofeo asegurado, Perseo voló de regreso hacia Serifos, pero el viaje desde la guarida de las gorgonas era largo y tortuoso. Necesitaría hacer varias paradas antes de llegar a casa, y cada una de ellas prometía ser una odisea en sí misma. Aún envuelto en la adrenalina de su victoria, Perseo pronto descubriría que su camino a casa estaría plagado de desafíos y aventuras inesperadas, y que la sombra de las gorgonas lo perseguiría en cada paso que diera.

Mientras Perseo surcaba los cielos con sus sandalias aladas, sobrevolando la costa de Etiopía en su camino de regreso, divisó la figura de una hermosa mujer encadenada a una roca. La luminosidad de su ser lo dejó tan atónito que, en un principio, pensó que estaba tallada en mármol. Pero al descender para observar mejor, se percató de que la doncella estaba llorando.

Al principio, la joven parecía asustada de Perseo y reacia a hablar sobre su terrible situación. Sin embargo, con dulces palabras y persuasión, Perseo logró vencer la timidez de esa belleza virginal, y ella compartió con él su desgarradora historia. Su nombre era Andrómeda, hija de Cefeo y Casiopea. Su madre había enfurecido a Poseidón al jactarse de ser más hermosa que las nereidas, las ninfas del mar que servían como asistentes del dios del mar. Para castigar la vanidad de Casiopea, Poseidón había inundado el reino y enviado un monstruo marino para asolar Etiopía. Siguiendo el consejo de un oráculo, el rey Cefeo había encadenado a la desnuda Andrómeda a un acantilado rocoso como ofrenda sacrificial para apaciguar a Poseidón y salvar su reino.

Mientras escuchaba su relato, Perseo se enamoró perdidamente de Andrómeda. Ella le suplicó que la salvara de ser devorada por el monstruo marino y que la llevara lejos de aquel lugar, ya fuera como esposa o esclava. Perseo le prometió que lo haría, pero primero aseguró una promesa de Cefeo: recompensarlo con la mano de Andrómeda en matrimonio y un reino si la salvaba. Ante la oportunidad de salvar tanto a su reino como a su hija, el rey aceptó con entusiasmo las demandas de Perseo.

Cuando el monstruo marino emergió, Perseo se lanzó sobre la bestia y, tras una batalla furiosa que tiñó el mar de rojo con su sangre, lo mató.

Perseo liberó entonces a Andrómeda de sus cadenas y llevó a la joven ante sus padres. Después de haber salvado a su hija, Perseo exigió a Cefeo que cumpliera sus promesas.

Desafortunadamente, Andrómeda ya había sido comprometida con Fineo, hermano de Cefeo, un detalle crucial que Cefeo había pasado por alto en su desesperación por ver a su hija a salvo. Aunque Fineo no había hecho el menor esfuerzo por salvar a su prometida, se negó a renunciar a ella en favor de su salvador. No obstante, el agradecido Cefeo cumplió su promesa con Perseo, y con premura organizó la boda.

Sin embargo, respaldado por un ejército, Fineo irrumpió en la boda de Perseo y Andrómeda para reivindicar su derecho previo sobre ella. A pesar de estar enormemente superado en número, Perseo emergió victorioso de la batalla por la mano de Andrómeda, pues se valió de la cabeza de Medusa para petrificar a su rival y a todos los aliados de Fineo.

Con Fineo convertido en piedra, Perseo se casó con Andrómeda y, a diferencia de la mayoría de los dioses y héroes de la mitología clásica, le fue fiel durante toda su vida. La pareja permaneció con sus padres durante casi un año después de su matrimonio, tiempo durante el cual Andrómeda dio a luz a su primer hijo, Perses.

Cuando Perseo reanudó su viaje de regreso a Serifos, él y Andrómeda dejaron al pequeño Perses con sus abuelos. Dado que su abuelo Cefeo no tenía otros herederos, Perses heredaría su reino.

A su regreso a la isla de Sérifos, Perseo encontró a su madre refugiada en el altar de los dioses. Tan pronto como el héroe partió en su búsqueda, el lascivo rey Polidectes intentó forzar a Dánae. El hermano del rey, Dictis, frustró a Polidectes y llevó a Dánae al altar, un terreno sagrado donde el rey no se atrevió a violarla.

Al enterarse de la traición de Polidectes, Perseo se dirigió directamente al palacio. Irrumpió en un banquete, sorprendiendo al rey, quien sin duda pensaba que el héroe estaba muerto. Perseo anunció que había traído el regalo prometido para la futura esposa de Polidectes. El rey se burló de esta afirmación, desafiando la palabra y el honor de Perseo. El joven no necesitó más provocación. Apartó la vista, sostuvo la cabeza cortada de Medusa, y al instante Polidectes y sus invitados se convirtieron en piedra.

Tras rescatar a su madre, Perseo recompensó a Dictis por su lealtad y protección y le concedió el trono que Polidectes había dejado vacante. Luego devolvió sus armas prestadas a Hermes, quien las llevó de vuelta a las náyades. Con su heroica búsqueda completada, Perseo partió hacia Argos con Andrómeda y Dánae Allí, en el reino de su nacimiento, esperaba hacer las paces con su abuelo, Acrisio.

Las hazañas de su nieto, Perseo, no pasaron desapercibidas para Acrisio. Temiendo que su hija y su famoso hijo pronto regresaran a Argos y cumplieran la profecía que había intentado evitar desesperadamente, Acrisio huyó a Larisa, un reino en Tesalia. Pero Perseo, que aparentemente no guardaba rencor hacia su abuelo a pesar de su crueldad tantos años atrás, siguió al anciano hasta Larisa. El joven aún no había encontrado a su abuelo cuando se enteró de que el padre del rey de Larisa había muerto.

Mientras asistía a los juegos fúnebres celebrados en honor al padre del rey, Perseo decidió impulsivamente unirse a la competencia de lanzamiento de disco. Por desgracia, un disco lanzado por Perseo se desvió de su trayectoria. Accidentalmente golpeó y mató a uno de los espectadores: su abuelo Acrisio. La profecía se había cumplido: Perseo había causado la muerte de su abuelo. Con la muerte de Acrisio, Perseo heredó el trono de Argos. Sin embargo, se sintió tan avergonzado de haber ganado el trono al matar de forma involuntaria a su propio abuelo que Perseo juró no volver nunca más a Argos. En su lugar, intercambió reinos (Argos por Tirinto) con Megapentes, el único hijo del hermano gemelo de Acrisio, Preto.

Perseo sirvió como rey de Tirinto durante muchos años después. Mientras gobernaba Tirinto, fundó la ciudad de Micenas (aunque algunos dicen que simplemente la fortificó) y fortaleció Midea. Permaneció fiel a Andrómeda, quien le dio seis hijos más. Perseo, uno de los más grandes héroes de Argos, fue venerado después de su muerte tanto en Atenas como en Serifos. Para honrar a Perseo y Andrómeda, Atenea creó constelaciones con sus nombres después de que murieran, y así inmortalizó su amor y valentía para siempre en el cielo estrellado.

12 TRABAJOS DE HERACLES

LEÓN DE NEMEA

HIDRA DE LERNA

CIERVA DE CERINEA

JABALÍ DE ERIMANTO

AVES DE ESTÍNFALO

TORO DE CRETA

ESTABLOS DE AUGÍAS

YEGUAS DE DIOMEDES

CINTURÓN DE HIPÓLITA

GANADO DE GERIÓN

MANZANAS DE LAS HESPÉRIDES

RAPTAR A CERBERO

6.2 HERACLES

Heracles, un personaje de proporciones épicas en la mitología griega, nació de la unión divina entre Zeus y Alcmena, una mortal de linaje real. Su historia comienza con un giro de eventos digno de una tragedia griega. Alcmena, casada con Anfitrión, se encontró en medio de un engaño divino cuando Zeus tomó la forma de su esposo y compartió su lecho. Esta noche extendida por el propio Zeus, quien detuvo el carro del sol para prolongar las horas de oscuridad, resultó en la concepción de Heracles.

Anfitrión, por otro lado, regresó a casa para descubrir la confusión y, con la ayuda del vidente ciego Tiresias, entendió la trama divina que se había desarrollado. A pesar de la traición inicial, Anfitrión aceptó la situación, consciente de que desafiar a Zeus podría tener consecuencias desastrosas. Alcmena, inocente en el engaño, llevaba en su vientre a un hijo de Zeus, destinado a la grandeza y a enfrentar desafíos que superarían los límites de la humanidad.

Así comienza la saga de Heracles, un héroe destinado a caminar en la delgada línea entre lo mortal y lo divino al verse obligado a enfrentar pruebas que lo llevarían a los confines del mundo conocido y más allá. Su historia es una de valentía, astucia y, sobre todo, de la lucha interminable contra los caprichos de los dioses y los desafíos del destino.

Justo antes del nacimiento de Heracles, Zeus, en su trono en el Olimpo, proclamó con orgullo que ese día nacería un descendiente suyo destinado a gobernar la Casa de Perseo.

Hera, siempre celosa y astuta, y sabedora de la aventura de su esposo con Alcmena, consiguió que Zeus jurara su declaración.

Con un plan maestro en mente, Hera manipuló a Ilitía, la diosa del parto, para retrasar el parto de Alcmena. Ilitía, sentada fuera de la habitación, cruzó sus piernas y dedos, y anudó su ropa, y de ese modo creó un encantamiento que impidió el parto. Mientras tanto, Hera aceleró el trabajo de parto de Nicipe, esposa del rey Esténelo, quien había exiliado a Anfitrión, sobrino suyo. Así, Euristeo, nieto de Perseo y también descendiente de Zeus, nació prematuramente, y Zeus, aunque a regañadientes, cumplió su juramento y lo nombró gobernante de Argos, Tirinto y Micenas.

En un intento de proteger a Heracles, Zeus recurrió a Atenea para engañar a Hera y hacer que amamantara al infante. Atenea encontró al pequeño Heracles abandonado fuera de las murallas de Tebas, donde Alcmena lo había dejado, temerosa de la ira de Hera. Atenea presentó al niño a Hera, instándole a compadecerse de la hermosa criatura tan cruelmente desamparada. Sin pensar, Hera ofreció su pecho al bebé, pero la criatura succionó con tal fuerza que ella lo apartó de su seno, derramando la leche divina por el cielo y creando la Vía Láctea.

Sin embargo, este acto no despertó ningún instinto maternal en Hera. Su enemistad hacia Heracles sólo se intensificó. Consumida por los celos hacia Alcmena, envió dos serpientes venenosas con ojos llameantes para destruir tanto a Hércules como a su medio hermano Ificles. Pero el poderoso infante, con una fuerza descomunal, tomó a una serpiente en cada mano y las estranguló sin esfuerzo, y así, desde su cuna, evidenció que no sería fácil vencerlo.

Durante su juventud, Heracles demostró ser un aprendiz excepcional, pues, bajo la tutela de maestros renombrados, dominó diversas habilidades y artes. Sin embargo, su temperamento impulsivo y su fuerza descomunal se hicieron evidentes en un trágico incidente con su tutor Lino. Después de un desacuerdo sobre las lecciones de música, Heracles, en un arrebato de ira, golpeó a Lino con una lira, causándole la muerte al instante. Este acto de violencia accidental reveló la dualidad de su naturaleza: un héroe en formación con un poder abrumador, pero aún sin la sabiduría para controlarlo.

Equipado con regalos divinos de los dioses del Olimpo, incluido un escudo irrompible de Zeus y una armadura de oro de Hefesto, Heracles estaba listo para enfrentarse a los desafíos que le esperaban. Su habilidad en combate y su destreza física eran incomparables, y estaba claro que estaba destinado a lograr grandes cosas. Sin embargo, la sombra de su temperamento y su fuerza descontrolada permanecerían con él, recordándole la necesidad de encontrar equilibrio y sabiduría en su camino hacia la gloria.

Aunque Heracles aún no había demostrado su valía, el rey Téspio de Tespia vio su potencial y decidió que sus cincuenta hijas tendrían hijos con él. En una noche, Heracles dejó embarazadas a cuarenta y nueve de ellas, engendrando cincuenta y un hijos. Una hija del rey se negó y permaneció virgen, y sirvió como sacerdotisa en el templo de Heracles. Este hecho es considerado por muchos como el "décimo tercer trabajo" de Heracles.

Después de atender a las hijas de Tespio, Heracles se dirigió a casa en Tebas. En el camino, se encontró con un grupo de minias, el noble clan que gobernaba la ciudad de Orcómeno y, en ese momento, también Tebas. Años antes, un tebano había matado por accidente al rey de Orcómeno. Como represalia, los minias habían obligado a Tebas a pagar un tributo anual de cien cabezas de ganado. Los minias, de camino a cobrar este tributo, se burlaron diciendo que los tebanos tenían suerte de que Ergino, el rey de Orcómeno, no les hubiera cortado las orejas, las narices y las manos como castigo. Heracles, indignado, cortó las orejas, las narices y las manos de los mensajeros, colgó estas partes mutiladas de sus cuellos y los envió de vuelta a Ergino. Sabedor de que Ergino buscaría venganza, Heracles reunió con presteza un ejército de tebanos. Bajo su liderazgo, no sólo defendieron con éxito Tebas y repelieron a los minias, sino que también mataron a Ergino y capturaron la ciudad de Orcómeno.

Creonte, el rey de Tebas, recompensó a Heracles por su heroísmo ofreciéndole a su hija mayor, Megara. Pero la hostilidad de Hera hacia Heracles no había disminuido; no le permitiría llevar una vida feliz. La diosa hipnotizó a Heracles, quien terminó por matar a sus hijos y a Megara, creyendo que eran bestias salvajes o enemigos de Tebas.

6.2.1 LOS DOCE TRABAJOS DE HERACLES

Una vez terminado el efecto de la pócima de Hera, Heracles recuperó su cordura y se autoexilió de Tebas como castigo por su crimen. En busca de redención, viajó a Delfos para consultar al oráculo sobre cómo expiar su falta. La Pitia, sacerdotisa del oráculo, le indicó que debía dirigirse a Tirinto y someterse a diez trabajos impuestos por el rey Euristeo. (Este número aumentaría a doce debido a las minuciosas objeciones de Euristeo sobre la validez de dos de los trabajos realizados por Heracles). Al completar exitosamente estos desafíos, Heracles no sólo expiaría su crimen, sino que también alcanzaría la inmortalidad y se ganaría un lugar entre los dioses.

A regañadientes, Heracles accedió a someterse a la voluntad de Euristeo, a quien Hera había favorecido con el trono destinado originalmente a Heracles. Así comenzó el épico viaje de Heracles, marcado por una serie de doce arduos trabajos que pondrían a prueba su fuerza, ingenio y valentía, y que lo llevarían a enfrentarse a monstruos temibles, realizar hazañas sobrenaturales y, finalmente, redimirse a los ojos de los dioses. Heracles, al presentarse ante Euristeo en Tirinto, recibió su primer trabajo: matar al León de Nemea, una bestia con una piel invulnerable a piedras y metales. Tras descubrir que sus armas eran inútiles, el héroe tuvo que luchar cuerpo a cuerpo con el espléndido animal, y consiguió asfixiarlo, y usando sus propias garras lo desolló. Con la piel, se hizo una capa y un casco, y eso atemorizó tanto a Euristeo que le ordenó dejar en adelante sus trofeos fuera de la ciudad. Más tarde, el rey mandó fabricar un gran jarro de bronce y lo enterró en la tierra. Desde entonces, cada vez que Heracles se acercaba, Euristeo, lleno de temor, se escondía en este jarro y enviaba a un mensajero para transmitir sus siguientes órdenes al héroe.

El segundo trabajo fue matar a la Hidra de Lerna, un monstruo con múltiples cabezas serpenteantes, una de las cuales era inmortal y cuyo aliento era venenoso. Heracles, con la ayuda de su amigo Yolao, logró vencer a la bestia al quemar cada cuello tras cortar las cabezas para después enterrar la cabeza inmortal bajo una roca. Antes de irse, empapó sus flechas en la sangre venenosa de la Hidra, haciéndolas mortales. Sin embargo, Euristeo no le dio crédito por este trabajo debido a la ayuda recibida.

El tercer desafío fue capturar al Jabalí de Erimanto, que aterrorizaba la región de Arcadia. En el camino, Heracles se hospedó con el centauro Folo, lo que llevó a un enfrentamiento violento con otros centauros, que resultó en la muerte accidental de Folo y Quirón, un antiguo maestro y amigo de Heracles, por las flechas envenenadas. Por último, Heracles capturó al jabalí en la nieve profunda y lo llevó de vuelta a Tirinto.

El cuarto trabajo consistió en capturar viva a la Cierva Cerínea, un animal sagrado para Artemisa, con cuernos de oro y pezuñas de bronce. Heracles, que no deseaba herir a la cierva, la persiguió durante un año antes de capturarla y llevarla ante Euristeo, cumpliendo así con su cuarto desafío.

Heracles decidió hacer una pausa en sus labores para unirse a Jasón y los argonautas, a quienes presentaremos más adelante en este libro, en su búsqueda del vellocino de oro. Aunque los argonautas le ofrecieron el puesto de capitán, Heracles decidió ceder el liderazgo a Jasón. Sin embargo, su tiempo con ellos fue corto. Durante una parada en Mirina, en la costa noroeste de Asia Menor, unas ninfas fascinadas por Hilas, escudero y amante de Heracles, lo atrajeron hacia el agua. Mientras Heracles buscaba en vano a Hilas, el Argo zarpó sin él.

Heracles regresó a Tirinto para enfrentarse a su quinto trabajo: liberar al Lago Estínfalo en Arcadia de sus enormes bandadas de aves carnívoras. Estas aves, del tamaño de grullas y con garras, picos y alas de bronce, mataban a hombres y bestias lanzándoles plumas de bronce y excremento venenoso. Con la ayuda de Atenea, que le prestó un par de castañuelas de bronce forjadas por Hefesto, Heracles asustó a las aves, disparando a muchas de ellas, mientras que las demás huyeron.

El sexto trabajo asignado por Euristeo fue limpiar los establos de Augías, rey de Élide, que no se habían limpiado en treinta años y cuyos excrementos habían creado una pestilencia. Heracles desvió el curso de dos ríos para limpiar los establos en un sólo día, pero se encontró en una encrucijada cuando Augías se negó a pagarle y Euristeo no le dio crédito por el trabajo, pues argumentó que lo había hecho por dinero.

El séptimo trabajo llevó a Heracles a Creta para capturar al Toro de Creta, padre del minotauro. Tras una larga lucha, Heracles capturó al toro y lo llevó de vuelta a Tirinto, para luego liberarlo; el toro terminó en Maratón, donde Teseo lo retiene más adelante.

El octavo trabajo fue atrapar las yeguas devoradoras de hombres de Diomedes en Tracia. Heracles robó las bestias y, cuando Diomedes y sus hombres lo persiguieron, el héroe venció y arrojó su cuerpo a las yeguas como alimento. Luego llevó a la caballada de vuelta a Tirinto, donde Euristeo las consagró a Hera y las liberó en el monte Olimpo, aunque en última instancia fueron despedazadas por bestias salvajes.

Para su noveno trabajo, Heracles zarpó hacia el noreste, hasta el río Termodonte en Asia Menor, con la misión de obtener el cinturón dorado de Hipólita, la reina de las amazonas. Aunque en principio ella parecía dispuesta a entregárselo, una trama de engaños y malentendidos provocados por Hera llevó a un violento enfrentamiento. Heracles, al creerse traicionado, mató a Hipólita y se llevó el cinturón. En su viaje de regreso, tuvo un encuentro crucial en Troya, en donde salvó a Hesíone y sembró las semillas de futuras venganzas.

Heracles, aún bajo las órdenes de Euristeo, fue enviado a la península ibérica para su décimo trabajo, con el objetivo de capturar el ganado de Gerión, un monstruo de tres cuerpos. Tras superar numerosos obstáculos y vencer a los guardianes del ganado, Heracles logró llevarse las reses, y selló su viaje con la creación de las columnas de Hércules. Sin embargo, el viaje de regreso estuvo lleno de desafíos, y hubo de enfrentar ladrones y gigantes, con lo que demostró, una vez más, su astucia y fuerza sobresalientes.

En su undécimo trabajo, Heracles se enfrentó a la tarea de obtener las manzanas de oro del jardín de las hespérides. Tras una serie de pruebas y desafíos, y con la ayuda de Atlas, logró obtener las preciadas manzanas. Pero no sin antes enfrentarse a Anteo en Libia y liberar a Prometeo en el Cáucaso, y así sumó nuevas hazañas a su ya impresionante lista de logros.

Finalmente, en su duodécimo y último trabajo, Heracles descendió al inframundo para capturar a Cerbero, el perro de tres cabezas que guardaba la entrada. Después de superar los horrores del inframundo y recibir la bendición de Hades, Heracles logró someter a la bestia y la llevó ante Euristeo, y así completo sus doce trabajos y se aseguró su lugar en la leyenda.

Liberado de sus compromisos con Euristeo, Heracles partió en busca de una nueva esposa. Desafió y superó a su antiguo maestro Éurito en un concurso de tiro con arco para ganar la mano de su hija, Íole. Sin embargo, Éurito, recordando quizás los episodios de locura en la juventud de Heracles, se negó a cumplir con la apuesta.

Cuando Ífito, el hijo de Éurito, sospechó más tarde que Heracles había robado el ganado de su padre como venganza por este desaire, Heracles, consumido por la ira, arrojó al joven desde una torre, causándole la muerte. Atormentado por pesadillas, Heracles buscó orientación en el oráculo de Delfos. Pero cuando la Pitia se negó a hablar con él, amenazó con destruir Delfos y establecer su propio oráculo. Fue entonces cuando Apolo bajó del Olimpo para defender su oráculo, y entabló una feroz batalla con Heracles. Sin embargo, Zeus intervino, y lanzó un rayo entre sus hijos para restaurar el orden y la amistad. El oráculo aconsejó a Heracles venderse como esclavo durante un año y entregar las ganancias a los herederos de Ífito. La reina Ónfale de Lidia, en el oeste de Asia Menor, aunque desconocía la verdadera identidad de Heracles, reconoció su valía y lo compró rápidamente.

Durante su leal servicio a Ónfale, que duró entre uno y tres años, Heracles liberó al país de los bandidos que lo asolaban y mató a una enorme serpiente que destruía a los ciudadanos y cultivos de Lidia. Al descubrir por fin la verdadera identidad de su sirviente, Ónfale liberó a Heracles y le permitió regresar a Tirinto.

Heracles entonces se estableció en Calidón, en el centro de Grecia, donde comenzó a cortejar a Deyanira, la hija del rey Eneo y su esposa Altea. (A decir verdad, Dionisio era en realidad el verdadero padre de la hermosa Deyanira). El único rival de Heracles por su mano era el dios del río Aqueloo, quien aparecía a veces en forma de toro, a veces de serpiente y a veces como un hombre con cabeza de toro.

Heracles y Aqueloo comenzaron a luchar por Deyanira. Aqueloo, se transformó en serpiente y escapó de una llave. Cuando Heracles lo agarró por la garganta, Aqueloo se convirtió en toro y embistió. Pero Heracles agarró al toro por los cuernos, y rompió uno de ellos mientras arrojaba a Aqueloo al suelo una vez más. El dios del río se alejó derrotado.

Tres años después de casarse con Deyanira, la pareja se dirigió a Tracia, a 130 kilómetros al noreste de Calidón. Al llegar al río Eveno, Neso, un centauro que transportaba a los viajeros a través del torrente por una pequeña tarifa, ofreció llevar a Deyanira. Heracles aceptó contratar al centauro y comenzó a nadar a través del río. Pero en lugar de seguirlo, Neso se llevó a Deyanira e intentó violarla. Al escuchar los gritos de su esposa, Heracles rápidamente disparó una flecha envenenada que mató al centauro.

Antes de morir, sin embargo, Neso fingió arrepentimiento. Le dio a Deyanira su camisa manchada de sangre, y le dijo que serviría como un amuleto de amor para asegurar la fidelidad de su esposo. Deyanira, que sin duda conocía la reputación de Heracles, aceptó la túnica y la guardó.

Después de establecerse en Tracia, Heracles partió en su última aventura: buscar venganza contra Éurito por negarse a entregar a su hija Íole después con facilidad al rey Eurito y a sus hijos y capturó a Íole. Íole intentó suicidarse, pero falló, y Heracles la envió a Tracia. Para honrar a Zeus por asegurar la victoria en esta batalla final, Heracles comenzó a construir un altar y a preparar un sacrificio de toros. Envió a su mensajero Licas de vuelta a Tracia para buscar una camisa más adecuada para la ocasión. Deyanira, celosa de la recién llegada Íole, envió la camisa manchada con la sangre de Neso, con lo que esperaba recuperar su amor.

Tan pronto como Heracles se puso la camisa, el veneno de la Hidra que había envenenado la sangre de Neso comenzó a devorar su piel. Se arrancó la camisa del cuerpo, pero su carne se desprendió con ella. Atormentado, Heracles arrojó a Licas al mar, donde se convirtió en piedra. (Al descubrir lo que había hecho, Deyanira se suicidó). Aunque retorcido de dolor, Heracles le pidió a Hilo, el hijo que había procreado con Deyanira, que lo llevara a la cima del monte Eta. Le instruyó a su hijo para que construyera una pira funeraria allí y lo quemara vivo. Sin embargo, cuando llegó el momento de encender el fuego, ni Hilo ni ninguno de sus compañeros pudieron hacerlo.

Finalmente, un pastor ordenó a su hijo, Filoctetes, que encendiera la pira como Heracles había pedido. En agradecimiento, Heracles le regaló al joven su arco y las flechas envenenadas que habían llevado a su destrucción.

El fuego quemó la mortalidad del héroe, y liberó su parte inmortal de él. Heracles ascendió al Olimpo, donde su padre lo acogió calurosamente. Incluso Hera se reconcilió con Heracles, permitiéndole casarse con su hija Hebe y desde entonces lo consideró como su propio hijo.

6.3 JASÓN Y LOS ARGONAUTAS

Los argonautas, destacados héroes liderados por Jasón, emprendieron la mítica búsqueda del vellocino de oro a bordo del Argo. Aunque Jasón no era el más valiente ni el más hábil del grupo, su encanto con las mujeres lo convirtió en la elección de Hera, la reina de los dioses, para liderar esta expedición. Hera tenía planes ocultos: necesitaba que Jasón llevara consigo a la hechicera Medea de vuelta a Grecia. Así, la travesía de los argonautas se convirtió en una serie de aventuras épicas que pusieron a prueba y demostraron la valentía y el carácter de cada héroe a bordo.

Jasón, nieto de Tiro y Creteo, se encontraba en medio de una disputa por el trono de Yolco, un puerto en Tesalia, a causa de las intrigas de su tío Pelias, quien había usurpado el poder. Esón, padre de Jasón y legítimo heredero, temía por su vida y la de su hijo recién nacido. Así, decidió enviar a Jasón a ser criado por Quirón, el más sabio de los centauros, quien también había sido mentor de Heracles.

Al alcanzar la adultez, Jasón viajó a Yolco con la intención de reclamar el trono. En su camino, se encontró con una anciana en el río Anauro, a quien llevó a cuestas para ayudarla a cruzar. Este acto de bondad resultó en la pérdida de una de sus sandalias, que quedó atrapada en el lodo del lecho del río. Sin embargo, Jasón continuó su camino hacia Yolco, donde Pelias celebraba un festival en honor a su padre, Poseidón.

Pero Jasón desconocía que esa anciana no era otra más que Hera disfrazada. La diosa aborrecía a Pelias por no rendirle los debidos sacrificios y respeto, y además por haber asesinado a Sidero, la cruel madrastra de Tiro, mientras se aferraba al altar dedicado en su honor cuando buscaba santuario; Así pues, Hera planeaba su venganza, y su plan involucraba tanto a Jasón como a la hechicera Medea.

Pronto, Pelias se enteró de la llegada del hombre con una sola sandalia y sintió temor, al recordar una profecía que advertía que un hombre así, descendiente de Eolo (bisabuelo tanto de Esón como de Pelias), sería su perdición. Sin revelar su identidad, Pelias confrontó a Jason y le exigió saber quién era. Jasón, con valentía y franqueza, expresó su intención de reclamar el trono, ya fuera para él o para su padre.

Pelias, deseando deshacerse de Jasón pero consciente de que asesinarlo incurriría en la ira de los dioses, decidió asignarle una tarea imposible: obtener el vellocino de oro de Colquida, una tierra bárbara en la costa este del Mar Negro. Pelias probablemente pensó que nunca volvería a ver a Jason. Así, prometió ceder el trono sin resistencia si Jasón lograba completar esta ardua tarea. Jasón, ambicioso y deseoso de gloria, aceptó el reto, viendo en esta búsqueda el camino hacia su destino.

¿Qué era el vellocino de oro?

Atamante, hermano de Sísifo y Creteo, y rey de Orcómeno, dejó a su esposa Néfele para casarse con Ino. Esta, con la intención de favorecer a sus propios hijos, ideó un plan para eliminar a Frixo y Hele, los hijos de Néfele. Saboteó las semillas de grano del reino, y así provocó una hambruna, y luego sobornó a los mensajeros que regresaban del oráculo de Delfos para que dijeran que el sacrificio de Frixo apaciguaría a los dioses. Atamante, a regañadientes y engañado, estuvo a punto de sacrificar a su hijo cuando un carnero dorado y alado, enviado por Zeus, apareció para salvar a los niños. Frixo y Hele montaron en el carnero, pero Hele cayó y se ahogó en el estrecho que desde entonces lleva su nombre, el Helesponto. Frixo llegó sano y salvo a Colquida, en la costa este del Mar Negro, donde fue recibido por el rey Eetes. En agradecimiento, Frixo sacrificó el carnero y colgó su precioso vellocino de oro en un árbol sagrado, custodiado por un dragón vigilante que nunca dormía. Esta preciosa piel simbolizaba la protección divina y era un tesoro de inmenso valor y significado.

Después de consultar el oráculo en Delfos, Jasón invitó a los nobles más audaces de todas las ciudades de Grecia a unirse a él. La lista de aquellos que respondieron a esta llamada de aventura y gloria potencial incluía a algunos de los mayores héroes de toda Grecia. Muchos de los voluntarios elegidos para unirse a Jasón eran hijos o descendientes posteriores de los propios dioses.

Entre los que se inscribieron se incluyen:

• Heracles, hijo de Zeus, el más poderoso de todos los héroes

• Pólux, hijo de Zeus y Leda, y un experto boxeador

•Cástor, el gemelo de Pólux , destacado en domar, entrenar y montar caballos

•Eufemo, hijo de Poseidón, tan rápido que podía correr sobre el agua sin mojarse los pies

• Periclímeno, nieto de Poseidón, que podía cambiar de forma a voluntad durante la batalla

•Nauplio, (descendiente posterior) de Poseidón, un experto marinero

•Idas, hijo de Poseidón (aunque algunos niegan esta paternidad), un aliado jactancioso pero fuerte

•Linceo, medio hermano de Idas (hijo de Afareo, rey de Mesenia), que poseía una visión tan aguda que podía ver cosas bajo la superficie de la tierra

•Orfeo, hijo de Apolo, el más dotado de todos los músicos

•Idmón, un hijo de Apolo y un famoso profeta, que preveía una búsqueda exitosa y se unió a la tripulación a pesar de saber que moriría

•Augías, hijo de Helios y rey de Élide

•Zetes y Calais, hijos gemelos de Bóreas (dios del Viento Norte), que volaban con alas

No todos los argonautas eran de ascendencia divina. Tifis serviría como piloto del Argo. Los hermanos Telamón y Peleo se unieron a la tripulación. Meleagro, el joven príncipe de Calidón, se unió con entusiasmo. También lo hizo Admeto, el piadoso primo de Jasón. La promesa de fama y gloria incluso atrajo a otro primo: Acasto, hijo del traicionero tío de Jasón, Pelias, quien desafió las órdenes de su padre al navegar con los argonautas.

El paso por Lemnos
El lanzamiento del Argo fue un espectáculo tan impresionante

que incluso las nereidas, diosas del mar, surgieron de las profundidades oceánicas para contemplar esta maravillosa nave. Fue en ese momento cuando Peleo conoció a quien sería su futura esposa, la diosa del mar Tetis.

Tras ofrecer un sacrificio tradicional a Apolo, los argonautas zarparon rumbo a Cólquida. A medio camino a través del norte del mar Egeo, llegaron a la isla de Lemnos. Años antes, las mujeres de Lemnos habían dejado de rendir culto adecuadamente a Afrodita. Como castigo, la diosa les impuso un hedor repulsivo que alejó a sus maridos. En respuesta, los hombres de Lemnos trajeron cautivas de Tracia y empezaron a procrear con ellas.

Consumidas por los celos, las esposas de Lemnos asesinaron a las mujeres tracias y a todos los hombres de Lemnos, excepto a uno. Hipólita, que más tarde se convertiría en la reina de Lemnos, no pudo matar a su padre, el rey Toante. En cambio, lo escondió y lo envió en un bote o cofre que a la deriva llegó sano y salvo a la isla de Enoe.

Cuando los argonautas tocaron tierra en Lemnos, las mujeres de la isla ya habían reconocido la importancia de tener hombres, aunque fuera únicamente para fines reproductivos. Así que acogieron a los visitantes varones, invitándolos a sus recámaras. Jasón compartió momentos íntimos con Hipólita, y a pesar de prometerle lealtad, la dejó atrás para retomar su misión.

Los argonautas bien podrían haber permanecido en Lemnos por tiempo indefinido. No obstante, Heracles, que se había quedado en el Argo, les envió un mensaje en el que les cuestionaba si esa era realmente la forma en que deseaban alcanzar la gloria. Sintiéndose avergonzados y motivados por sus palabras, los argonautas decidieron volver al barco, y de esta forma dejaron tras de sí una isla llena de mujeres embarazadas.

La tribu Dolión

Tras navegar a través del Helesponto y adentrarse en el Mar de Mármara, el Argo hizo una parada en una isla donde Cícico, el rey de la tribu Dolión, les brindó una cálida bienvenida. La mayoría de la tripulación acompañó a Cícico hasta la cima del monte. Mientras se deleitaban con la vista, un grupo de gigantes de seis brazos atacó la nave, que estaba casi indefensa. Afortunadamente, Heracles, uno de los pocos que se habían quedado a bordo, estaba allí. El hijo de Zeus, armado con su arco y flechas, abatió a varios gigantes antes de que la tripulación regresara apresuradamente y acabara con los demás.

A la mañana siguiente, el Argo zarpó de nuevo. Sin embargo, se encontraron con fuertes vientos en contra y una visibilidad reducida. Esa noche, sin darse cuenta del escaso progreso que habían hecho, se detuvieron en las costas de la misma isla. Bajo la tenue luz de la luna, los doliones, temiendo que piratas hubieran desembarcado, se enfrentaron a los argonautas en una sangrienta batalla que duró toda la noche.

Al amanecer, los argonautas se dieron cuenta con tristeza de lo que habían hecho. Decenas de doliones, incluido el mismo Cícico, yacían muertos en la playa. Decidieron permanecer en la isla para rendir homenaje a sus caídos amigos con los debidos ritos funerarios.

Una vez reanudada la travesía, se vieron obligados a hacer una parada en Misia (en el noroeste de Asia Menor) cuando

Heracles rompió su remo. Fue aquí donde Heracles se separó de los argonautas. Mientras él y su compañero de tripulación, Polifemo, buscaban al joven amante de Heracles, Hilas, el Argo zarpó sin ellos. Al darse cuenta de su ausencia, los hermanos Zetes y Calais convencieron al resto de no regresar, decisión que fue respaldada por el dios del mar Glauco, quien emergió de las aguas para decirles que Zeus tenía intenciones de que Heracles completara sus trabajos. La travesía continuó, envuelta en un manto de incertidumbre y suspenso, mientras los tripulantes se adentraban en lo desconocido.

Dirigiéndose al Bósforo en su búsqueda del vellocino de oro, el Argo hizo una última parada, donde se toparon con Ámico, el brutal rey de los bebricios, quien los retó a elegir un campeón para un combate de boxeo. Pólux, un experto en el arte del boxeo, aceptó el desafío y logró vencer y matar a Ámico. Después de repeler un contraataque de los súbditos de Ámico y aprovisionarse de ovejas para un festín, los argonautas retomaron su viaje.

En Salmydeso, al sur del Bósforo, encontraron a Fineo, un rey ciego y debilitado, atormentado por las harpías enviadas por Zeus como castigo. Los argonautas prepararon una trampa para estas criaturas y, cuando éstas aparecieron, los hijos alados de Bóreas, Zetes y Calais, las persiguieron y capturaron. Iris, la mensajera de Zeus, intervino, y prometió que las harpías dejarían en paz a Fineo si eran liberadas. Agradecido, Fineo les proporcionó consejos valiosos para navegar por las Rocas Chocadoras, un peligroso paso hacia el Mar Negro.

Siguiendo el consejo de Fineo, los argonautas lograron pasar por las Rocas Chocadoras, y tan sólo perdieron un adorno de la popa. Mientras navegaban a lo largo de la costa sur del Mar

Negro, sufrieron la pérdida de Idmón y Tifis, pero ganaron a Dascilo, el hijo del rey Lico. Tras defenderse de un ataque de aves con tácticas similares a las de Heracles, se encontraron con los cuatro hijos de Frixo y Calcíope, quienes se unieron a la tripulación con la esperanza de persuadir a su abuelo Eetes para que entregara el vellocino de oro.

Al llegar a la desembocadura del río Fasis, cerca de la capital de Cólquida, Ea, Jasón y los argonautas sabían que necesitarían ayuda divina para obtener el vellocino de oro y salir con vida. Así, buscaron a Atenea, quien accedió a sobornar a Eros para que manipulara el corazón de Medea, la hija del rey Eetes y poderosa hechicera, con la esperanza de que ella los ayudara, incluso traicionando a su propio padre.

Medea, sacerdotisa de la diosa del inframundo Hécate, fue la primera en Cólquida en ver a los argonautas. En el acto, se enamoró de Jasón por la flecha de Eros, estaba dispuesta a ayudar. Con esta ventaja, Jasón decidió intentar primero un enfoque diplomático y se dirigió al palacio de Eetes junto con Telamón, Augías y los hijos de Frixo. A pesar de las presentaciones y explicaciones, Eetes desconfió y retó a Jasón a una prueba de fuerza para ganar el vellocino: debía uncir a un par de toros que escupían fuego, sembrar un campo con dientes de dragón y luego matar a los hombres que surgieran de ellos.

Con la ayuda de Medea, quien le proporcionó una droga mágica para protegerse, Jasón logró completar la tarea, sembrando el campo y derrotando a los guerreros que surgieron de él. Sin embargo, Eetes no cumplió su promesa de entregar el vellocino. Medea, ya comprometida con Jasón, lo llevó al bosque sagrado de Ares, donde usó su magia para adormecer al dragón que custodiaba la aurea piel. Jasón tomó el preciado objeto y, junto con Medea y los argonautas, huyeron rápidamente a bordo del Argo y navegaron hacia la libertad y la aventura que les esperaba.

Tras descubrir el robo del vellocino de oro, Eetes envió rápidamente a su hijo Apsirto y una flota de barcos de guerra tras los argonautas. La flota se dividió, una parte se dirigió al Bósforo y la otra a la desembocadura del Danubio. Aunque el Argo también se dirigía al Danubio, Apsirto llegó antes. Los argonautas, al verse acorralados y con un barco cólquida bloqueando la entrada al Danubio, buscaron refugio en una isla sagrada para Artemisa, confiando en que los cólquidas no se atreverían a atacar en un lugar que pudiera ofender a la diosa.

Medea, con astucia, engañó a su hermano Apsirto enviándole un mensaje en el que afirmaba haber sido secuestrada, y lo atrajo a la isla. Allí, Jasón lo emboscó y lo mató, y los argonautas acabaron con todos los que estaban en el barco de Apsirto antes de huir hacia el Danubio. Aunque lograron escapar de los cólquidas, Zeus, enfurecido por la traición y el asesinato de Apsirto, desató una tormenta y ordenó a Jasón y Medea buscar purificación por el asesinato con la tía de Medea, la famosa hechicera Circe.

Sin hacer preguntas, Circe purificó a Jasón y Medea con la sangre de un cerdo y realizó sacrificios tanto a Zeus como a las erinias (furias). Sin embargo, al descubrir quiénes eran y cómo habían traicionado a su hermano Eetes y a su sobrino Apsirto, Circe los expulsó furiosa de la isla.

Gracias a la intervención de Hera, Jasón y Medea recibieron vientos favorables y la ayuda de la diosa del mar Tetis en su huida. Al acercarse a Anthemoessa, hogar de las sirenas cuyo canto seductor había llevado a muchos marineros a abandonar sus viajes, Orfeo tocó su lira con fuerza, y ahogó así el canto de las sirenas y consiguió salvar a los argonautas. Luego, Tetis tomó el timón y guió con seguridad la nave a través del estrecho entre Escila y Caribdis (dos monstruos marinos), y de esta forma evitó tanto a la bestia de seis cabezas como al remolino monstruoso.

Los nereidas ayudaron a los argonautas a sortear las Rocas Errantes, corrientes violentas que podrían haber destruido su nave. Finalmente, llegaron a la isla griega de Corfú, donde se encontraron con la otra mitad de la flota de Eetes. Los cólquidas exigieron la devolución inmediata de Medea, pero los argonautas buscaron la ayuda de la reina Arete y el rey Alcínoo, quienes acordaron proteger a Jasón y Medea, evitando su separación con la condición de que se casaran. La boda se celebró esa misma noche, y la pareja pasó la noche en la cueva sagrada de Macris, que desde entonces se conoció como la Cueva de Medea. Al día siguiente, Alcínoo informó a los cólquidas que no permitiría que se llevaran a Medea, ahora esposa de Jasón. Los cólquidas, sin querer desafiar al rey de Corfú y temiendo las represalias de Eetes si volvían con las manos vacías, aceptaron la oferta de Alcínoo de establecerse en la isla. Jasón y Medea, por fin libres, pudieron continuar su viaje.

Cuando el Argo se acercaba a la costa sur de Grecia, un viento desfavorable los llevó a través del Mar Mediterráneo hasta la costa de Libia, donde una ola gigante dejó la nave varada en la arena del desierto. A punto de rendirse, tres ninfas aparecieron y proporcionaron un oráculo críptico que indicaba que después de ver los caballos de Poseidón desuncidos, debían recompensar a su madre por llevarlos tanto tiempo en su vientre. Jasón interpretó el enigma, comprendiendo que su "madre" era el Argo, y así, los argonautas llevaron la nave a través del desierto durante nueve días hasta llegar al lago Tritonis.

En el lago Tritonis, mientras buscaban agua dulce, los viajantes llegaron al Jardín de las Hespérides y descubrieron una fuente de agua fresca creada por Heracles. Después de regresar al Argo, no pudieron encontrar una salida al mar desde el lago Tritonis, hasta que Orfeo sugirió ofrecer un trípode de bronce a los dioses. En respuesta, el dios Tritón empujó la nave hasta el Mediterráneo, guiándolos por una ruta que ellos mismos no habrían podido navegar.

Entonces, los argonautas llegaron a Creta, pero se encontraron con Talos, un gigante de bronce que lanzaba enormes rocas y así les impidió desembarcar. Talos era invulnerable excepto por una vena cerca de su tobillo. Medea, haciendo uso de su hechicería, hipnotizó al gigante, quien tropezó y se golpeó el tobillo contra una roca afilada, se rompió la vena y cayó al mar, atrás lo cual, los tripulantes pudieron regresar a casa.

Antes de que el Argo regresara a Yolco, los rumores de la pérdida de la nave y su tripulación se extendieron, lo que orilló a Pelias a forzar a Eson, padre de Jasón, a suicidarse bebiendo sangre de toro, un veneno mortal. Pelias también asesinó a Prómaco, el hermano menor de Jasón. La madre de Jasón maldijo a Pelias antes de quitarse la vida con una espada. Jasón, sospechando que Pelias no cumpliría su promesa de ceder el trono, decidió atracar el Argo fuera de la ciudad y, con la ayuda de Medea, idearon un plan macabro para tomar el trono sin enfrentarse en batalla.

Medea, disfrazada de anciana, entró en la ciudad y convenció a Pelias de que podía rejuvenecerlo. Bajo la insistencia de Medea, las hijas de Pelias, aunque reacias, accedieron a seguir su receta: despedazar a su padre y cocinarlo en un caldero. Medea demostró el proceso con un carnero, transformándolo en un cordero vivo, lo que convenció a las hijas de Pelias para que llevaran a cabo el acto. Sin embargo, cuando Pelias no revivió, se dieron cuenta del engaño y quedaron sumidas en la desesperación.

Con Pelias fuera del camino, los argonautas tomaron la ciudad con facilidad. Sin embargo, Acasto, hijo de Pelias y nuevo rey, expulsó a Jasón y Medea de Yolco tras descubrir la traicionera manera en que habían asesinado a su padre. El objetivo original de la búsqueda del vellocino de oro nunca se cumplió. Jasón no pudo gobernar Yolco.

Jasón y Medea se establecieron en Corinto, donde tuvieron dos hijos y vivieron juntos diez años felices. Sin embargo, con el tiempo, Jasón comenzó a ver a Medea, a quien los corintios temían y despreciaban, como una vergüenza para él. Decidió divorciarse de ella y, cuando el rey Creonte de Corinto le ofreció la mano de su hija Creúsa, Jasón aceptó con entusiasmo. Divorciarse de Medea y casarse con Creúsa aumentaría su propio poder y prestigio, además de asegurar los derechos de ciudadanía de sus hijos. Pero su abandono dejó a Medea destrozada.

Despechada, divorciada y luego exiliada por Creonte, quien tenía buenas razones para temer su brujería, Medea aprovechó su último día en Corinto para enviar a Glauce una túnica y una corona como regalos de boda. Cuando la ingenua Glauce se probó la túnica que Medea había empapado en veneno, esta se incendió, consumiendo no sólo a Glauce, sino también a Creonte, a toda su familia y al palacio de Corinto. Solo para herir aún más a Jasón, Medea mató a sus propios hijos y se llevó sus cuerpos, impidiendo que Jasón siquiera pudiera enterrarlos. La hechicera huyó de Corinto en un carro tirado por dragones, un regalo de su abuelo Helios.

Medea huyó a Atenas, donde convenció al rey Egeo, que había sido estéril durante mucho tiempo, de casarse con ella prometiéndole hijos. (Aunque Aetra, la hija del rey Piteo de Trezena, ya estaba embarazada de Teseo, hijo de Egeo, él aún no lo sabía). Egeo y Medea, que tuvieron un hijo llamado Medo, vivieron juntos en Atenas durante muchos años. Sin embargo, cuando intentó matar a Teseo para despejar el camino al trono para su propio hijo, tanto Medea como Medo fueron exiliados por Egeo. Sin otro lugar adónde ir, Medea regresó finalmente a su tierra natal, Colquida. Allí, Medo, instigado por su madre, mató al rey Perses, quien había destronado a su hermano Eetes. Medo capturó el trono para sí mismo (o lo recuperó para su abuelo, si es que Eetes aún vivía, según algunas versiones). No se sabe nada más de Medea.

En cuanto a Jasón, nunca volvió a acercarse a la gloria de sus días de juventud. Desolado por el dolor, Jasón murió mientras revisitaba su antigua gloria: los restos del Argo en Corinto. Allí, una viga de la podrida nave cayó sobre su cabeza, poniendo fin para siempre a sus días de esplendor.

6.4 TESEO

Teseo, descendiente de una estirpe distinguida, tenía raíces nobles tanto por parte de madre como de padre. Su linaje materno lo conectaba con Pélope, un rey legendario de Pisa que fue milagrosamente devuelto a la vida por los dioses después de que su padre, Tántalo, intentara servir como comida a las deidades. Por el lado paterno, Teseo era hijo de Egeo, el rey de Atenas, o según algunas versiones, del dios Poseidón. Egeo, deseoso de tener un heredero, había fracasado en sus intentos a través de dos matrimonios y finalmente decidió buscar consejo en el oráculo de Delfos. Allí, recibió una instrucción críptica y enigmática: "No destapes la bolsa de vino hasta que regreses a Atenas". Confundido y sin comprender que la instrucción era una metáfora que le aconsejaba abstenerse de relaciones sexuales hasta su regreso, Egeo se quedó perplejo ante el mensaje misterioso.

En lugar de regresar directamente a Atenas, Egeo decidió visitar Trecén, un pequeño pueblo en Argólida, con la esperanza de que Piteo, el sabio rey de Trecén y descendiente de Pélope, pudiera ayudarlo a descifrar el enigmático mensaje del oráculo. Piteo, al comprender al instante el significado de la profecía, decidió no compartir su interpretación con Egeo, ya que tenía sus propios planes para él. Aquella noche, embriagó a Egeo y lo llevó a la cama de su hija Etra. Más tarde, Poseidón también se unió a Etra, aunque ni Piteo ni Egeo supieron de este encuentro divino. A la mañana siguiente, Egeo escondió su espada y sus sandalias bajo una enorme roca cerca de Trecén, dejando instrucciones para Etra: si su hijo llegaba a ser lo bastante fuerte como para mover la piedra, debería enviarlo a Atenas con esos objetos para que pudiera ser reconocido.

Etra tuvo un hijo, a quien llamó Teseo. El joven pronto demostró ser tanto fuerte como astuto, destacado en la lucha, deporte que transformó al combinar habilidad en combate con agilidad e ingenio.

A los dieciséis años, Teseo logró mover la piedra, se calzó las sandalias y tomó la espada de Egeo, y se dispuso a viajar a Atenas. Desoyendo los consejos de su madre y su abuelo de navegar a través del golfo Sarónico, Teseo eligió valientemente la peligrosa ruta terrestre a través del istmo de Corinto, y enfrentó numerosos desafíos en su camino.

En su peligroso viaje desde Trecén hasta Atenas, Teseo se enfrentó a una serie de monstruos y bandidos que aterrorizaban a los viajeros. Sin embargo, Teseo logró vencer a cada uno de ellos, haciéndoles sufrir el mismo destino cruel que ellos habían infligido a sus víctimas. En Epidauro, cerca del golfo Sarónico, Teseo se encontró con Perifetes, apodado Corinetes, un hombre cojo hijo del también renco dios Hefesto. Perifetes tenía la costumbre de aplastar las cabezas de los viajeros con su pesado garrote de hierro o bronce. Teseo, valiéndose de su agilidad, logró derrotar a Perifetes, despojarlo de su arma y matarlo con ella, llevándose el garrote como trofeo y arma.

Más adelante, en las cercanías de Corinto, Teseo se topó con Sinis, conocido como Pitiocamptes ("doblador de pinos"), un bandido infame que robaba a los viajeros y luego los despedazaba y ataba sus extremidades a dos árboles doblados para luego soltarlos. Teseo, en una demostración de fuerza, sometió a Sinis y lo mató de la misma manera brutal. Durante este encuentro, Teseo también conoció a Perigune, la hermosa hija de Sinis, con quien tuvo un breve romance que resultó en el nacimiento de un hijo, Melanipo.

Continuando su viaje, Teseo se enfrentó a una feroz jabalina llamada Faya, que aterrorizaba a la ciudad de Cromión. Faya, otra monstruosa descendiente de Tifón y Equidna, fue pronto derrotada por Teseo, quien la mató con su espada y lanza, con lo que demostró una vez más su valentía y habilidad en combate.

En sus últimos encuentros antes de llegar a Atenas, Teseo se encontró con Escirón, un asesino que obligaba a los viajeros a lavarle los pies en un estrecho sendero junto a un acantilado sobre el golfo Sarónico, para luego patearlos al mar donde una tortuga marina gigante los devoraba. Sin embargo, Teseo, astuto y ágil, lanzó el recipiente para lavar los pies a la cabeza de Escirón y luego lo arrojó por el acantilado, convirtiéndolo en presa de su propia tortuga. Continuando su viaje, Teseo llegó a Eleusis, donde se enfrentó a Cerción, un monstruo que retaba a los viajeros a luchar contra él, matándolos en el proceso. Gracias a su destreza en la lucha, Teseo, venció a Cerción y lo mató, y así liberó a la ciudad de su tiranía.

El último monstruo que Teseo enfrentó antes de llegar a Atenas fue Procusto, "el estirador", quien ofrecía hospitalidad a los viajeros para luego torturarlos en su cama, cortándoles las extremidades si eran demasiado largas o estirándolos si eran demasiado cortos. Teseo, sin embargo, le dio a Procusto una dosis de su propia medicina, aplicándole su cruel método y acabando con su reinado de terror. Con la derrota de estos monstruos, Teseo no sólo demostró su valentía y habilidad en combate, sino que también limpió el camino hacia Atenas de peligros, ganándose el respeto y la admiración de aquellos a quienes salvó.

A su llegada a Atenas, Teseo, vestido con una larga túnica, fue inicialmente ridiculizado por los atenienses, que lo confundieron con una mujer. Sin embargo, pronto demostró su fuerza y masculinidad al lanzar a dos bueyes por los aires, con lo que consiguió silenciar a sus críticos. El rey Egeo, sin saber que Teseo era su hijo, lo acogió como el conquistador de los terrores del istmo y organizó un banquete en su honor, siguiendo las normas de hospitalidad y sin hacer preguntas sobre su identidad. Teseo, por su parte, tampoco reveló quién era.

Medea, la hechicera que se había casado con Egeo poco después del nacimiento de Teseo, reconoció a su hijastro a través de la magia y vio en él una amenaza para el futuro reinado de su propio hijo, Medo. Sus susurros pronto hicieron que Egeo desconfiara del joven. Para deshacerse de él, Egeo envió a Teseo a matar al toro de Maratón, una tarea peligrosa que ya había utilizado en una ocasión previa para deshacerse de Androgeo, el hijo del rey Minos de Creta. Aunque Teseo no podía rechazar la petición debido a las leyes de hospitalidad y su propio deseo de aventura, logró capturar al toro y lo llevó de vuelta a Atenas.

En el momento de celebrar su victoria, Medea intentó envenenar a Teseo mezclando veneno en su copa de vino. Sin embargo, justo cuando Teseo estaba a punto de beber, Egeo reconoció la espada y las sandalias de su hijo y derramó la copa, y así salvó la vida de Teseo y lo reconoció como su hijo. Furioso por la revelación del nuevo heredero al trono, Palas y sus cincuenta hijos se rebelaron abiertamente, pero Teseo para defender su propio derecho al trono y el de su padre mató a muchos rebeldes y obligó a Palas y a sus hijos a huir de la ciudad. Medea y Medo también fueron desterrados de Atenas por Egeo, quien descubrió su complot para asesinar a su hijo.

La feliz reunión entre Teseo y Egeo fue efímera, ya que pronto llegó el momento de pagar un terrible tributo a Minos, rey de Creta, como venganza por la muerte de su hijo Androgeo dieciocho años atrás. Atenas, debilitada por una plaga, había sucumbido ante Minos, comprometiéndose a pagar un precio espantoso cada nueve años: siete jóvenes y siete doncellas vírgenes como alimento para el minotauro, un monstruo con cabeza de toro y cuerpo de hombre, fruto de la unión entre la esposa de Minos, Pasífae, y un hermoso toro. Este era el momento del tercer tributo.

El minotauro, encerrado en el laberinto diseñado por Dédalo, un ingenioso inventor, representaba un misterio insondable y un destino fatal para aquellos que entraban en su inextricable prisión. Nadie, excepto el propio Dédalo, había logrado entrar y salir con vida de aquel enigmático y tortuoso recinto. La historia del minotauro y el laberinto estaba envuelta en un halo de misterio y terror, marcando un oscuro capítulo en la historia de Atenas al dejar una sombra de incertidumbre y temor sobre el futuro de los jóvenes atenienses destinados al sacrificio.

Teseo y el minotauro

Con un corazón valiente y un espíritu indomable, Teseo, el joven héroe ateniense, se ofreció voluntariamente para enfrentarse al temible minotauro en Creta, decidido a poner fin al tributo de jóvenes atenienses a la bestia. Antes de zarpar, hizo una promesa solemne a su padre, el rey Egeo: si regresaba victorioso, cambiaría las velas negras de su barco por unas blancas como señal de su triunfo. Durante su travesía y estancia en Creta, Teseo demostró no sólo su valor, sino también su astucia y habilidad para superar desafíos, ganándose el favor y la ayuda de Ariadna, la hija del rey Minos.

Armado con un ovillo de hilo y una espada proporcionados por Ariadna, Teseo navegó con destreza a través del laberinto, enfrentó y por fin venció al minotauro en una batalla épica. Con el hilo como su guía, regresó triunfante del laberinto, liberando a sus compañeros atenienses y llevándose consigo a Ariadna. Sin embargo, en el viaje de regreso, envuelto en la euforia de la victoria y distraído por sus propios pensamientos, Teseo olvidó cumplir su promesa a Egeo, dejando las velas negras en su barco.

Al ver las velas negras en el horizonte, el corazón de Egeo se hundió en la desesperación, creyendo que su amado hijo había perecido. En su dolor insoportable, se arrojó desde los acantilados al mar, que desde entonces lleva su nombre en honor a su trágico final. Teseo, al darse cuenta de su olvido fatal, quedó sumido en la pena y el remordimiento, a pesar de su heroica victoria sobre el minotauro. Su regreso a Atenas, que debería haber sido un momento de celebración, quedó ensombrecido por la pérdida de su padre y la pesada carga de la culpa que llevaría consigo por siempre.

Tras la muerte de Egeo, Teseo ascendió al trono de Atenas, valiéndose de su influencia para unificar los municipios independientes alrededor de Atenas en una federación organizada, sentando así las bases para la democracia y cediendo parte de sus poderes reales a esta nueva entidad. Su reinado también se caracterizó por una expansión limitada, pues incorporó la ciudad de Megara, anteriormente gobernada por su tío Niso pero perdida en una guerra con Creta, y estableció así dominio sobre Eleusis al colocar en el trono a Hipótoo, otro hijo de Poseidón. Estas acciones expandieron las fronteras del imperio ateniense hasta Corinto.

Aunque sus mayores actos heroicos ya habían quedado atrás, Teseo no dejó de buscar aventuras tras asumir el trono. Participó en la caza del jabalí de Calidón y en la expedición de los argonautas, aunque sin destacar significativamente en ninguna de ellas. Sin embargo, jugó un papel crucial en la victoria de Heracles sobre las amazonas, enamorando a Antíope, una de sus reinas. Tras una batalla costosa de cuatro meses en Atenas contra las amazonas que la perseguían, Antíope vivió con Teseo el tiempo suficiente para darle un hijo, Hipólito, aunque su muerte está rodeada de misterio y controversia, atribuyéndose a diversas causas, desde ser asesinada en batalla hasta ser atacada accidentalmente por una aliada amazona.

Después de consolidar su reinado en Atenas y expandir sus dominios, Teseo experimentó una tragedia personal que empañó su legado. Su matrimonio con Fedra, hermana de Ariadna, parecía ser un paso hacia la estabilidad, y juntos tuvieron dos hijos, Acamante y Demofonte. Sin embargo, la sombra de la tragedia se cernió sobre la familia cuando Fedra se enamoró perdidamente de Hipólito, hijo de Teseo y Antíope. Hipólito, un devoto de Artemisa y desinteresado en las mujeres, rechazó las insinuaciones de su madrastra.

La situación se tornó insostenible cuando Fedra, incapaz de contener su pasión, confesó su amor a su nodriza, quien a su vez se lo reveló a Hipólito. A pesar de su repulsión, Hipólito guardó silencio, respetando su juramento de secreto. Sin embargo, rechazada y desesperada, Fedra optó por el suicidio, y dejó tras de sí una nota en la que acusaba falsamente a Hipólito de violación. Teseo, cegado por el dolor y la ira, y sin dar oportunidad a su hijo de defenderse, invocó una de las tres maldiciones que Poseidón le había concedido, pidiendo la muerte de Hipólito.

La tragedia se consumó cuando Hipólito fue arrastrado a su muerte por su propio carro, espantado por un toro que surgió del mar, con lo que se cumplió así la maldición de Teseo. Más tarde, la diosa Artemisa reveló la verdad a Teseo, mostrándole la inocencia de su hijo y la manipulación de Fedra detrás de los trágicos eventos. Teseo se vio entonces sumido en un profundo dolor y culpa, lamentando la injusta muerte de su hijo y las decisiones impulsivas que llevaron a la desgracia de su familia. Teseo, aún en busca de una esposa adecuada tras sus trágicas relaciones anteriores, decidió elevar sus expectativas y fijó su atención en Helena, una princesa espartana e hija de Zeus. Influenciado por su nuevo amigo Pirítoo, rey de los lápitas, Teseo se unió a él en varias aventuras, incluyendo la defensa de los lápitas contra los centauros en la boda de Pirítoo. Los dos amigos, ambos con ascendencia divina, juraron amistad eterna y concibieron la idea de casarse cada uno con una hija de Zeus.

Teseo eligió a la joven Helena, mientras que Pirítoo aspiraba a raptar a Perséfone del inframundo. Teseo logró secuestrar a Helena y la dejó al cuidado de su madre, Etra, en Afidna, antes de partir con Pirítoo hacia el reino de Hades. Sin embargo, su misión se tornó en desgracia cuando ambos quedaron atrapados en las Sillas del Olvido, de las cuales sólo Teseo fue rescatado por Heracles.

Durante la ausencia de Teseo, los dioscuros, Cástor y Pólux, hermanos de Helena, atacaron a Afidna, rescataron a Helena y llevaron a Etra como esclava. Al regresar a Atenas, Teseo se encontró con que había sido destituido como rey y reemplazado por Menesteo, instigado por los dioses. Incapaz de recuperar el trono, Teseo se exilió en la isla de Esciros.

En Esciros, Teseo encontró la muerte, empujado desde un acantilado por el rey Licomedes, quien veía en él una amenaza. Años después, el espíritu de Teseo ayudó a los atenienses en la batalla de Maratón, y sus restos fueron trasladados a Atenas para recibir los honores que sus hazañas merecían, redimiendo así su legado de las sombras de sus errores pasados.

7. LA GUERRA DE TROYA

7.1 EL JUICIO DE PARIS

La diosa de la discordia, Eris, no era la más popular en el Olimpo, y cuando los dioses organizaban un banquete, solían excluirle. Profundamente resentida, decidió causar problemas, y lo logró con creces. Durante la importante boda entre el rey Peleo y la ninfa marina Tetis, a la que fue la única deidad no invitada, lanzó al salón de banquetes una manzana de oro con la inscripción "Para la más hermosa". Como es natural, todas las diosas la deseaban, pero al final la elección se redujo a tres: Afrodita, Hera y Atenea. Le pidieron a Zeus que eligiera entre ellas, pero él, en su inmensa sabiduría, se negó a involucrarse en el asunto. Les dijo que fueran al monte Ida, cerca de Troya, donde el joven príncipe Paris, también conocido como Alejandro, cuidaba las ovejas de su padre. Era un excelente juez de belleza, les aseguró Zeus. Paris, a pesar de ser un príncipe real, trabajaba como pastor porque su padre, el rey Príamo de Troya, había sido advertido de que este príncipe algún día sería la ruina de su país, y por eso lo había enviado lejos. En ese momento, Paris vivía con la hermosa ninfa Oenone.

Podrán imaginar su asombro cuando de repente se encontró ante las formas maravillosas de las tres grandes diosas. Sin embargo, no se le pidió que contemplara a las radiantes divinidades y eligiera cuál de ellas le parecía la más hermosa, sino sólo que considerara los sobornos que cada una le ofrecía y eligiera cuál le parecía más valioso. Aun así, la elección no fue fácil. Lo que más valoran los hombres se puso ante él. Hera le prometió convertirlo en señor de Europa y Asia; Atenea, que lideraría a los troyanos hacia la victoria contra los griegos y dejaría Grecia en ruinas; Afrodita, que la mujer más hermosa de todo el mundo sería suya. Paris, un joven débil y algo cobarde, como demostrarían eventos posteriores, eligió la última opción. Le entregó a Afrodita la manzana dorada.

Esa fue la decisión de Paris, famosa en todo el mundo como la verdadera razón por la que se libró la guerra de Troya.

7.2 EL COMIENZO

Helena, hija de Zeus y Leda y hermana de Cástor y Pólux, era considerada la mujer más hermosa del mundo, que atraía a príncipes de toda Grecia que deseaban casarse con ella. Su padre adoptivo, el rey Tindáreo, temía provocar conflictos al elegir a uno de los pretendientes, por lo que les hizo jurar que defenderían al esposo de Helena en caso de cualquier injusticia. Finalmente, eligió a Menelao, hermano de Agamenón, y lo nombró rey de Esparta.

Cuando Paris otorgó la manzana dorada a Afrodita, la diosa lo guió directamente a Esparta, donde Helena y Menelao lo recibieron como huésped. Sin embargo, Paris rompió los sagrados lazos de hospitalidad y se llevó a Helena consigo, lo que provocó que Menelao solicitara la ayuda de toda Grecia para recuperarla. Los líderes griegos respondieron al llamado, comprometidos por su juramento previo, y se unieron para la gran expedición contra Troya.

Entre los líderes griegos, destacan Odiseo, rey de Ítaca, y Aquiles, hijo de Peleo y la ninfa Tetis. Odiseo, no deseando abandonar su hogar por una aventura romántica, fingió locura, pero su astucia fue descubierta y se vio obligado a unirse al ejército griego. Así, los griegos se prepararon para la guerra, decididos a recuperar a Helena y castigar a Troya.

La madre de Aquiles, la ninfa marina Tetis, sabía que si su hijo iba a Troya, estaría destinado a morir allí. Por lo tanto, lo envió a la corte del rey Licomedes, vestido de mujer y escondido entre las doncellas. Odiseo, enviado por los líderes griegos, logró descubrirlo pues a su vez se disfrazó de vendedor ambulante y disimuló armas entre adornos femeninos. Aquiles, al mostrar interés por las armas, reveló su identidad y Odiseo lo convenció de unirse al ejército griego.

La gran flota griega, compuesta por mil barcos, se reunió en Áulide, pero los fuertes vientos del norte impedían la navegación. Desesperado, el ejército consultó al adivino Calcante, quien reveló que la diosa Artemisa estaba enfadada y exigía el sacrificio de Ifigenia, la hija mayor de Agamenón, para calmar los vientos. A pesar del dolor, Agamenón accedió y engañó a su hija con la promesa de un matrimonio con Aquiles. Ifigenia fue sacrificada y los vientos se calmaron, con lo cual la flota pudo zarpar hacia Troya.

Al llegar a Troya, Protesilao fue el primero en desembarcar, y así se cumplía la profecía de que el primero en pisar tierra sería el primero en morir. Los griegos lo honraron como a un dios y Hermes le permitió despedirse de su esposa Laodamia, quien, incapaz de vivir sin él, se quitó la vida.

La guerra en Troya fue intensa, con valientes guerreros en ambos bandos. Entre los troyanos, Héctor se destacó como un líder noble y valiente, aunque sabía que su destino estaba sellado. Aquiles, el mayor guerrero griego, también luchó bajo la sombra de una muerte segura, consciente de que su tiempo era limitado. Ambos héroes enfrentaron la batalla con valentía, sabedores de que la muerte era inevitable.

Durante nueve años, la victoria en la guerra de Troya osciló entre griegos y troyanos, sin que ninguno de los bandos lograra una ventaja decisiva. Sin embargo, una disputa entre Aquiles y Agamenón inclinó momentáneamente la balanza a favor de los troyanos. Criseida, hija del sacerdote de Apolo, había sido capturada por los griegos y entregada a Agamenón. Cuando su padre suplicó por su liberación y fue rechazado, Apolo castigó al ejército griego con una plaga. Aquiles, al ver la desesperación de su ejército, convocó a una asamblea donde Calcas, el adivino, reveló que la única forma de apaciguar a Apolo era devolver a Criseida. A regañadientes, Agamenón accedió, pero en represalia, tomó a Briseida, la recompensa de honor de Aquiles, lo que provocó la ira del gran guerrero.

Aquiles, furioso y herido en su honor, decidió retirarse de la batalla y rogó a su madre, Tetis, que pidiera a Zeus que ayudara a los troyanos para que los griegos comprendieran cuánto lo necesitaban. Tetis accedió y Zeus, a pesar de las tensiones en el Olimpo y las objeciones de Hera, decidió apoyar a los troyanos. Los dioses estaban divididos en sus lealtades, pero Zeus, al querer complacer a Tetis, envió un sueño falso a Agamenón, prometiéndole la victoria si atacaba.

Agamenón, engañado por el sueño, lideró a los griegos en una feroz batalla sin Aquiles. Mientras tanto, en las murallas de Troya, el rey Príamo y los ancianos observaban, y Helena, la causa de la guerra, se unió a ellos. A pesar de la destrucción que había causado, su belleza era tan abrumadora que los ancianos no pudieron culparla. Durante la batalla, Paris y Menelao decidieron enfrentarse en un duelo para resolver el conflicto.

El duelo entre Paris y Menelao fue intenso, pero finalmente Menelao ganó la ventaja. Sin embargo, antes de que pudiera reclamar la victoria, Afrodita intervino, salvó a Paris y lo llevó de vuelta a Troya. La intervención divina dejó la batalla sin resolución y aumentó la frustración y la ira en ambos bandos, lo que preparó el escenario para más conflicto y tragedia.

Menelao, enfurecido, buscó a Paris entre las filas troyanas, pero él había desaparecido misteriosamente. Agamenón, dirigiéndose a ambos ejércitos, declaró a Menelao como vencedor y exigió la devolución de Helena. Aunque los troyanos estaban dispuestos a aceptar, Atenea, instigada por Hera, incitó a Pándaro, un troyano, a romper la tregua y disparar una flecha a Menelao, hiriéndolo levemente. Esto provocó la ira de los griegos y la batalla se reanudó con furia, mientras la destrucción y la lucha se intensificaban.

Con Aquiles ausente, Áyax y Diomedes se destacaron en el bando griego, lucharon con gran valentía y causaron estragos entre los troyanos. Diomedes estuvo cerca de matar al príncipe troyano Eneas, hijo de Afrodita. Cuando Diomedes lo hirió, la diosa intentó salvar a su hijo, pero Diomedes la lesionó también. Aunque Afrodita fue rescatada por Apolo y Eneas fue sanado por Artemisa, Diomedes continuó su furioso ataque hasta que se encontró con Héctor y Ares, el dios de la guerra, que luchaba del lado troyano. Hera, enojada, obtuvo permiso de Zeus para expulsar a Ares del campo de batalla, y con la ayuda de Atenea, Diomedes logró inferir una herida en el dios de la guerra, lo que provocó pánico en ambos bandos.

Zeus reprendió a un herido y quejumbroso Ares, quien se retiró del combate, lo que obligó a los troyanos a retroceder. Antenor, un hermano sabio de Héctor, sugirió que este fuera a la ciudad y pidiera a su madre, la reina Hécuba, que ofreciera a Atenea su manto más hermoso y rogara por misericordia. Héctor siguió el consejo, pero Atenea rechazó la ofrenda. Antes de regresar al combate, Héctor visitó a su esposa, Andrómaca, y a su hijo Astianacte. Andrómaca, temerosa y llorosa, le rogó que no regresara al combate, pero su marido, aunque atormentado por la idea de dejarla viuda y a su hijo huérfano, sabía que debía luchar.

Héctor intentó consolar a Andrómaca y, después de buscar en vano calmar a su hijo asustado por su casco, se quitó el yelmo y rezó para que el pequeño fuera un día más glorioso que él. Con un corazón pesado pero decidido, Héctor se despidió de su familia y regresó al campo de batalla, consciente de sus deberes como guerrero y líder troyano. Mientras tanto, Zeus, sin olvidar su promesa a Tetis de vengar el agravio a Aquiles, decidió intervenir y ordenó a los demás dioses permanecer en el Olimpo y descendió él mismo para ayudar a los troyanos. Bajo su influencia, los troyanos, liderados por un Héctor imparable, empujaron a los griegos casi hasta sus barcos, y así los griegos se sumieron en un estado de desesperación y los troyanos celebraron su éxito.

En el campamento griego, Agamenón finalmente reconoció su error al enfadar a Aquiles y, siguiendo el consejo de Néstor, decidió enviar a Odiseo con regalos y una oferta de reconciliación a Aquiles. Sin embargo, Aquiles, firme en su decisión y sin dejarse persuadir por los tesoros ofrecidos, rechazó la oferta y declaró su intención de regresar a casa, y dejó a los griegos en una situación aún más precaria.

Mientras tanto, Hera, al ver la difícil situación de los griegos y deseosa de cambiar el curso de la batalla, ideó un plan para distraer a Zeus. Se embelleció con todos los encantos a su disposición, incluyendo el mágico cinturón de Afrodita, y se presentó ante el padre de los dioses. Al verla, Zeus quedó del todo cautivado, y olvidó sus promesas y responsabilidades y, dejándose llevar por la pasión, lo que proporcionó a los griegos la oportunidad que necesitaban para recuperarse.

La batalla se inclinó a favor de los griegos cuando Áyax derribó a Héctor, aunque Eneas logró llevarlo a salvo. Con Héctor fuera de combate, los griegos empujaron a los troyanos lejos de los barcos, y Troya podría haber caído ese mismo día si Zeus no hubiera despertado. Al darse cuenta de la situación, reprendió a Hera por su astucia y envió a Iris para ordenar a Poseidón que se retirara del campo de batalla. A regañadientes, el dios del mar obedeció, y la marea de la batalla volvió a cambiar en contra de los griegos.

Apolo revitalizó a Héctor, infundiéndole un poder extraordinario. Bajo su liderazgo, los troyanos arrollaron a los griegos, derribaron la muralla defensiva y se acercaron peligrosamente a los barcos. Los griegos, desesperados, sólo pensaban en morir con honor.

Patroclo, el querido amigo de Aquiles, no pudo soportar ver la derrota de sus compatriotas y decidió entrar en batalla. Aunque Aquiles no estaba de acuerdo con luchar, permitió a Patroclo usar su armadura para infundir miedo en los troyanos y dar a los griegos una oportunidad de recuperarse. Aquiles dejó claro que sólo lucharía si el combate se acercaba a sus propios barcos, ya que se sentía deshonrado por los demás griegos.

Con la armadura de Aquiles, Patroclo lideró a los griegos en un contraataque feroz, lo que brindó un respiro temporal. Sin embargo, la situación seguía siendo crítica, y la determinación de Aquiles de no luchar dejó a los griegos en una posición precaria.

Patroclo, ataviado con la impresionante armadura de Aquiles, lideró a los griegos en la batalla, infundiendo temor en los troyanos que pensaron que Aquiles había vuelto al combate. Por un momento, Patroclo luchó con un valor y una fuerza extraordinarios, pero finalmente se encontró cara a cara con Héctor, quien le asestó una herida mortal. Héctor despojó a Patroclo de la armadura, se la puso y sintió como si hubiera adquirido también la fuerza de Aquiles, y ningún griego pudo resistirle.

Al anochecer, la batalla cesó y Aquiles, esperando en su tienda el regreso de Patroclo, se encontró con Antíloco, hijo de Néstor, quien ahogado en llanto le informó de la muerte de su amigo y la pérdida de su armadura. Aquiles, sumido en un dolor profundo y oscuro, juró venganza. Su madre, Tetis, salió de las profundidades del mar para consolarlo, pero Aquiles estaba decidido a matar a Héctor, incluso sabiendo que su propia muerte seguiría pronto.

Tetis no intentó disuadirlo, pero le pidió que esperara hasta la mañana para ir a la batalla armado adecuadamente. Prometió traerle una nueva armadura forjada por el dios Hefesto. Cuando Tetis regresó con la armadura, todos quedaron asombrados por su belleza y poder, y una llama de furia y determinación se encendió en los ojos de Aquiles.

Entonces, Aquiles salió de su tienda y se unió a los griegos, y admitió su error por haber permitido que su enojo lo apartara de la batalla. Estaba listo para liderarlos de nuevo y les instó a prepararse para el combate. Aunque los jefes griegos estaban contentos, Odiseo recordó la importancia de alimentarse antes de la batalla. Sin embargo, Aquiles, consumido por el dolor y la sed de venganza, juró no comer ni beber hasta que Héctor estuviera muerto.

Aquiles, ahora completamente enfocado en vengar la muerte de su amigo, se preparó para la batalla con una determinación y una ira inquebrantables, listo para enfrentarse a Héctor y a los troyanos.

Cuando los demás guerreros griegos saciaron su hambre, Aquiles lideró el ataque, decidido a vengar la muerte de su querido amigo Patroclo. A pesar de que los dioses ya sabían el destino de los grandes campeones, la batalla fue intensa y feroz. Los troyanos, comandados por Héctor, lucharon valientemente, defendiendo las murallas de su ciudad. Incluso el río Escamandro intentó ahogar a Aquiles, pero nada pudo detener su avance implacable en busca de Héctor.

Mientras tanto, los dioses también participaban en la batalla, luchando entre ellos con la misma intensidad que los mortales. Desde el Olimpo Zeus lo observaba todo y se divertía al ver a los dioses enfrentarse. Sin embargo, sabía que el destino de Héctor estaba sellado y que su muerte era inminente.

Héctor, por su parte, se mantuvo firme frente a las murallas de Troya, desoyendo los ruegos de sus padres para que se refugiara en la ciudad. Se debatía entre la vergüenza de huir y la posibilidad de negociar con Aquiles, pero sabía en su interior que el héroe griego no mostraría piedad. Finalmente, decidió enfrentarse a su destino.

Con un suspenso creciente, Aquiles se acercó, resplandeciente y acompañado por Atenea. Héctor, al principio, huyó, pero Atenea, disfrazada de su hermano Deífobo, lo convenció de enfrentarse a Aquiles. En un duelo cargado de tensión, Héctor y Aquiles se enfrentaron. A pesar de su valentía, Atenea engañó a Hector y por fin cayó ante la lanza de Aquiles, pronunciando sus últimas palabras en un ruego por un entierro digno.

Aquiles, cegado por la venganza, despojó a su caído contrincante de su armadura y ató su cuerpo a su carro, arrastrándolo alrededor de las murallas de Troya. Su sed de venganza parecía insaciable, y juró que el cuerpo de Héctor sería devorado por los perros. Mientras tanto, en Troya, la desesperación y el luto se apoderaban de la ciudad ante la cruel humillación del noble guerrero.

En el Olimpo, la cruel humillación de Héctor por parte de Aquiles generó descontento entre los dioses, excepto en Hera, Atenea y Poseidón. Zeus, particularmente disgustado, envió a Iris a Priamo, el anciano rey troyano, instruyéndolo para que fuera sin temor al campamento griego con un rico rescate para redimir el cuerpo de su hijo. A pesar de la violencia de Aquiles, Zeus aseguró a Priamo que sería tratado con respeto si se presentaba como suplicante.

Priamo, llevando consigo tesoros espléndidos, cruzó la llanura hacia el campamento griego, guiado por Hermes disfrazado de joven griego. Al llegar, el anciano rey se postró ante Aquiles ante quién imploró compasión por la compasión. Así le recordó a Aquiles a su propio padre. Conmovido y respetuoso, Aquiles accedió a la petición, ordenó preparar el cuerpo de Héctor y lo entregó a Priamo, asegurando un tiempo de tregua para los rituales funerarios.

De vuelta en Troya, Héctor fue recibido con profundo luto y honores. Durante nueve días, los troyanos lo lloraron, destacando incluso las lágrimas de Helena, quien recordó al valiente guerrero como su único amigo en la ciudad. Por fin, Héctor fue incinerado en una pira funeraria y sus cenizas fueron depositadas en una urna dorada, cubierta con un manto púrpura suave y protegida por un montón de grandes piedras.

7.3 LA CAÍDA DE TROYA

Tras la muerte de Héctor, Aquiles sabía que su propio fin estaba cerca, tal como su madre le había advertido. Antes de su ocaso, realizó una última gran hazaña bélica. El príncipe Memnón de Etiopía, hijo de la diosa de la aurora, llegó en ayuda de Troya con un gran ejército. A pesar de la ausencia de Héctor, los griegos se vieron fuertemente presionados y perdieron a muchos valientes guerreros, incluido Antíloco, el veloz hijo de Néstor. Por fin, Aquiles venció a Memnón en un glorioso combate, su última batalla. Luego, cayó herido de muerte junto a las puertas Esceas, cuando Paris le disparó una flecha y Apolo la guio hacia su talón, el único punto vulnerable de Aquiles debido a un descuido de su madre Tetis al sumergirlo en el río Estigia. Aquiles murió y Áyax trasladó su cuerpo fuera de la batalla, mientras Odiseo contenía a los troyanos. Se dice que después de ser incinerado, sus huesos fueron colocados en la misma urna que contenía los de su amigo Patroclo.

Las maravillosas armas que Tetis había traído para Aquiles de Hefesto provocaron la muerte de Áyax. En una asamblea se decidió que los héroes más merecedores de las armas eran Áyax y Odiseo. Tras una votación secreta, Odiseo obtuvo las armas. Áyax, sintiéndose deshonrado y furioso, decidió matar a Agamenón y Menelao, pues estaba seguro de que habían manipulado la votación en su contra. Sin embargo, Atenea lo volvió loco, y en su delirio atacó y mató al ganado, convencido de que eran los líderes griegos. Al recuperar la razón y darse cuenta de su desgracia y vergüenza, decidió suicidarse.

Tras estas tragedias, la victoria griega parecía más lejana que nunca. Calcas, el profeta griego, sugirió que capturaran a Héleno, el profeta troyano, para saber cómo proceder. Odiseo logró capturarlo y Héleno reveló que Troya no caería hasta que alguien luchara contra los troyanos con el arco y las flechas de Heracles, que estaban en posesión de Filoctetes. Este había sido abandonado por los griegos en la isla de Lemnos debido a una herida de serpiente incurable y dolorosa.

Abandonar a Filoctetes, herido y desamparado, fue una decisión cruel por parte de los griegos, pero estaban desesperados por llegar a Troya. Aunque le dejaron sin su arco y flechas, elementos esenciales para su supervivencia, finalmente decidieron llevarlo con ellos. Odiseo, maestro del engaño, fue enviado para recuperar las armas de Filoctetes, y aunque en un inicio planeaban engañarlo, terminaron convenciéndolo de unirse a ellos. Una vez en el campamento griego, el médico de los griegos curó a Filoctetes, quien, revitalizado, hirió de muerte a Paris con sus flechas. El herido buscó a la ninfa Enone, a la que había abandonado, pero ella se negó a ayudarlo, llevándolo a la muerte y posteriormente al suicidio.

La muerte de Paris no significó la caída de Troya, ya que nunca fue un guerrero destacado. Los griegos se dieron cuenta de que necesitaban robar el Paladio, una sagrada imagen de Atenea, para poder conquistar la ciudad. Odiseo y Diomedes, los dos mayores jefes griegos que quedaban, se embarcaron en la misión, logrando robar la imagen sagrada para llevarla al campamento griego.

Con el paladio en su poder, los griegos se sintieron alentados a encontrar una solución definitiva para poner fin a la guerra, que ya duraba casi diez años. Comprendieron que la única manera de vencer era entrar en la ciudad y sorprender a los troyanos. Fue entonces cuando Odiseo ideó la estrategia del caballo de madera: un enorme caballo hueco, construido por un hábil carpintero, en cuyo interior se esconderían varios guerreros griegos.

Odiseo logró persuadir a algunos jefes para que se escondieran dentro del caballo, a pesar del gran peligro que esto representaba. Mientras tanto, el resto de los griegos fingiría retirarse, escondiéndose más allá de una isla cercana. Si algo salía mal, los hombres dentro del caballo seguramente morirían, pero el resto del ejército estaría a salvo y podría regresar a casa.

El plan de Odiseo incluía dejar a un griego en el campamento abandonado, quien debería convencer a los troyanos de llevar el caballo dentro de la ciudad. Una vez dentro, y bajo la cobertura de la noche, los guerreros saldrían del caballo, abrirían las puertas de la ciudad y permitirían la entrada del ejército griego, que estaría esperando para atacar y finalmente conquistar Troya.

La última noche de Troya llegó y con ella, la ejecución del astuto plan griego. Los troyanos, al ver el campamento abandonado y la flota griega desaparecida, creyeron que los griegos se habían rendido y celebraron su aparente victoria. Sin embargo, su atención se centró en un enorme caballo de madera dejado por los griegos, una presencia imponente y misteriosa. Mientras debatían sobre qué hacer con él, Sinón, un griego dejado atrás a propósito, se presentó con una historia convincente: afirmó que los griegos habían construido el caballo como ofrenda a Atenea para expiar el robo del paladio y que él mismo había sido elegido como sacrificio humano, pero había logrado escapar.

Sinón, con lágrimas y súplicas, convenció a los troyanos de su historia, ganándose su simpatía y confianza. Les aseguró que llevar el caballo dentro de la ciudad traería la protección de Atenea a Troya, mientras que destruirlo provocaría su ira. A pesar de las advertencias de Laocoonte, el sacerdote troyano, y de Casandra, la hija de Príamo, los troyanos decidieron llevar el caballo a la ciudad, pues creían que esto aseguraría su victoria final.

Laocoonte, persistente en su desconfianza, lanzó una lanza al costado del caballo, pero en ese momento, dos serpientes marinas enviadas por los dioses aparecieron y lo mataron a él y a sus dos hijos. Este trágico evento convenció a los troyanos de que Laocoonte estaba equivocado y que el caballo era sagrado. Así, con un sentimiento de triunfo y alivio, llevaron el caballo dentro de las murallas de la ciudad, sin darse cuenta de que estaban sellando su propio destino.

En la oscuridad de la noche, los guerreros griegos escondidos dentro del caballo de madera salieron y abrieron las puertas de la ciudad, permitiendo la entrada del ejército griego. Con presteza, los griegos iniciaron incendios por toda la ciudad, creando caos y confusión entre los troyanos desprevenidos. A medida que los troyanos intentaban defenderse, muchos fueron asesinados antes de siquiera tener la oportunidad de luchar. Algunos troyanos lograron organizarse y contraatacar, pero la resistencia fue en vano. La ciudad estaba condenada.

En el palacio real, los griegos irrumpieron y mataron a Príamo, el anciano rey de Troya, ante los ojos de su familia. Mientras tanto, Eneas, un líder troyano e hijo de Afrodita, lucho con valentía hasta que se dio cuenta de que la batalla estaba perdida. Guiado y protegido por su madre divina, logró escapar de la ciudad en llamas, llevando consigo a su anciano padre y a su pequeño hijo, aunque lamentablemente perdió a su esposa en el caos.

Afrodita también intervino para salvar a Helena, llevándola a salvo con Menelao, quien la recibió con agrado. Juntos, zarparon de regreso a Grecia, dejando atrás la destrucción de Troya.

Al amanecer, la ciudad no era más que ruinas humeantes, y lo único que quedaba eran mujeres cautivas, despojadas de sus seres queridos y su hogar, esperando a ser llevadas a la esclavitud. Entre ellas se encontraban Hécuba, la antigua reina, y Andrómaca, la viuda de Héctor, sumidas en la desolación y la pérdida.

Hécuba, en particular, se encontraba abatida, reflexionando sobre su transformación de reina a esclava, y lamentando la destrucción total de su amada ciudad y la pérdida de su identidad y dignidad.

Con la caída de Troya y la captura de sus habitantes, la larga y brutal guerra llegó a su fin, marcando la victoria de Grecia. Los guerreros griegos, exhaustos pero triunfantes, se llevaron consigo no sólo el botín de guerra, sino también la satisfacción de haber vengado el agravio que inició la contienda. A pesar de las numerosas pérdidas y sufrimientos a lo largo de los años, Grecia había logrado imponer su voluntad y demostrar su poderío. Así, con la ciudad de Troya reducida a cenizas y su población en cadenas, todo llegó a su conclusión, sellando el destino de dos grandes civilizaciones en las páginas de la historia.

8. LA ODISEA

8.1 ODISEO

Tras la caída de Troya, la flota griega, liderada por héroes como Agamenón y Menelao, se encontró en medio de una serie de desafíos y calamidades en su viaje de regreso a casa. Los dioses, que una vez habían sido aliados de los griegos, ahora se volvían contra ellos, especialmente Atenea y Poseidón. Estaban furiosos por la conducta irrespetuosa y sacrílega de los griegos durante la caída de Troya, y estaban decididos a hacerles pagar.

Casandra, la hija profética de Príamo, una y otra vez había advertido repetidamente a los troyanos sobre los peligros que enfrentaban, incluido el engañoso caballo de madera. A pesar de su don de profecía, otorgado y luego maldecido por Apolo, nadie le creía. En la noche del saqueo, buscó refugio en el templo de Atenea, sólo para ser arrastrada violentamente por Áyax, un jefe griego de menor rango. Este acto de sacrilegio no pasó desapercibido y provocó la ira de Atenea, quien, junto con Poseidón, planeó vengarse de los griegos.

Mientras tanto, en Ítaca, la situación no era menos tensa. Odiseo, el rey y guerrero astuto, había dejado su hogar y su familia para luchar en Troya. Su esposa, Penélope, y su hijo, Telémaco, se encontraban asediados por un grupo de pretendientes arrogantes y codiciosos. Estos hombres habían invadido su hogar, consumido sus recursos y presionado a Penélope para que eligiera a un nuevo esposo, pues creían que

Odiseo nunca regresaría.

Penélope, sin embargo, se mantenía firme y astuta. Aunque la esperanza de ver a su esposo una vez más se desvanecía con cada día que pasaba, se negaba a ceder ante la presión de los pretendientes. Utilizaba su ingenio para retrasar la inevitable elección de un nuevo esposo, mientras que Telémaco, aunque joven y a veces desesperado, también anhelaba el regreso de su padre y buscaba maneras de resistir a los intrusos.

Mientras tanto, Odiseo, perdido y lejos de casa, era retenido por la ninfa Calipso en su isla. A pesar de recibir un trato amable y tener todas sus necesidades satisfechas, Odiseo anhelaba regresar a su hogar y a su familia. Pasaba sus días mirando al mar, esperando ver un barco que lo llevara de vuelta a Ítaca.

Atenea, la diosa que siempre había favorecido a Odiseo, no podía soportar verlo sufrir más tiempo. Aprovechando la ausencia de Poseidón, convenció a los demás dioses en el Olimpo para ayudar a Odiseo a regresar a casa. Zeus, el rey de los dioses, estuvo de acuerdo y envió a Hermes para decirle a Calipso que debía dejar ir a Odiseo.

De vuelta en Ítaca, Atenea decidió ayudar a Telémaco, el hijo de Odiseo, a tomar medidas contra los pretendientes y buscar noticias de su padre. Disfrazada de Mentor, un viejo amigo de Odiseo, aconsejó a Telémaco que viajara a Pilos para consultar a Néstor sobre el paradero de su padre.

Telémaco, inspirado y decidido, desafió a los pretendientes y se embarcó en su viaje, con la ayuda de Atenea disfrazada. Juntos zarparon hacia Pilos, con la esperanza de encontrar noticias que los llevaran a Odiseo y poner fin a la difícil situación en Ítaca.

Encontraron a Néstor y a sus hijos en la orilla, ofreciendo un sacrificio a Poseidón. Néstor les dio una cálida bienvenida, pero respecto al objetivo de su visita, pudo brindarles poca ayuda. No sabía nada de Odiseo; no habían abandonado Troya juntos y no había recibido noticias suyas desde entonces. En su opinión, era más probable que Menelao tuviera novedades suyas, pues había viajado hasta Egipto antes de regresar a casa. Si Telémaco lo deseaba, Néstor se ofreció a enviarlo a Esparta en un carro con uno de sus hijos, que conocía el camino, lo cual sería mucho más rápido que por mar. Telémaco aceptó agradecido y, dejando a Mentor a cargo del barco, partió al día siguiente hacia el palacio de Menelao con el hijo de Néstor.

Telémaco y el hijo de Néstor llegaron a Esparta, y fueron recibidos con una hospitalidad sin igual por Menelao, quien les convidó un baño relajante y un banquete opulento. Durante la comida, Menelao les dio una cálida bienvenida, animándolos a disfrutar de la abundancia de alimentos y bebidas. A pesar de sentirse abrumados por la magnificencia de la corte espartana, los jóvenes se sintieron agradecidos por la generosidad de su anfitrión.

A medida que Menelao compartía historias de Odiseo, Telémaco no pudo contener su emoción y las lágrimas comenzaron a brotar, intentando ocultar su rostro tras su manto. Menelao, perspicaz y observador, notó la conmoción del joven y dedujo que debía ser el hijo perdido de Odiseo. En ese momento, Helena, la esposa de Menelao, hizo su entrada, rodeada de sus sirvientas. Reconoció a Telémaco de inmediato por su parecido con Odiseo y lo llamó por su nombre.

El hijo de Néstor confirmó la identidad de Telémaco, y

este, tomando la palabra, compartió abiertamente la difícil situación en Ítaca y su desesperada búsqueda de noticias sobre su padre. Menelao, conmovido por la historia, relató su propio encuentro con Proteo en Egipto y cómo había obtenido información sobre el paradero de Odiseo. Reveló que se encontraba atrapado en una isla lejana, retenido contra su voluntad por la ninfa Calipso, y que su corazón anhelaba volver a casa.

Telemaco y su amigo pasaron la noche en Esparta, disfrutando de la hospitalidad y el lujo del palacio de Menelao. Mientras tanto, Hermes, el mensajero de los dioses, fue enviado por Zeus para ordenarle a Calipso que liberara a Odiseo, quien había estado retenido en su isla durante años. Aunque Calipso estaba triste por tener que dejar ir a Odiseo, ella obedeció y lo ayudó a Odiseo a construir una balsa para su viaje de regreso a casa.

El héroe navegó durante días, enfrentándose a mares tranquilos al principio, gracias a la ayuda de Atenea. Sin embargo, cuando Poseidón lo vio, enfurecido por el engaño de los otros dioses, desató una terrible tormenta para hacerlo sufrir. A pesar de los desafíos, Odiseo se mantuvo firme y resistió la tormenta, aunque su balsa fue destruida.

Con la ayuda de la diosa Ino, que le dio su velo para protegerlo en el mar, Odiseo nadó durante dos días y noches hasta llegar a tierra firme. Exhausto pero aliviado, encontró un lugar para descansar, cubierto de hojas secas proporcionadas por la naturaleza. Finalmente, después de tanto tiempo y tantas pruebas, Odiseo pudo dormir en paz, soñando con el día en que regresaría a casa.

Odiseo, sin saber dónde estaba, aterrizó en un país gobernado por los feacios, conocidos por su amabilidad y habilidades náuticas. El rey Alcínoo y su sabia esposa Arete eran los monarcas de los feacios y tenían una hija soltera, Nausícaa.

Un día, Nausicaa decidió lavar la ropa de la familia en el río, llevando a sus sirvientas y un carro cargado de ropa sucia. Después de lavar y secar la ropa, las chicas se bañaron y disfrutaron de un picnic, jugando y bailando.

Mientras tanto, Odiseo, despertado por sus risas, se acercó a ellas, desnudo y desesperado. A pesar de su apariencia salvaje, Nausícaa se mantuvo firme y escuchó su súplica. Le ofreció ropa y direcciones para llegar a la ciudad, pero le aconsejó que se acercara a su madre en el palacio para pedir ayuda, temiendo los rumores que podrían surgir si la veían con él.

Siguiendo su consejo, Odiseo se bañó, se vistió y se dirigió a la ciudad. Al llegar al palacio, se postró ante la reina Arete, y pidió su ayuda. El rey Alcínoo, conmovido por su historia, le ofreció hospitalidad y prometió auxiliarlo a regresar a casa.

Durante la cena, Odiseo compartió su historia, pero omitió su nombre y detalles específicos. Alcínoo, impresionado por su relato, reafirmó su compromiso de ayudarlo, asegurándole que al día siguiente se ocuparían de su viaje de regreso.

Así, Odiseo pasó la noche en el palacio, disfrutando de una cama cálida y cómoda, algo que no había experimentado desde que dejó la isla de Calipso.

A la mañana siguiente, Odiseo relató sus diez años de peripecias a los líderes feacios, comenzando con la tormenta que desvió su flota tras partir de Troya. Describió su breve estancia en la tierra de los Lotófagos, donde algunos de sus hombres perdieron el deseo de regresar a casa tras consumir las flores narcóticas de la región. Odiseo tuvo que arrastrarlos de vuelta a los barcos y encadenarlos para evitar que se quedaran.

Luego, narró su encuentro con el cíclope Polifemo, durante el cual perdieron a varios compañeros y atrajeron la ira de Poseidón, padre de Polifemo, quien juró que Odiseo tardaría años en regresar a casa y perdería a todos sus hombres en el proceso.

Continuó su historia con la visita a la isla del rey Eolo, guardián de los vientos, quien les obsequió una bolsa que contenía todos los vientos adversos. Sin embargo, la curiosidad y la avaricia de su tripulación llevaron a que liberaran los ventarrones, con lo que provocaron una tormenta que los alejó de su destino. Más tarde, llegaron a la tierra de los Lestrigones, gigantes caníbales que destruyeron todas sus naves excepto la de Odiseo.

Odiseo describió su arribo a Eea, el reino de Circe, una hechicera peligrosa que transformaba a los hombres en bestias, y conservaba para sí su razón. Un grupo de exploradores enviados por Odiseo cayó en su trampa y fueron convertidos en cerdos, quedando atrapados en su estado degradado pero plenamente conscientes de su situación.
Por fortuna para Odiseo, uno de los miembros de su grupo fue lo bastante cauteloso como para no entrar en la casa de Circe y, al presenciar la transformación de sus compañeros en cerdos, huyó aterrorizado de vuelta al barco para informar a Odiseo. A pesar de la preocupación por la seguridad de sus hombres, Odiseo decidió enfrentarse a Circe solo, ya que ninguno de sus tripulantes se atrevió a acompañarlo.

En el camino, Hermes, disfrazado de un joven en la flor de la vida, se le apareció y le proporcionó una hierba mágica que lo protegería de los hechizos de Circe. Hermes le instruyó para que, después de resistir la magia de la hechicera, la amenazara con su espada para que liberara a sus compañeros. Odiseo siguió las instrucciones de Hermes y, para sorpresa de Circe, soportó su hechizo.

Impresionada y enamorada de la resistencia y valentía de Odiseo, Circe accedió a sus demandas, y transformó de nuevo a sus hombres en seres humanos. Agradecidos y cautivados por la hospitalidad y generosidad de Circe, Odiseo y su tripulación decidieron quedarse en la isla, disfrutando de un año de festines y comodidades en la casa de la hechicera.

Después de gozar de la hospitalidad de Circe, Odiseo y sus amigos se dieron cuenta de que era hora de partir. Circe, usando su conocimiento mágico, les informó sobre el peligroso viaje que tenían por delante: debían cruzar el río Océano y llegar a la costa de Perséfone para acceder al oscuro reino de Hades. Allí, Odiseo tendría que buscar el espíritu del profeta Tiresias, quien le daría instrucciones para regresar a casa. Circe advirtió que la única manera de comunicarse con Tiresias era ofreciendo la sangre de ovejas sacrificadas, ya que los espíritus anhelaban beberla.

Con corazones pesados, la tripulación dejó la isla de Circe y se dirigió hacia el reino de Hades. Al llegar, Odiseo siguió las instrucciones de Circe: sacrificó ovejas y llenó una fosa con su sangre, con lo que atrajo así a los espíritus de los muertos. A pesar del miedo y la tristeza, Odiseo se mantuvo firme, custodiando la sangre con su espada hasta que el espíritu de Tiresias se acercó.

Tiresias, después de beber el líquido, compartió una profecía crucial con Odiseo: debían evitar dañar los bueyes del dios

Sol en una isla próxima, ya que esto les traería la perdición. Aseguró a Odiseo que, a pesar de los desafíos y problemas que encontraría al llegar a casa, finalmente prevalecería.

Después de hablar con Tiresias, Odiseo tuvo encuentros con varios espíritus de héroes y guerreros caídos, incluidos Aquiles y Áyax. Aunque estos encuentros fueron emotivos y a veces tensos, la creciente multitud de espíritus comenzó a abrumar a Odiseo, quien decidió que era hora de partir. Con celebridad regresó a su barco y ordenó a su tripulación zarpar.

Antes de continuar su viaje, Odiseo recibió una última advertencia de Circe sobre las sirenas, seres cuyos cantos encantadores atraían a los marineros hacia su perdición. Odiseo, curioso por escuchar su canto, instruyó a su tripulación para que se taparan los oídos con cera y lo ataran al mástil del barco. Mientras navegaban cerca de la isla de las sirenas, Odiseo fue el único capaz de escuchar su hipnótico canto, que prometía conocimiento y sabiduría. Aunque su corazón anhelaba unirse a ellas, la tripulación, sorda a su canto, navegó con seguridad más allá de la isla, salvando a Odiseo de un destino fatal.

Tras superar el canto de las sirenas, Odiseo y su tripulación se enfrentaron a otro peligro marítimo: el paso entre Escila y Caribdis. A pesar de perder seis miembros de la tripulación en este aterrador tramo, lograron pasar gracias a la protección de Atenea. Sin embargo, la imprudencia les aguardaba en la isla del Sol, donde, impulsados por el hambre, mataron a los sagrados bueyes del dios Sol. Odiseo, que había estado rezando solo en la isla, regresó para encontrar la tragedia consumada. La venganza del Sol fue inmediata: un rayo destruyó la nave, ahogando a todos excepto a Odiseo. Tras aferrarse a la quilla y vagar por el mar durante días, por fin consiguió llegar a la isla de Calipso, donde permaneció durante muchos años antes de reanudar su viaje. A pesar de sufrir un naufragio debido a una tempestad, exhausto y sin recursos logró alcanzar la tierra de los feacios.

Tras escuchar la extensa narración de Odiseo, los feacios quedaron embelesados y en silencio. El rey Alcínoo le aseguró que sus problemas habían terminado y prometió enviarlo a casa ese mismo día, además de obsequiarle regalos de despedida. El héroe agradeció y se embarcó, cayendo en un sueño profundo durante el viaje. Al despertar, se encontró en una playa desconocida, sin conocer su patria, Ítaca. Atenea, disfrazada de joven pastor, le reveló su ubicación y, aunque Odiseo intentó engañarla con historias falsas, la diosa lo reconoció y prometió ayudarlo a recuperar su hogar.

Odiseo, transformado en un anciano mendigo por Atenea, se dirigió a la casa de su fiel porquerizo Eumeo, quien lo acogió con generosidad. Mientras tanto, Atenea instó a Telémaco a regresar a casa. Telémaco, siguiendo el consejo divino, decidió visitar primero a Eumeo para obtener información antes de enfrentarse a los pretendientes de su madre. Al llegar, se encontró con Odiseo, pero no lo reconoció debido a su disfraz.

Eumeo, ignorante de la verdadera identidad de Odiseo, fue enviado a informar a Penélope sobre el regreso de Telémaco. En su ausencia, Atenea reveló a Odiseo su verdadera forma y le indicó que era el momento de descubrir su identidad a su hijo. Telémaco, al principio incrédulo, finalmente reconoció a su padre y compartieron un emotivo reencuentro. Juntos, planearon cómo enfrentarían a los pretendientes que habían invadido su hogar.

Al día siguiente, padre e hijo se dirigieron al palacio. Telémaco y Odiseo, de nuevo disfrazado de mendigo, ocultaron todas las armas, dejando solo lo necesario para ellos dos. Al llegar al palacio, Odiseo fue recibido por su viejo perro Argos, quien lo reconoció de inmediato a pesar de los años y su disfraz. Argos, feliz de haber visto a su amo una última vez, falleció en paz.

En el salón, los pretendientes se burlaban del miserable anciano mendigo que había entrado, y Odiseo soportaba pacientemente sus palabras despectivas. Sin embargo, la situación se agravó cuando uno de ellos, de mal carácter, lo golpeó. Penélope, al enterarse del trato vejatorio, decidió hablar en persona con el mendigo, pero antes optó por visitar el salón para ver a Telémaco y evaluar a los pretendientes. Aunque sabía que debía ser prudente, también quería probar una estrategia para obtener regalos de los interesados, y sugirió que el mejor regalo podría influir en su decisión de matrimonio.

Los enamorados, ansiosos por impresionar, le ofrecieron a Penélope valiosos regalos, que ella aceptó con satisfacción. Luego, mandó llamar a Odiseo, disfrazado de mendigo, y le contó una historia ficticia sobre un encuentro con su esposo, provocando lágrimas en Penélope. A pesar de su compasión, Odiseo mantuvo su identidad en secreto. Después, Penélope ordenó a la anciana nodriza Euriclea lavar los pies del mendigo, lo que puso a Odiseo en alerta por una cicatriz reveladora en su pie.

Euriclea, al reconocer la cicatriz, comprendió que el mendigo era en realidad Odiseo, pero él la convenció de guardar silencio. Después de este encuentro, el héroe intentó descansar en el vestíbulo, aunque se encontraba inquieto, reflexionando sobre cómo enfrentaría a los desvergonzados pretendientes. Finalmente, se recordó a sí mismo sus previas adversidades y, confiando en la ayuda de Atenea, logró conciliar el sueño.

Al amanecer, los pretendientes regresaron, mostrándose aún más insolentes y despreocupados, sin sospechar que Odiseo y Atenea estaban planeando su venganza. Mientras disfrutaban del festín, los dos aliados se preparaban para el inminente y fatal enfrentamiento.

Penélope, sin saberlo, contribuyó al plan de Odiseo y Telémaco al presentar un desafío a los interesados: quien pudiera tensar el arco de Odiseo y disparar una flecha a través de doce anillos sería su esposo. Telémaco, al ver la oportunidad, intentó primero, pero no pudo tensar el arco. Los pretendientes tampoco tuvieron éxito, ya que el arco era demasiado rígido para ellos. Odiseo, disfrazado de mendigo, pidió intentarlo, causando indignación entre los aspirantes. Sin embargo, Telémaco insistió y le entregó el arco a su padre.

Odiseo, con facilidad y destreza, tensó el arco y disparó una flecha a través de los doce anillos, revelando su verdadera identidad. De inmediato, junto a Telémaco, comenzó a luchar contra los pretendientes, que se encontraban desarmados y confundidos. A pesar de estar en desventaja numérica, padre e hijo lucharon valientemente, apoyados por la diosa Atenea. Los enamorados cayeron uno tras otro, incapaces de defenderse ante la habilidad y la furia de Odiseo.

Solo quedaron con vida el sacerdote y el bardo de los pretendientes. El sacerdote, suplicando por su vida, fue asesinado por Odiseo, mientras que el bardo fue perdonado, gracias a su arte divino enseñado por los dioses. Con la batalla finalizada, Euriclea y las sirvientas limpiaron la sala y dieron la bienvenida a Odiseo, entre lágrimas y risas de alegría.

Euriclea subió veloz a informar a Penélope sobre el regreso de Odiseo y la muerte de los pretendientes. Penélope, incrédula, bajó a la sala para ver con sus propios ojos. Al ver a Odiseo, se sintió confundida, reconociéndolo en un momento y viéndolo como un extraño en el siguiente. Telémaco la reprendió por su frialdad, pero Penélope explicó que necesitaba una señal clara para identificarlo en verdad.

Odiseo, al comprender su cautela, accedió a someterse a una prueba final. Penélope le pidió que moviera su cama nupcial, pero Odiseo respondió que eso era imposible, ya que él mismo la había construido y una de sus patas era un olivo vivo, plantado en el suelo. Al escuchar esto, Penélope supo sin lugar a dudas que era su verdadero esposo, ya que sólo él podría conocer ese detalle íntimo de su lecho conyugal.

Por fin, después de tantos años y pruebas, Odiseo y Penélope se reconocieron y se reunieron con alegría y alivio. La casa de Odiseo, libre ya de los pretendientes, resonó con música y danzas, celebrando el regreso del héroe y el restablecimiento de la paz y la armonía en su hogar.

9. PERSONAJES

Acamante: Hijo de Teseo y de Fedra, y hermano de Demofonte.

Acasto: Uno de los hombres que navegaron con Jasón y los argonautas, y participó en la caza del jabalí de Calidón. Era hijo de Pelias, rey de Yolcos.

Acrisio: Rey de Argos. Hijo de Abante y Aglaya o Aglaye. Mantuvo una lucha constante con su gemelo Preto. La disputa inició en el vientre de su madre y duraría toda su vida. Fruto de estas luchas es la invención del escudo. Tuvo con Eurídice de Argos una hija llamada Dánae.

Acteón: Un cazador e hijo de Autónoe y nieto de Cadmo. Provocó la ira de la diosa Artemisa cuando la vio bañándose desnuda en un río. Artemisa transformó a Acteón en un ciervo. Sus propios perros se lanzaron sobre él y lo despedazaron.

Admeto: Rey de Fera en Tesalia; uno de los argonautas. Admeto fue un amable maestro para Apolo, quien había sido su esclavo como castigo por matar al Cíclope. Cuando Apolo se enteró de que Admeto iba a morir pronto, acudió a las parcas y las persuadió para prolongar la vida de Admeto. Ellas accedieron, con la condición de que alguien más debía ser enviado en su lugar. Ni siquiera los padres de Admeto estaban dispuestos a dar sus vidas. Su fiel esposa, Alcestis, aceptó hacerlo. Tomó una bebida de veneno y bajó al Hades, pero Perséfone se negó a dejarla quedarse. La envió de vuelta con su esposo e hijos. Otra versión de la historia dice que Heracles fue al inframundo y luchó con Hades por la vida de Alcestis.

Adonis: Adonis, el ser amado por Afrodita y la personificación de la belleza masculina, nació de una unión insólita. Su madre era la hermosa Mirra y su padre era Cíniras, el rey de Siria. La historia de su nacimiento es trágica y compleja: Afrodita, celosa de la belleza de Mirra, hizo que esta se uniera con su propio padre sin que él supiera quién era ella. Cuando Cíniras descubrió la verdad, furioso y horrorizado, persiguió a Mirra con la intención de matarla a ella y al hijo que llevaba en su vientre. En un acto de misericordia, Afrodita transformó a Mirra en un árbol de mirra. De la corteza de este árbol, partido por la espada de Cíniras, emergió el hermoso niño Adonis.

Afrodita, deseosa de proteger al infante, lo escondió en una caja y se la entregó a Perséfone, la reina del inframundo, para que lo cuidara. Adonis creció en el inframundo, y se convirtió en un joven de gran belleza, lo que hizo que Afrodita quisiera recuperarlo. Sin embargo, Perséfone se había encariñado con Adonis y no quería devolverlo. La disputa entre las dos diosas fue tan grande que Zeus tuvo que intervenir, dictaminando que Adonis pasaría la mitad del año con cada una. Así, su presencia y ausencia marcaban las estaciones: cuando Adonis estaba en el inframundo con Perséfone, era invierno en la tierra; cuando regresaba con Afrodita, la tierra florecía en primavera y verano. En algunas versiones del mito, Ares, celoso del amor de Afrodita por Adonis, se transforma en un jabalí y mata al joven, cuya sangre da origen a las flores anémonas y su espíritu retorna al inframundo. Zeus, conmovido por la pena de ambas diosas, decide que Adonis dividirá su tiempo entre ellas.

Adrastea: Hija de Meliseo, rey de Creta; hermana de Ida. Junto con Ida y la ninfa cabra Amaltea, Adrastia cuidó al dios infante Zeus en el monte Ida, en Creta. La mitología posterior identificó a Adrastia con Némesis, la diosa de la venganza.

Agamenón: Rey de Argos y Micenas en el norte del Peloponeso, era hijo de Atreo y Aerope, nieto de Pélope y el último miembro de una familia marcada por una tragedia tras otra. Hermano de Menelao y Anaxibia, y esposo de Clitemnestra, con quien tuvo a Crisótemis, Electra, Ifigenia y Orestes, Agamenón lideró las fuerzas aqueas (griegas) en la guerra de Troya. Su vida terminó trágicamente a manos de su esposa Clitemnestra y su amante Egisto.

Después de huir de Micenas por el asesinato de su padre Atreo,

Agamenón y Menelao encontraron refugio en Esparta. Allí, Agamenón se casó con Clitemnestra y Menelao con Helena. Agamenón fue elegido para comandar la expedición griega para rescatar a Helena, su cuñada, después de que fuera raptada por Paris. Sin embargo, la incursión se detuvo cuando Agamenón ofendió a la diosa Artemisa, y sólo el sacrificio de su hija Ifigenia aplacaría a la diosa y permitiría su continuación. A su regreso triunfal de la guerra, diez años después, Agamenón y la princesa Cassandra, a quien llevaba como botín, fueron asesinados por Clitemnestra y Egisto. Agamenón encontró un final indigno, atrapado en una red y ahogado en una bañera. A pesar de ser un guerrero valiente y exitoso, como lo retrata Homero en la "Ilíada", también era conocido por su carácter egoísta y traicionero.

Aganipe: Nombre de una fuente y de la ninfa (una crenea) asociada con ella. Aganipe era la hija del río Terneso.

Alcínoo: Rey de los feacios en la isla de Esqueria. En la "Odisea" de Homero, Alcínoo y su hija, Nausícaa, acogen al héroe griego Odiseo, quien ha naufragado en su camino de regreso a casa después de la guerra de Troya. La hospitalidad de Alcínoo y la gentileza de Nausícaa son cruciales para que Odiseo, después de muchos años de dificultades y aventuras, pueda continuar por fin su viaje de regreso a Ítaca y a su familia.

Alcipe: Alcipe era hija del dios de la guerra, Ares, y de la ninfa Aglauro. Halirrotio, hijo del dios del mar Poseidón, la violó. Ares mató a Halirrotio como castigo por este crimen.

Alcmena: Hija de Electrión, rey de Micenas, y nieta del héroe Perseo. Se convirtió en esposa y prima de Anfitrión y fue madre de Heracles (con Zeus) y de Íficles (con su esposo Anfitrión). Durante la ausencia de su esposo por la guerra, Zeus, disfrazado de Anfitrión, visitó a Alcmena. Según Hesíodo, Alcmena era una mujer tan virtuosa que no habría aceptado a Zeus si este se hubiera presentado como él mismo. El padre de los dioses, consciente de esto y deseando engendrar un campeón para deidades y humanos por igual, cortejó a Alcmena como si fuera su esposo. Se dice que la experiencia fue tan placentera que Zeus extendió la noche para que durara el equivalente a tres. A la mañana siguiente, Anfitrión regresó de la guerra y se unió a su esposa, quien luego concibió a su hijo mortal, Íficles. Alcmena dio a luz al héroe Heracles, hijo de Zeus, y al día siguiente a su hermano gemelo.

Muchos años después de su muerte, Zeus llevó a Alcmena a las Islas de los Bienaventurados, donde se casó con Radamantis.

Alóadas: Los alóadas, Efialtes y Otos, eran hijos de Ifimedia y Poseidón, y fueron criados como hijos de Aloeo, esposo de Ifimedia. Estos gigantes crecieron con extraordinaria rapidez. A la edad de nueve años, alcanzaron una altura de once metros. Desafiaron a los dioses del Olimpo: Efialtes quiso capturar a Hera y Otos a Artemisa. Comenzaron su audaz acto al capturar a Ares, a quien encerraron en un recipiente de bronce durante trece meses hasta que fue liberado por Hermes. Su intento de asalto al Olimpo implicó apilar montañas para construir una escalera hacia el cielo, confiados en que ni dioses ni hombres podrían matarlos, según una profecía.

Sin embargo, fueron engañados y llevados a matarse mutuamente por Artemisa, quien se transformó en una cierva blanca. Así, la profecía se cumplió, ya que no murieron a manos de dioses ni de mortales, sino por su propio fuego cruzado. Sus almas fueron condenadas al Tártaro, atadas espalda con espalda a un pilar con serpientes vivas como cuerdas. La leyenda de los Alóadas representa la rebelión de los gigantes contra los dioses y podría simbolizar una tregua histórica entre tribus en guerra de la antigua Grecia. En otras versiones del mito, como en la "Odisea" de Homero, se menciona que Apolo los mató antes de que pudieran conquistar el Olimpo.

Altea: Altea era hija del rey Testio y Eurítemis, y hermana de Leda, Hipermestra, e Íficlo. Estaba casada con Eneo, rey de Calidón, y fue madre de varios hijos, entre ellos Meleagro, Toxeo, Tíreo.

Amaltea: La ninfa cabra Amaltea fue quien amamantó al infante Zeus en el monte Ida, en Creta. Zeus le estuvo siempre agradecido a Amaltea y, cuando se convirtió en el señor del universo, colocó su imagen entre las estrellas, creando la constelación de Capricornio. Además, Zeus tomó uno de los cuernos de Amaltea, que eran grandes y llenos como los de una vaca, y se lo dio a Adrastia e Ida, las ninfas de fresno que, junto con Amaltea, habían cuidado al infante Zeus. Este cuerno se convirtió en la cornucopia, el cuerno de la abundancia, que siempre estaría lleno de comida y bebida para sus dueños. La Égida, el escudo que Zeus llevaba, estaba cubierta con la piel de Amaltea.

Amazonas: Una legendaria raza de guerreras que se decía vivían en Asia Menor o posiblemente en África, o, a medida que los navegantes griegos exploraban más lejos, "en el extremo del mundo". A veces se asociaban con Artemisa, la diosa de la caza, aunque no existe una conexión estrecha excepto que el nombre de una líder amazona era Artemisa. Algunos estudiosos sugieren que la leyenda de las guerreras amazonas podría estar conectada con la invasión de nómadas sin barba de las estepas rusas.

Las amazonas aparecen en varias leyendas, incluidas las del héroe Heracles. La reina amazona más famosa fue Hipólita, cuyo cinturón robó Heracles y quien fue vencida por Teseo, a quien le dio un hijo, Hipólito. Pentesilea, otra reina amazona, luchó valientemente por los troyanos en la guerra de Troya y fue asesinada por Aquiles.

Los griegos citaban la conquista de las amazonas como un triunfo de la civilización sobre el barbarismo. Los académicos lo han citado como un triunfo del dominio masculino sobre la independencia femenina.

Algunos relatos dicen que las guerreras amazonas se cortaban un seno para facilitar el uso del arco.

Ámico: Hijo de Poseidón y de la ninfa bitinia Melia, y rey de los bebricios, un pueblo mítico de Bitinia.

Amimone: Una de las danaides y también da nombre a algo, como podría ser una ciudad o lugar. Su padre fue Dánao y su madre se llama Europa, una princesa.

Androgeo: Hijo de Minos y Pasífae, y hermano de Ariadna y Fedra. Se destacó como un gran atleta, y venció a todos sus oponentes en los juegos olímpicos de Atenas. Debido a los celos, el rey Egeo de Atenas lo mandó asesinar. Este acto detonó que el rey Minos de Creta declarara la guerra a Atenas.

Andrómaca: Andrómaca es una figura conmovedora y trágica de la guerra de Troya. Era hija del rey Tébas de Cilicia, esposa del héroe troyano Héctor y madre de Astianacte. Con la caída de Troya, perdió a su padre y hermanos, y fue entregada como botín a Neoptólemo. Su hijo Astianacte fue asesinado por el héroe griego Odiseo. Andrómaca sufrió maltratos por parte de Hermione, la esposa de Neoptólemo, pero finalmente encontró paz con su compañero de cautiverio troyano, Heleno.

Andrómeda: Hija de Cefeo y Casiopea de Etiopía, fue esposa del héroe Perseo y madre de varios hijos, incluyendo a Perses, quien se dice fundó la tierra de Persia. Su destino cambió cuando su madre Casiopea se jactó de que la belleza de Andrómeda superaba la de las ninfas del mar, lo que provocó la ira de Poseidón, quien envió un monstruo marino para devastar Etiopía.

Para calmar la furia del dios de los mares y salvar a su pueblo, Andrómeda fue encadenada a una roca como sacrificio al monstruo. Sin embargo, fue salvada por Perseo, quien petrificó al monstruo con la cabeza de Medusa y la tomó como su esposa. Su boda fue interrumpida por Fineo, a quien Andrómeda había sido prometida, pero Perseo utilizó una vez más la cabeza de Medusa para convertir a Fineo y sus soldados en piedra, asegurando así su unión con Andrómeda.

Anfitrión: Nieto del héroe griego Perseo y esposo de Alcmena, fue el padre de Íficles y el padre adoptivo del héroe Heracles, quien era hijo de Alcmena y el dios supremo Zeus. Después de un desafortunado incidente en el que Anfitrión mató accidentalmente a su hermano Electrión, rey de Micenas y padre de Alcmena, él y su esposa huyeron a Tebas, donde recibieron refugio del rey Creonte.

Como muestra de agradecimiento, Anfitrión ayudó a liberar a Tebas de la zorra teumesia, un monstruo que exigía el sacrificio de un niño cada mes. Con la ayuda de Zeus, Anfitrión liberó al país de la temida zorra.

Anfitrite: Una diosa del mar, hija de Nereo u Océano, y esposa de Poseidón, con quien tuvo tres hijos: Tritón, Rodo y Bentesicime. Ella era la personificación femenina del mar. Al principio, Anfitrite no recibió bien los avances de Poseidón y huyó a las montañas del Atlas en el norte de África. Poseidón envió al delfín Delphinus para convencerla y, finalmente, ella aceptó convertirse en su esposa.

Sin embargo, Anfítrite se dio cuenta de que Poseidón no era un esposo fiel. Una de sus amantes fue la hermosa ninfa Escila, a quien Anfítrite transformó en un monstruo terrible como represalia por su relación con su esposo.

Anquises: Un príncipe o rey troyano amado por la diosa Afrodita, quien le dio un hijo, Eneas. Cuando Anquises se jactó de que una diosa se había enamorado de él, el gran dios Zeus lo castigó dejándolo ciego o cojo (las historias varían). Su hijo, Eneas, lo llevó a cuestas fuera de la ciudad de Troya mientras esta ardía en llamas.

Antenor: Consejero del rey Príamo de Troya, fue una figura prominente durante los eventos de la guerra de Troya.

Antígona: Hija de Edipo y Yocasta, y hermana de Eteocles y Polinices. Acompañó a su padre ciego cuando este se exilió. Sus dos hermanos se mataron mutuamente en la guerra de los Siete contra Tebas. El rey Creonte de Tebas prohibió el entierro de Polinices, quien había sido declarado un rebelde. Desafiando la orden del rey, Antígona realizó ella misma el servicio funerario de su hermano. En una versión del mito, Antígona se ahorcó después de que Creonte ordenara enterrarla viva. En otra versión, Antígona fue rescatada por un hijo de Creonte y enviada a vivir entre pastores.

Antíloco: Antíloco era un príncipe de Pilos y uno de los aqueos en la guerra de Troya.

Antíope: Hija de un príncipe de Tebas o posiblemente del dios río Asopo, fue madre de Anfión y Zeto, engendrados por Zeus. El padre de todos los dioses, disfrazado de sátiro, la violó y ella quedó embarazada. Temeroso de la reacción de Nícteo, su padre, Antíope huyó de Tebas. Según algunas versiones, fue secuestrada por Epopeo, rey de Sición. Nícteo, desesperado por su hija desaparecida, se suicidó, dejando a su hermano Lico la tarea de castigar o rescatar a Antíope. Lico asaltó Sición, rescató a Antíope y emprendió el regreso a Tebas.

Durante el viaje, Antíope dio a luz a gemelos; algunas fuentes afirman que ambos eran hijos de Zeus, mientras que otras sostienen que sólo Anfión era hijo del dios y Zeto era hijo mortal de Epopeo. Antíope abandonó a los niños en una colina, pero fueron encontrados y criados por pastores. Más tarde, Antíope se convirtió en esclava de Dirce, la esposa de Lico, quien la maltrató. Eventualmente, Zeus ayudó a Antíope a escapar y ella encontró a sus hijos ya adultos, quienes vengaron su trato conquistando Tebas y castigando a Dirce. Sin embargo, Dionisio, enfurecido por la muerte de Dirce, castigó a Antíope con la locura, hasta que fue encontrada y curada por Foco, quien luego se casó con ella.

Apsirto: Hijo de Eetes, rey de la Cólquida, y hermano de la hechicera Medea. En las distintas versiones del mito de Jasón y el vellocino de oro, el destino de Apsirto varía. En una de ellas, Medea toma a su hermano como rehén mientras huye del reino de la Cólquida con Jasón, después de que este ha robado el vellocino. Para retrasar la persecución de su padre, Medea asesina a su hermano y dispersa sus restos a lo largo del camino.

Aqueloo: Un dios fluvial que se transformó en serpiente para superar a su rival, Heracles, y ganar la mano de Deyanira. Al final, Heracles venció a Aqueloo y se quedó con la joven. Los ríos y sus dioses eran venerados por los griegos, quienes los consideraban descendientes de los dioses Océano y Tetis.

Alcmeón, uno de los Siete contra Tebas y maldito por su madre, por fin encontró refugio en una isla recién formada por los sedimentos arrastrados por el río Aqueloo.

Aracne: Hija de Idmón de Colofón en Lidia (Asia Menor), era una tejedora de excepcional habilidad. Su trabajo era tan admirable que la gente decía que debía haber sido instruida por la propia Atenea. Aracne negó esto y desafió imprudentemente a la diosa Atenea a competir con ella. Atenea, aunque molesta, aceptó la invitación. Se enfureció al no poder encontrar fallas en el ingenioso tejido de Aracne y en sus representaciones divertidas, aunque irrespetuosas, de las travesuras de los dioses y diosas. Atenea rasgó la obra y destruyó el telar. Aterrorizada, Aracne intentó ahorcarse. Atenea la transformó en una araña, y la condenó a mostrar su habilidad por toda la eternidad tejiendo telarañas.

Arete: Considerada la diosa, o tal vez sólo la personificación, de la virtud o la excelencia del carácter. Se decía que vivía en lo alto de una montaña, cerca de los mismos dioses.

Arete era representada como una mujer alta, erguida y vestida con una túnica blanca. Algunos escritores de la antigua Grecia sugieren que las batallas y guerras eran libradas por hombres intentando demostrar su valía a los ojos de esta diosa menor.

Arges: Uno de los tres cíclopes de la mitología griega según la descripción de Hesíodo. Estos cíclopes eran gigantes con un sólo ojo en medio de la frente y eran conocidos por su habilidad en la forja, artífices del rayo de Zeus, el tridente de Poseidón y el casco de Hades.

Argos Panoptes: Un gigante con cien ojos, asignado por la diosa Hera para vigilar a la doncella Io, quien había sido transformada en una hermosa novilla blanca por Zeus. Para liberar a Io, Zeus envió a Hermes, quien adormeció a Argos Panoptes con su música hasta que todos sus ojos se cerraron. Hermes entonces lo mató y liberó a Io. En honor a Argos, Hera puso sus ojos en la cola del pavo real, donde se dice que permanecen hasta el día de hoy. El pavo real era un animal consagrado a Hera.

Ariadna: Hija de Minos y Pasífae de Creta, se enamoró del héroe Teseo y le ayudó a escapar del laberinto tras su victoria sobre el minotauro. Posteriormente, Teseo se la llevó de Creta. Según las distintas versiones del mito, su destino varía: algunas narraciones indican que Teseo la abandonó en la isla de Naxos, mientras que otras sugieren que Dionisio, deseando a Ariadna para sí mismo, fue quien instó a Teseo a dejarla. Estas historias pueden reflejar un intento de los antiguos narradores por justificar la acción de Teseo y preservar su honor como héroe.

Arión: Un ser alado, era el más veloz de todos los caballos. Nació de la unión de Deméter, quien se transformó en yegua, y del dios del mar Poseidón, que se transformó en semental. Arion perteneció primero al héroe Heracles y luego a Adrasto, rey de Argos. Durante la guerra conocida como la de los Siete contra Tebas, Adrasto fue el único superviviente, gracias a las maravillosas cualidades de Arion.

Asteria: Una diosa titánide de segunda generación, hija de Ceo y su hermana Febe, y madre de la diosa Hécate junto con el titán Perses. Asteria estaba asociada con la profecía, los sueños nocturnos y la comunicación con los espíritus de los muertos, conocida como necromancia.

Después de que los dioses olímpicos derrotaran a los titanes, Asteria no fue enviada al Tártaro como la mayoría de ellos. En cambio, fue perseguida por Zeus, el más grande de los olímpicos, pero resistió sus avances. Para esconderse, se transformó en una codorniz y se lanzó al mar. Algunos relatos dicen que se convirtió en la isla que más tarde sería conocida como Delos, la isla donde su hermana Leto llegó para dar a luz a sus gemelos, Apolo y Artemisa.

Astianacte: Hijo de Héctor y Andrómaca, era el heredero natural del legado de su padre como defensor de Troya. No obstante, tras la caída de la ciudad, su vida terminó de manera trágica a manos de Neoptólemo, quien lo lanzó desde las alturas de las murallas troyanas. Este acto de crueldad aseguró que no hubiera reclamaciones al trono ni venganzas futuras, lo que significó un final desolador y trágico a la guerra y a la estirpe real de Troya.

Atalanta: Hija del rey Yaso de Arcadia, fue abandonada en el monte Parnaso por su padre, quien deseaba un hijo varón. Sin embargo, fue salvada y criada por una osa enviada por Artemisa y más tarde por un grupo de cazadores. Se convirtió en una cazadora excepcional y fue la única mujer en participar en la caza del jabalí Calidonio, donde se distinguió al ser la primera en herir al animal. Su padre, impresionado por su valentía y habilidad, la reconoció como su hija y quiso que se casara, pero ella, advertida por un oráculo de que el matrimonio no le traería felicidad, estableció la condición de que sólo se casaría con quien la venciera en una carrera a pie.

Muchos pretendientes intentaron el desafío y murieron, hasta que Hipómenes, príncipe de Arcadia, con la ayuda de la diosa Afrodita, logró vencerla usando tres manzanas de oro para distraerla durante la carrera. Atalanta se detuvo a recoger las manzanas, y así perdió la carrera y aceptó a Hipómenes como su esposo. La pareja tuvo un hijo, Partenopeo, y según algunas versiones del mito, Atalanta e Hipómenes fueron transformados en leones por Afrodita. Además, Atalanta es mencionada como una de los argonautas en la mítica búsqueda del vellocino de oro.

Atamante: Hijo de Eolo y rey de Orcómeno en Beocia, tuvo dos hijos, Frixo y Leucón, y una hija, Hele, con su primera esposa Néfele. Cansado de Néfele, Atamante se casó con Ino, hija de Cadmo. Esta unión desencadenó eventos que llevaron a la famosa búsqueda del vellocino de oro por parte de Jasón, ya que Frixo y Hele huyeron de Beocia en un carnero alado con un vellón dorado para escapar de su madrastra Ino.

Atamante e Ino cuidaron del infante Dioniso, hijo de Zeus

y Sémele, ganándose la gratitud de Zeus pero también la ira de Hera, quien los castigó con la locura. En un ataque de demencia, Atamante asesinó a su hijo Learco. Afligido y enloquecido, abandonó su reino y vagó por diferentes tierras.

Atlas: Un titán hijo de Jápeto y Clímene, fue el líder de los titanes en su lucha contra los dioses olímpicos. Tras la derrota de los titanes, todos excepto Atlas fueron confinados en el Tártaro, una región del inframundo. El castigo de Atlas fue sostener el cielo sobre sus hombros por toda la eternidad.

Durante uno de sus doce trabajos, el héroe Heracles alivió temporalmente a Atlas de su carga para que el titán pudiera conseguirle las manzanas doradas de las Hespérides. Al regresar, Heracles engañó a Atlas para que retomara el peso de los cielos. En otro mito, el héroe Perseo convirtió al titán en piedra al mostrarle la cabeza de Medusa, y debido a su tamaño gigantesco, el petrificado Atlas se transformó en una cadena montañosa.

Augías: Augías, cuyo nombre significa "brillante", era el rey de Elis y padre de Epicaste. Se dice que Augías fue uno de los argonautas. Es conocido por sus establos, que albergaban la mayor cantidad de ganado del país y que nunca habían sido limpiados, hasta la llegada del gran héroe Heracles.

Bato: Una figura conocida por ser testigo del robo de ganado de Apolo por parte de Hermes. Hermes le dio a Bato una novilla a cambio de su silencio sobre el robo. Más tarde, Hermes regresó disfrazado y le ofreció a Bato una recompensa si le revelaba la ubicación del ganado; Bato aceptó y, por su avaricia, fue castigado por Hermes a ser convertido en piedra.

Briareo: También conocido como Briáreo, era un Hecatónquiro, un gigante con cien brazos y cincuenta cabezas. Era hijo de Urano (el cielo) y Gea (la tierra), y hermano de Coto y Giges. Su nombre significa "fuerte", y era uno de los tres hecatónquiros, seres de gran poder que desempeñaron un papel crucial en la titanomaquia, la guerra entre los titanes y los dioses olímpicos.

Briseida: Hija de Briseo, un sacerdote troyano. Fue capturada y se convirtió en la amante del héroe griego Aquiles. Sin embargo, fue arrebatada de él por Agamenón, el líder del ejército griego, mediante un acto de engaño. Enfurecido por esta afrenta, Aquiles retiró sus tropas de la batalla, lo que provocó que los griegos perdieran terreno frente a los troyanos. Este conflicto es el que da inicio a la "Ilíada" de Homero, su gran epopeya sobre la guerra de Troya.

Brontes: Brontes, cuyo nombre significa "el que truena", era uno de los tres cíclopes de la primera generación, hermano de Estéropes y Arges. Estos cíclopes eran hijos de Urano y Gea, caracterizados por ser gigantes con un único ojo en medio de la frente. Poseían un temperamento formidable y eran reconocidos por su habilidad en la artesanía y la construcción, destacando en la forja y la metalurgia.

Cadmo: El fundador de la ciudad de Tebas en Beocia fue Cadmo, hijo del rey Agénor y Telefasa; hermano de Europa, Cílix y Fénix; casado con Harmonía; padre de Ino, Agave, Antíope y Sémele (hijas), y Polidoro (un hijo). Después de que Zeus, disfrazado de un toro blanco, se llevara a Europa, Agénor envió a sus tres hijos a buscarla, advirtiéndoles que no regresaran a casa sin su hermana. Al no poder encontrar a Europa, cada uno de los hermanos se estableció en otro lugar. Cadmo, siguiendo el consejo del Oráculo de Delfos, finalmente fundó Tebas y se casó con Harmonía.

Calais: Uno de los Boréadas, hijos del dios del viento del norte, Bóreas, y de Oritía. Junto con su hermano gemelo Zetes, a Calais le crecieron alas en la espalda al llegar a la pubertad. Aun sin necesidad de usar sus alas, Calais era un atleta excepcional, tras ganar la carrera de larga distancia en los juegos fúnebres de Pelias.

Calcas: El ominoso adivino que presagió desgracias en la "Ilíada" de Homero, era un sacerdote de Apolo y se le conocía como hijo de Téstor. Acompañó a los aqueos (griegos) en su expedición a Troya durante la guerra. Fue Calcas quien aconsejó a Agamenón sacrificar a su hija Ifigenia para obtener vientos favorables para la expedición a Troya, y también fue él quien afirmó que no habría victoria para los griegos sin la ayuda de Aquiles.

Calíope : Una de las musas, por lo general considerada como la primera y más importante. Era la patrona de las historias y poemas épicos o heroicos. Hija de Mnemosine y Zeus, fue la madre de Orfeo.

Calisto: La doncella de la diosa Artemisa y amante del dios Zeus, con quien tuvo un hijo, Arcas, ancestro de los arcadios. Artemisa, enfadada por la pérdida de virginidad de Calisto, la transformó en una osa. Un día, mientras el ya adulto Arcas cazaba en el bosque vio a la osa y estuvo a punto de matarla. Para evitar que el joven matara a su propia madre, Zeus los transformó a ambos en estrellas. Calisto se convirtió en la Osa Mayor y Arcas en Arturo, el Guardián de la Osa.

Campe: Un monstruo femenino. Era la guardiana en el Tártaro de los cíclopes y hecatónquiros, a quienes Urano había encarcelado allí. Cuando se profetizó a Zeus que sería victorioso en la titanomaquia, la gran guerra contra los titanes, con la ayuda de los prisioneros de Campe, el padre de los dioses mató a Campe, liberando a los cíclopes y hecatónquiros, quienes luego lo ayudaron a derrotar a Cronos.

Caos: El vacío, espacio insondable al comienzo del tiempo. De

Caos surgió Gaia, la Madre Tierra original, así como Nix (la noche) y Érebo (la oscuridad). Con el tiempo, el término "caos" llegó a significar una gran confusión de materia a partir de la cual un ser supremo creó toda la vida.

Caronte: El barquero del inframundo. Hijo de Érebo (oscuridad) y Nix (noche). Este anciano horrendo transportaba las sombras o espíritus de los muertos a través de los ríos Aqueronte y Estigia. Si no se le presentaba un óbolo, una pequeña moneda o soborno, el viejo rechazaba al alma difunta, que entonces estaba condenada a vagar por las desoladas orillas del Aqueronte y Estigia. De ahí surge la costumbre de los griegos de colocar una moneda en la boca o los párpados de los muertos.

Casiopea: Una reina perteneciente a la estirpe de los agenóridas. Hay diversas tradiciones sobre su figura, que la ubican en reinos distantes de la Hélade, como Etiopía, Fenicia o Egipto.

Cefeo: Rey de Etiopía, esposo de Casiopea y padre de Andrómeda, quien se casaría con el héroe Perseo. Tras su muerte, Cefeo, Casiopea y Andrómeda fueron colocados entre las estrellas como constelaciones.

Céfiro: La personificación del viento del oeste. Era hijo de Eos, la diosa del amanecer, y de Eolo, el rey de los vientos. Céfiro era un viento suave y apacible. Entre sus muchas aventuras, llevó a Afrodita a las costas de Chipre después de que ella naciera ya adulta en la espuma del mar. Ayudó a Cupido a proteger a Psique de la ira de Afrodita. Con una de las Harpías, Céfiro engendró los caballos divinos de Aquiles y los caballos blancos de los dioses.

Céleo: Rey legendario de Eleusis, padre de Demofonte y Triptolemo, y esposo de Metanira. Él y su esposa fueron anfitriones de la diosa Deméter cuando ella vagaba por la tierra en busca de su hija Perséfone. Celeo es descrito como el primer sacerdote y sus hijas como las primeras sacerdotisas de Deméter en Eleusis.

Ceo: Un titán de primera generación; hijo de Urano y Gea; padre, con su hermana Febe, de Asteria y Leto, quien se convertiría en la madre de Apolo y Artemisa.

Aunque es más conocido en su papel de progenitor, Ceo era considerado el dios de la inteligencia y el pensamiento. También era la columna del cielo alrededor de la cual giraban las constelaciones y, como tal, el guardián de los oráculos celestiales.

Junto con sus hermanos, Ceo fue desterrado por Zeus, el más grande de los conquistadores dioses olímpicos, al Tártaro, las profundidades del inframundo.

Cerbero: El can de Hades, guardián del inframundo. Cerbero era descendiente de Tifón y Equidna. En algunas versiones, Cerbero tenía tres cabezas; en otras, hasta cincuenta. Era una criatura temible, pero la música y las ofrendas de comida lo calmaban.

Para Heracles, traer a Cerbero desde el Hades al mundo superior fue su decimosegundo y más difícil trabajo. Cuando fue capturado, el monstruoso perro goteaba veneno de sus colmillos y así infectaba ciertas hierbas, incluyendo la acónito, llamada hierba del lobo. Los magos malvados luego usaban estas hierbas para preparar brebajes venenosos.

Cerción: Una figura de la mitología griega, conocido como el cruel rey de Eleusis. Se hizo famoso por su brutalidad hacia su hija, Alope, y hacia cualquiera que se negara a luchar contra él. Cerción también era descrito como un hombre de gran fuerza.

Cícico: El gobernante de los doliones, una tribu que habitaba la costa sur del Propóntide (el mar de Mármara). Dio su nombre a una ciudad del mismo nombre, Cízico, que era su capital.

Cicno: Hijo de Ares y Pelopia. Cicno era cruel y agresivo como su padre, el dios de la guerra. Atacaba y mataba a los viajeros en la región de Tempe, en Tesalia, y usaba sus huesos para construir un templo en honor a su padre. Un día desafió a Heracles. En la temible batalla que siguió, Heracles mató a Cicno e y de gravedad a Ares, quien había intentado ayudar a Cicno.

Cimopolea: Una hija del dios del mar Poseidón y la esposa de Briareo, uno de los tres hecatónquiros. Su única mención conocida se encuentra en la "Teogonía" de Hesíodo. Cimopolea, cuyo nombre podría interpretarse como "la que gobierna las olas", no es una figura prominente en los mitos griegos y se sabe poco sobre ella más allá de su linaje y matrimonio.

Cíniras: Un famoso héroe y rey de Chipre. Las cuentas sobre su genealogía varían significativamente y ofrecen una variedad de historias sobre él; en muchas fuentes se le asocia con el culto a Afrodita en Chipre, y se menciona a Adonis, consorte de Afrodita, como su hijo.

Circe: Hija del dios del sol Helios y hermana de Faetón y Eetes. La hechicera de la "Odisea" de Homero, Circe lanzaba poderosos hechizos. Convirtió a todos los hombres de Odiseo en cerdos. Odiseo escapó de la maldición con la ayuda de una hierba llamada moly y pasó un año con la hechicera. Eventualmente, persuadió a Circe para que devolviera a sus hombres a sus formas anteriores y todos lograron escapar de la bruja. Circe también aparece en la historia de Jasón.

Clímene: Una oceánide, o ninfa del océano; una de las hijas mayores de los titanes Océano y Tetis, y como tal, considerada una titán de segunda generación; se casó con Jápeto y con él fue madre de más Titanes: Atlas, Prometeo, Epimeteo y Menecio.

Clímene también era considerada por algunas fuentes como la

madre de Faetón y sus hermanas llorosas, las helíades, cuyo padre era Helios, el dios olímpico que conducía el sol a través del cielo. Clímene era conocida como la diosa tanto de la fama como de la infamia.

Coto: Uno de los hecatónquiros, gigantes de cien brazos y cincuenta cabezas, hijos de Urano (el cielo) y Gea (la tierra), y hermano de Briareo y Giges. Los hecatónquiros eran conocidos por su gran fuerza y por ser figuras clave en la titanomaquia, donde ayudaron a Zeus y a los dioses olímpicos a derrotar a los titanes.

Creonte: Conocido como el gobernante de Tebas en la leyenda de Edipo. Es un personaje central en varias tragedias griegas, destacando en "Edipo Rey" y "Antígona" de Sófocles

Creteo: Rey y fundador de Yolco, hijo del rey Eolo de Eolia y de Enarete. Era hermano de Sísifo, Atamante, Salmoneo, entre otros. Se casó con su sobrina Tiro, con la cual tuvo a Aeson, Feres y Amitaón. Después de descubrir que Tiro había tenido un romance con Poseidón, Creteo la dejó y se casó con Demodice. Entre sus hijas estaba Hipólita.

Creúsa: Creusa era hija del rey Creonte de Corinto. Se casó con el héroe Jasón. En un acto de venganza por celos, Medea, la primera esposa de Jasón, utilizó sus poderes mágicos para matar a Creusa. Medea envió a Creusa un vestido de novia impregnado de veneno. Cuando Creusa se puso el vestido, este se adhirió a su carne quemándola y causándole la muerte. Creonte, el padre de Creusa, también murió a causa del veneno.

Crío: Un Titán de primera generación, hijo de Urano (el cielo) y Gaia (la tierra); con Euribia, una hija de Ponto y Gaia, fue padre de Astreo, Palante y Perses. Se sabe poco sobre Crío aparte de su papel como padre. Sin embargo, indicios en los escritos de los antiguos griegos sugieren que era un dios del liderazgo y los animales domésticos y está asociado con el carnero, o macho de la oveja. Crío se convirtió en la constelación de Aries, el carnero.

Crisaor: El hermano del caballo alado Pegaso, a menudo representado como un joven, hijo de Poseidón y Medusa, nacido cuando Perseo decapitó a la gorgona.

Criseida: La hija de Crises, un sacerdote de Apolo. Durante la guerra de Troya, el héroe de guerra griego Aquiles la tomó prisionera. Considerada como botín de guerra, Criseida fue luego arrebatada por Agamenón, líder de los griegos. Su padre, Crises, acudió al campamento griego para rescatar a su hija, pero Agamenón se defendió del ataque. Entonces Apolo envió una plaga entre los griegos. Muchos murieron y Agamenón finalmente liberó a Criseida a su padre para apaciguar la ira de Apolo.

Cronos: Un titán, hijo de Urano (el cielo) y Gea (la tierra). Con su hermana y esposa, Rea, Cronos tuvo hijas: Deméter, Hestia y Hera, e hijos: Hades, Poseidón y Zeus, quienes se convirtieron en dioses olímpicos. Cronos destronó a su padre, Urano, y a su vez fue destronado por su hijo, Zeus.

Cronos probablemente era un dios del maíz en la antigüedad y a menudo se le representa sosteniendo una hoz o guadaña, la misma arma que utilizó para castrar a Urano.

Dafne: Una dríade o ninfa de los árboles, hija del dios del río Ladón o de Peneo y Gea. Perseguida por el dios Apolo, Dafne suplicó a su madre que la ayudara. Gea abrió la tierra y Dafne desapareció. En su lugar brotó un árbol de laurel. Apolo abrazó el árbol y lo adoptó como su árbol sagrado y emblema.

Dascilo: Hijo de Tántalo y padre de Lico. Reinó en la región septentrional de Anatolia, que comprendía las áreas de Misia y Bitinia.

Deífobo: Hijo de Príamo y Hécuba. Se casó con Helena, o la tomó por la fuerza, tras la muerte de su hermano Paris. Deífobo murió a manos de Menelao durante la caída de Troya, o, según algunas versiones, fue asesinado por la propia Helena.

Demofonte: Hijo de Metanira y el rey Celeo de Eleusis. Deméter, la madre afligida de Perséfone, encontró refugio en la corte del rey y su esposa, quienes le pidieron que cuidara de su hijo pequeño, Demofonte. Deméter aceptó, y durante su cuidado, realizó actos mágicos propios de una diosa.

Despoina: Un epíteto de una diosa venerada en los Misterios Eleusinos de la antigua Grecia como hija de Deméter y Poseidón y hermana de Arión.

Deucalión: Hijo del titán Prometeo, el defensor de la humanidad. Prometeo advirtió a Deucalión sobre la ira de Zeus hacia la maldad de la humanidad y su intención de aniquilarla. Deucalión, el equivalente griego del Noé del Antiguo Testamento, construyó un arca. Tras nueve días de lluvia, el arca se posó segura en el monte Parnaso. Deucalión y su esposa, Pirra, ofrecieron sacrificios a Zeus. El espíritu del titán Temis les indicó que repoblaran la tierra. Lo hicieron arrojando piedras (los huesos de Gea) detrás de ellos. Las que lanzaba Pirra se convertían en mujeres; las que lanzaba Deucalión se convertían en hombres. Helén, el hijo mayor, fue el patriarca de la raza de los helenos, más tarde llamados griegos.

Deyanira: Hija de Eneo, rey de Calidón, y hermana de Meleagro, fue la segunda esposa del héroe Heracles. Sin querer, fue la causa de su muerte. Cuando Heracles regresó de una de sus expediciones con una concubina, Deyanira, celosa y temerosa de perder su amor, le dio a Heracles una túnica impregnada con la sangre del centauro Neso, creyendo que era un filtro de amor. Neso, antes de morir a manos de Heracles, había engañado a Deyanira diciéndole que su sangre aseguraría la fidelidad de su esposo. Sin embargo, la túnica estaba envenenada y causó un dolor insoportable a Heracles, llevándolo a su muerte. Al darse cuenta de su error y del engaño del centauro, Deyanira se quitó la vida, consumida por la desesperación y la culpa por haber causado la muerte de su esposo.

Dictis: Un pescador,hermano de Polidectes, quien rescató al héroe Perseo y a su madre, Dánae, del mar. Dictis llevó a la madre y al niño a la corte del rey Polidectes de la isla de Serifos, en el mar Egeo. Más tarde, salvó a Dánae una vez más, esta vez de las atenciones no deseadas de Polidectes. Perseo convirtió a Polidectes en piedra con la cabeza de Medusa como arma, y Dictis se convirtió en el nuevo rey de Sérifos.

Diomedes: Hijo de Tideo y sucesor de Adrasto como rey de Argos. Navegó hacia Troya en la guerra de Troya y fue, después de Aquiles, el más valiente de los griegos. La diosa de la guerra, Atenea, lo favorecía.

Diomedes(2): Hijo de Ares, Diomedes fue un rey de los bisontes en Tracia, conocido por criar yeguas carnívoras. Heracles, como parte de sus doce trabajos, logró robar y domar a estas yeguas después de matar a Diomedes y darle su cuerpo a las yeguas como alimento.

Éaco: Rey mítico de la isla de Egina en el golfo Sarónico. Era hijo de Zeus y la ninfa Egina, y padre de los héroes Peleo y Telamón. Según la leyenda, Éaco era famoso por su justicia y, tras su muerte, se convirtió en uno de los tres jueces en el Hades junto a Minos y Radamantis. En otra historia, ayudó a Poseidón y Apolo a construir las murallas de Troya.

Eetes: Eetes era el rey de Cólquida, situada en la isla de Rodas. Hijo del dios del sol, Helios, y de la ninfa Rodas, era hermano de Circe, la hechicera, y de Pasífae. Con Eidyia, una hija del dios Océano, tuvo dos hijos: Medea y Absirto. Eetes es conocido por haber dado refugio a Frixo, quien llegó a Rodas montando el carnero del vellocino de oro. Eetes se convirtió en el guardián de este preciado objeto. Cuando Jasón y los argonautas llegaron en busca del vellocino, Eetes les impuso una serie de desafíos que Jasón superó con éxito. A pesar de esto, Eetes se negó a entregar el vellocino. Con la ayuda de Medea, quien poseía habilidades mágicas y proféticas, Jasón logró robar el vellocino y huir en su barco, mientras Eetes los mandó a perseguir sin éxito.

Egeo: Rey de Atenas fue el padre del héroe Teseo, concebido con Etra, hija del rey Piteo de Trecén. Algunos relatos sugieren que el dios del mar Poseidón fue el verdadero padre de Teseo. Cuando Egeo dejó Trecén, le dijo a Etra que si nacía un hijo de su unión, este debía ser criado discretamente en Trecén bajo la tutela del rey Piteo. Egeo escondió su espada y sandalias debajo de una roca, indicándole a Etra que cuando el niño tuviera la edad suficiente, debía llevarlo al escondite para que pudiera recuperar los símbolos de su identidad.

Encélado: Uno de los gigantes, descendientes de Gea y Urano. Encélado fue el oponente tradicional de Atenea durante la gigantomaquia, la guerra entre los gigantes y los dioses, y se decía que estaba enterrado bajo el monte Etna en Sicilia.

Eneas: Un héroe de la mitología griega y romana, hijo de Anquises y la diosa Afrodita. Se destacó en la "Ilíada" como líder de los dardanios y en la "Eneida" de Virgilio, que relata su huida de Troya tras ser advertido por su madre Afrodita de la inminente destrucción de la ciudad. Eneas llevó a su padre anciano a cuestas y se aseguró de salvar también a los dioses del hogar. Aunque perdió a su esposa Creusa en la huida, su fantasma le instó a seguir adelante y cumplir su destino de fundar una nueva ciudad en Italia.

Enómao: Rey de Pisa en Elis, ubicada en el noreste del Peloponeso, y era el padre de Hipodamía. Se hizo famoso por organizar carreras de carros para los pretendientes de su hija, donde el precio de la derrota era la muerte. Enómao aseguraba su victoria mediante trampas, y así había matado a trece pretendientes. Sin embargo, apareció Pélope, quien aceptó el desafío y, con la ayuda de un engaño y posiblemente con la intervención divina, ganó la carrera. La muerte de Enómao en su última carrera contra Pélope dejó al joven príncipe como el vencedor, quien se casó con Hipodamía y heredó el reino de Pisa.

Eolo: Eolo era el dios y rey de los vientos en la mitología griega. En la "Odisea" de Homero, Eolo ayudó al héroe Odiseo al encerrar a los vientos en una gran bolsa de cuero, dejando sólo al viento del oeste libre para soplar y guiar las naves de Odiseo de regreso a su hogar en Ítaca. Cuando las naves estaban cerca de su destino, Odiseo, agotado, se quedó dormido. La tripulación, impulsada por la curiosidad y la inquietud, abrió la bolsa, liberando a los vientos que soplaron con fuerza y desviaron todas las naves lejos de Ítaca, de regreso hacia la isla de Lipara, donde residía Eolo. Al ver lo ocurrido, Eolo se enfadó y se negó a ofrecer más ayuda a Odiseo.

Eos: La diosa Eos es la personificación del amanecer. Según algunas versiones, era hija de Helios, el dios del sol, o según otras, era hermana de Helios y Selene (la Luna), nacida de los Titanes Hiperión y Tea. Los romanos la conocían como

Aurora. Eos estaba casada con Titono, aunque tuvo numerosos amantes. Se la representa como una joven hermosa, a veces surcando los cielos del amanecer sobre el caballo alado Pegaso, y otras veces en un carro tirado por dos caballos. Con el titán Astreo como padre, Eos fue madre de los vientos Céfiro y Bóreas, así como de varios cuerpos celestes.

Epimeteo: El hermano del titán Prometeo. A pesar de las advertencias de su hermano más sabio, Epimeteo aceptó a Pandora como su esposa. Pandora fue creada por los dioses para castigar a la humanidad por aceptar el regalo prohibido del fuego de Prometeo. Pandora es conocida por haber abierto una caja (en realidad un gran jarrón) que liberó todos los males en el mundo, dejando sólo la esperanza dentro una vez que la cerró de nuevo.

Equidna: Equidna, en la mitología griega, era una criatura monstruosa, hija de Gaia y Tartaro. Era mitad mujer y mitad serpiente y vivía en una cueva donde se alimentaba de carne humana. Con Tifón, otro monstruo temible, Equidna tuvo una descendencia de criaturas igualmente aterradoras. Entre sus hijos se encontraban Cerbero, el perro guardián del inframundo; la Hidra de Lerna, una serpiente de múltiples cabezas; y la Quimera, una criatura con cabeza de león, cuerpo de cabra y cola de serpiente que exhalaba fuego. También, con Ortro, un can de dos cabezas, engendró a la Esfinge y al León de Nemea.

Érebo: La personificación de la oscuridad y surgió de Caos en el comienzo de los tiempos. Fue el padre de Caronte, Némesis, entre otros. Su nombre se dio a la caverna subterránea y sombría por la cual los muertos debían transitar en su camino hacia el Inframundo.

Erictonio: Erictonio fue un legendario rey de Atenas. Según la mitología, era hijo del dios Hefesto y de la diosa Gaia. Surgió de la tierra cuando Hefesto, intentando seducir a la diosa Atenea, derramó su semen sobre la tierra, y de esta unión nació Erictonio.

En otra versión del mito, Atenea, después de rechazar a Hefesto, puso al niño Erictonio en una cesta y la entregó a las hijas de Cécrope con la instrucción de que no la abrieran. Sin embargo, movidas por la curiosidad, las hijas de Cécrope miraron dentro de la cesta y encontraron al niño parcialmente serpiente, lo que las llevó a la locura.

Erictonio fue un importante rey de Atenas, conocido por establecer el culto a Atenea en la ciudad y por ser uno de los primeros en honrar a la diosa con sacrificios y festivales. Su figura a menudo se asocia con la serpiente, un símbolo de la sabiduría y la renovación de la tierra.

Erinias: Las erinias, conocidas en la mitología romana como las furias, eran las tres diosas vengadoras de los crímenes. Surgieron de las gotas de sangre que cayeron cuando Cronos castró a su padre Urano. Las Erinias perseguían a los mortales que habían cometido graves ofensas, especialmente aquellos crímenes relacionados con la familia, como el asesinato de un pariente cercano.

Eris: La diosa o personificación de la discordia y el conflicto en la mitología griega. Hermana de Ares, el dios de la guerra, Eris a menudo lo acompañaba en el campo de batalla, sembrando la discordia y el caos entre los combatientes. Según Hesíodo, Eris era hija de Nyx, la personificación de la noche, lo que subraya su conexión con las fuerzas oscuras y destructivas.

Erisictón: Erisictón de Tesalia fue un rey conocido por su desmesurada avaricia y por el castigo divino que recibió por su irreverencia hacia los dioses. Despreció a la diosa Deméter al cortar un bosque consagrado a ella para construir un salón de banquetes. Como venganza, Deméter envió a la personificación del hambre, Limos, para que se alojara en el vientre de Erisictón, condenándolo a un hambre perpetua.

A pesar de consumir cantidades colosales de alimentos, Erisictón nunca podía saciar su apetito. Vendió todas sus riquezas para alimentarse y, cuando no le quedó nada, llegó al extremo de vender a su propia hija para comprar más comida. Sin embargo, su hambre seguía sin cesar, y en un acto final de desesperación, comenzó a devorarse a sí mismo.

Eros: Conocido como Cupido en la mitología romana, era originalmente una deidad poderosa y temida que simbolizaba el caos y la desdicha que podían surgir del amor y el deseo. Con el tiempo, su representación cambió hacia la de un niño regordete, alado y armado con un arco y flechas, que disparaba al azar, provocando enamoramientos repentinos y a menudo caóticos.

La genealogía de Eros es variada y en ocasiones contradictoria. Por lo general, se le considera hijo de Afrodita, la diosa del amor, y su padre podría haber sido Zeus, el dios supremo; Ares, el dios de la guerra; o Hermes, el dios de la fertilidad. Tradiciones más antiguas lo identifican como hijo de Gaia, lo que lo haría casi tan antiguo como la tierra misma.

A pesar de su presencia en numerosos mitos y leyendas, Eros no fue elevado al estatus de uno de los doce dioses olímpicos principales. Sin embargo, su figura es central en muchas historias de amor y deseo, y su influencia se extiende a través de la literatura y el arte de la antigüedad hasta la actualidad.

Escirón: Uno de los bandidos que Teseo mató en su camino de Trecén a Atenas. Era un famoso bandido corintio que acechaba la frontera entre Ática y Megara.

Esfinge de Tebas: La esfinge es una criatura mítica con cabeza de humano, cuerpo de león y alas de águila. En la tradición griega, la esfinge es un ser traicionero y despiadado con cabeza de mujer, trasero de león y alas de ave. Según el mito griego, desafía a aquellos que se encuentran con ella a responder un acertijo y los mata y devora cuando no logran hacerlo. Esta versión mortal de una esfinge aparece en el mito y el drama de Edipo.

Esón: Rey de Yolco, una región de Tesalia, y con la reina Alcímede, fue padre de Jasón. Era medio hermano de Pelias, quien usurpó el trono de Yolco.

Esténelo: Rey de Tirinto y Micenas, conocido por su fuerza y poder. Era hijo de Perseo, el famoso héroe que fundó Micenas. Su nombre, derivado de la palabra griega "sthenos", refleja su asociación con la fuerza y la capacidad de imponerse, lo cual es apropiado para un personaje de su estatus y linaje heroico.

Estéropes: Uno de los tres Cíclopes de la primera generación, hijos de Urano (el cielo) y Gea (la tierra). Junto con Brontes y Arges, Estéropes era conocido por ser un gigante con un solo ojo en medio de la frente. Los tres hermanos tenían un temperamento feroz, pero también eran reconocidos como excelentes artesanos y constructores. Fueron ellos quienes forjaron el rayo de Zeus, el tridente de Poseidón y el casco de Hades que le confería invisibilidad. Estéropes, cuyo nombre significa "el que da el rayo", jugó un papel crucial en dotar a los dioses olímpicos de sus poderosas armas.

Eteocles: En la mitología griega, Eteocles fue un rey de Tebas, hijo de Edipo y de Yocasta . Edipo mató a su padre Layo y se casó con su madre sin conocer su parentesco con ninguno de los dos. Cuando se reveló el parentesco, fue expulsado de Tebas. El gobierno pasó a sus hijos Eteocles y Polinices. Sin embargo, debido a una maldición de su padre, los dos hermanos no compartieron el gobierno pacíficamente y murieron a consecuencia de ello, matándose finalmente el uno al otro en una batalla por el control de la ciudad. A su muerte, Eteocles fue sucedido por su tío, Creonte.

Éter: La personificación del cielo superior brillante. Según Hesíodo, era hijo de Érebo (oscuridad) y Nyx (noche), y hermano de Hemera (día) En la cosmogonía órfica, Éter era hijo de Crono (tiempo), y hermano de Caos y Érebo.

Etra: La madre de Teseo (su padre era el rey Egeo de Atenas, o en algunas versiones, Poseidón) y de Clímene. Etra también se llamaba Piteida por su padre Piteo.

Euríale: Una de las tres gorgonas, monstruos femeninos; hija de Ceto, una antigua diosa del mar, y de Forcis; sus hermanas eran Esteno y Medusa. Euríale y Esteno eran inmortales, mientras que su hermana, Medusa, era mortal. Euríale y Esteno compartían con Medusa el poder de convertir a la gente en piedra cuando los mortales miraban a los ojos de una gorgona.

El héroe Perseo fue enviado por Polidectes para recuperar la cabeza de una gorgona; por supuesto, eligió cortar la de Medusa porque era mortal. Euríale y Esteno persiguieron a Perseo tras su robo, rastrillando el aire con sus grandes garras. Mientras volaba tras Perseo, Euríale lanzó un grito agónico que resonó tras él. Los dioses convirtieron ese grito en música de lamento y regalaron la canción a los humanos.

Eurínome: Una de las mayores oceánides, o ninfas del océano, hijas de Océano. Se cuenta entre los titanes. Se convirtió en diosa del mar tras perder el poder en el Olimpo. Eurínome y Ofión, también titán, gobernaron el reino de estos primeros dioses después de Gea y Urano, hasta que Cronos y Rea, los Titanes más poderosos, se hicieron con el poder y los arrojaron al mar. El lugar de Eurínome en la mitología disminuyó a medida que la gente se volvía hacia los dioses olímpicos.

Eurínome también fue el amor de Zeus, el dios olímpico más poderoso. Con él, se convirtió en la madre de las tres gracias y del dios del río Asopo.

Eurínome ayudó a Tetis a rescatar y criar a Hefesto, el dios griego de los artesanos, después de que Hera, su madre arrojara al niño al océano. Eurínome fue representada en estatuas como una sirena.

Éurito: Rey de Ecalia, padre de Iole. Éurito era un arquero de renombre. Prometió a su hija Iole, a cualquiera que pudiera disparar mejor que él. El gran héroe Heracles ganó el concurso, pero Éurito acusó a Heracles de utilizar flechas envenenadas y, además, de ser esclavo de Euristeo y, por tanto, indigno de la hija de un rey. Eurito se negó a respetar el derecho de Heracles a la mano de Iole. Por ello, Euristeo murió a manos de Heracles.

Faya: La cerda de Cromión es un cerdo de la mitología griega. Era propiedad de una mujer llamada Faya y a veces se le llamaba con ese mismo nombre.

Febe: Titánide, una de las hijas de Urano y Gea. Febe fue esposa de Ceo, también titán, y madre de Leto y Asteria. Su nombre, que significa "brillante" o "resplandeciente", se daba a veces a la Luna y se asociaba con Artemisa y Diana.

Fedra: Hija de Minos de Creta y de Pasifae; hermana de Ariadna y Androgeo; esposa de Teseo, rey de Atenas. La diosa del amor Afrodita hizo que Fedra se enamorara de su joven y casto hijastro, Hipólito. El joven huyó de ella horrorizado y Fedra se suicidó, dejando una carta a su marido en la que acusaba a Hipólito de intentar violarla. Teseo provocó entonces la muerte de su hijo. Este episodio, en el que Teseo perdió tanto a su mujer como a su hijo, pareció marcar el final de su vida heroica.

Filoctetes: El arquero más famoso de la guerra de Troya. El

héroe Heracles le había regalado sus flechas envenenadas. En el viaje a Troya, Filoctetes fue mordido por una serpiente venenosa o, según algunos, herido por una de las flechas envenenadas y abandonado a su suerte en la isla de Lemnos. Pero un oráculo había profetizado que Troya no podría ser tomada sin Filoctetes. En el décimo año del asedio de Troya, Odiseo envió a buscar a Filoctetes. Filoctetes fue llevado a Troya, donde sus flechas mataron a Paris, y Troya cayó en manos de los griegos.

Fineo: Hermano de Cefeo, rey de Etiopía; tío de Andrómeda, con la que deseaba casarse. El héroe Perseo rescató a Andrómeda y la reclamó como esposa. Fineo y sus soldados aparecieron en el banquete nupcial, pero se convirtieron en piedra al ver la cabeza de la gorgona Medusa, empuñada por Perseo.

Folo: Folo era un centauro sabio y amigo de Heracles que vivía en una cueva en el monte Pelión.

Frixo: Hijo de Atamante y Néfele, hermano de Hélade. Su madrastra, Ino, exigió que Frixo fuera sacrificado a la diosa del maíz para asegurar buenas cosechas. Frixo y su hermana Hele escaparon a lomos de un carnero alado que tenía un vellón de oro. Cuando Frixo llegó a Cólquida, sacrificó el carnero al dios Zeus y entregó el vellón a Eetes, rey de Cólquida. El vuelo de Frixo y Hele en el carnero alado fue importante en el mito del vellocino de oro.

Gaia: Personificación de la Madre Tierra en la mitología griega. Nació del Caos al principio de los tiempos y, a su vez, dio a luz a Urano, el cielo estrellado.

Gea era la madre de los mares, las montañas y los valles, y de todas las demás características naturales de la tierra. Una vez formada la tierra, Gea se apareó con su hijo Urano y dio lugar a los titanes, la primera raza de la tierra. Luego vinieron los cíclopes y los hecatónquiros. Urano se sintió horrorizado por su monstruosa descendencia y los desterró a todos al Inframundo. Al principio, Gea lloró a sus hijos, pero luego se enfadó con Urano. Fabricó una hoz afilada y se la dio a Cronos, su hijo titán más joven y valiente, ordenándole que atacara a Urano. Cronos mutiló el cuerpo de su padre y arrojó sus partes al océano. De la sangre que cayó sobre la tierra surgieron las furias, los gigantes y las ninfas de ceniza (las melias).

Giges: Giges o Gíes, llamado también a veces Gigas o Gías, era un hecatónquiro, gigante de cien brazos y cincuenta cabezas, hijo de Urano y Gea, y hermano de Briareo y Coto.

Glauco: El más famoso Glauco era nieto de Belerofonte, héroe de la Ilíada. Glauco luchó en el bando troyano durante la guerra de Troya. Él y el héroe griego Diomedes descubrieron que sus abuelos habían sido amigos, por lo que ambos intercambiaron armaduras y votos de amistad. Otro amigo de Glauco era Sarpedón. Cuando Sarpedón fue asesinado, Glauco pidió al dios Apolo que le ayudara a recuperar el cuerpo. Así lo hizo con la ayuda del héroe Héctor. Áyax acabó matando a Glauco en la batalla.

Glauco (2): Hijo de Sísifo, padre de Belerofonte y propietario de un famoso rebaño de yeguas. Sin embargo, Glauco se negó a que se reprodujeran, lo que provocó la ira de Afrodita, diosa del amor. Afrodita enloqueció a las yeguas y, en su frenesí, despedazaron a Glauco.

Gorgonas: Tres monstruos femeninos conocidos como las Euríale; hijas de Ceto y Forcis y hermanas de las grayas. Sus nombres eran Euríale, Esteno y Medusa. Tenían cuerpos de mujer, garras de bronce en lugar de manos y serpientes por cabello. Dos de ellas eran inmortales, pero Medusa no lo era. El héroe Perseo la mató y le cortó la cabeza. La cabeza de Medusa, incluso después de muerta, tenía el poder de convertir en piedra a quien la mirara directamente.

Gracias: Diosas de la belleza y el encanto, y son la personificación de ambas cualidades. Por lo general se considera que son hijas del dios Zeus y Eurínome. El poeta Hesíodo las nombró: Talia (florecimiento), Eufrósine (alegría) y Aglaya (resplandor). Las tres gracias eran la personificación de la alegría y el bienestar. Estaban presentes en las bodas humanas y divinas, y eran constantes acompañantes de la diosa del amor, Afrodita. También estaban asociadas con el dios Apolo.

A menudo se representan mezclándose con las ninfas en danzas alegres que celebran las bondades de la naturaleza.

Grayas: Hijas de Forcis y Ceto, y hermanas de las gorgonas. Sus nombres eran Dino, Enío y Pefredo. Personificaban la vejez y tenían sólo un ojo y un diente que compartían entre ellas. Perseo les robó el ojo mientras se lo pasaban de una a otra. Se lo devolvió después de que le revelaran el paradero de su hermana, Medusa, y dónde encontrar el casco, las sandalias aladas y la bolsa mágica que necesitaba para completar su misión.

Halirrotio: Hijo ateniense de Poseidón.

Harmonía: Hija de Afrodita y Ares; esposa de Cadmo, rey de Tebas. Todos los dioses olímpicos asistieron a la boda de Harmonía y Cadmo. Los dioses bendijeron a Harmonía con muchos regalos, entre ellos un collar de oro de Afrodita, hecho por el dios herrero Hefesto. El collar tenía el poder de otorgar una belleza inmarcesible a su portadora, pero también traería desgracias en la historia posterior de Tebas.

Las harpías: Los vientos de tormenta y las hijas de Electra, una ninfa del mar, y Taumante, un antiguo dios del mar. Son hermanas de la diosa del arcoíris, Iris.

En las historias más tempranas, las harpías eran representadas como mujeres bellas con alas. Se decía que aparecían de repente, arrebatando personas y objetos, y eran culpadas por desapariciones súbitas. Las harpías servían al gran dios Zeus, quien empuñaba el trueno y el relámpago como armas, y las enviaba junto con las tormentas para ejecutar su voluntad.

El poeta Hesíodo escribió que había dos harpías y que sus nombres eran Aelo y Ocípete. Homero nombra a una tercera harpía, Podarge, y dice que estaba casada con el viento del oeste, Céfiro, y dio a luz a los dos grandes caballos de Aquiles. En la mitología posterior, particularmente en las historias de Jasón y los argonautas, los autores describieron a las harpías como criaturas parecidas a aves con garras afiladas que se llevaban comida y tesoros preciosos y emitían un hedor terrible.

Hebe: Hija de los dioses Zeus y Hera y copera de los dioses. Se convirtió en la esposa del héroe Heracles tras ser deificado y transportado al Olimpo. Más tarde, Hebe fue representada como la diosa de la juventud, con el poder de rejuvenecer, es decir, de devolver la juventud.

Héctor: Gran héroe troyano; hijo mayor de Príamo, rey de Troya, y de Hécuba; hermano de Paris, Heleno y Casandra; esposo de Andrómaca; padre de Astianacte. Héctor tiene muy pocas historias en la mitología, salvo en la Ilíada de Homero. Su muerte, la violación de su cuerpo por Aquiles y su magnífico funeral ponen fin a la Ilíada.

Hécuba: Esposa del rey Príamo de Troya; hija del rey de Frigia; madre de muchos, entre ellos Héctor, líder de los troyanos en la guerra de Troya, y Paris, cuyo rapto de Helena fue una de las principales causas de la guerra.

Hele: Hele, a veces también llamada Amantis, fue un personaje de la mitología griega que ocupó un lugar destacado en la historia de Jasón y los argonautas.

Helena: Hija de Zeus y Leda, se dice que nació de un huevo, ya que Zeus acudió a Leda y se apareó con ella disfrazado de cisne. A menudo llamada Helena de Troya, en realidad procedía de Esparta. Era hermana de los Dioscuros (Cástor y Polideuces) y de Clitemnestra. Fue esposa de Menelao, rey de Troya. Se decía que Helena era la mujer más hermosa del mundo, un símbolo de la belleza femenina. Su rapto por el príncipe troyano Paris fue una de las causas principales de la guerra de Troya.

Existen diversos relatos sobre el final de Helena. Algunos dicen que tras la caída de Troya se reconcilió con su marido, Menelao. Otros dicen que se casó con Deífobo, que fue ahorcada por una reina vengativa o que se colgó de un árbol. Fue venerada como diosa de la belleza en la isla de Rodas.

Heleno: Hijo de Príamo y Hécuba; hermano de Paris, Héctor y Casandra. Heleno compartía con su hermana el don de la profecía. En la Ilíada de Homero, Heleno da buenos consejos a Héctor, líder de los troyanos. En la obra Andrómaca, de Eurípides, Heleno se casa con su compañera de cautiverio Andrómaca tras la caída de Troya.

Helios: Helios, el dios griego del sol, es conocido por conducir su carro solar a través del cielo diariamente. Estuvo asociado con la isla de Rodas, donde tuvo descendencia con la ninfa Rodas, conocidos como los Helíadas, destacados por su sabiduría astronómica. Con Perseis tuvo a Circe, Eetes y Faetón. Helios aparece en la "Ilíada" y la "Odisea" de Homero; en esta última, sus rebaños sagrados son devorados por los compañeros de Odiseo, lo que desencadena su ira y la posterior tragedia para el héroe griego. Hiperión es otro nombre con el que se le conoce, aunque también se refiere a uno de los titanes, padre de Helios en algunas versiones del mito.

Hemera: La hija de Nix (noche) y Érebo (oscuridad); hermana de Éter (aire). Madre e hija vivían en la misma morada. Al atardecer, Hemera se encontraba con su madre en el lejano Oeste, el reino de Atlas, donde ese dios sostenía la Tierra. Allí intercambiaban sus lugares, Hemera entraba en la casa en la que vivían y Nix extendía su oscuridad sobre el mundo. Al amanecer, volvían a intercambiar sus posiciones. Hemera personificaba el día y su ciclo con Nix representaba la perpetua sucesión de día y noche, un tema recurrente en la mitología griega que ilustra la interconexión y el equilibrio de los opuestos naturales.

Hesíone: Hesíone era hija de Laomedonte, el rey de Troya, y hermana de Príamo. Laomedonte ofreció a Hesione como sacrificio a un monstruo marino para apaciguar a los dioses Poseidón y Apolo. Heracles mató al monstruo y entregó a Hesíone en matrimonio a Telamón, con quien tuvo un hijo, Teucro. El hermano de Hesíone, Príamo, que para entonces era el rey de Troya, exigió su regreso. La negativa de los griegos a devolver a Hesione a su hogar troyano se dice que fue una de las causas del resentimiento que eventualmente condujo a la guerra entre Grecia y Troya, conocida como la guerra de Troya.

Hespérides: Las hespérides son las ninfas del atardecer o ninfas del bosque, hermanas que vivían en un hermoso jardín en el extremo occidental del mundo y ayudaban a custodiar el árbol que producía las manzanas doradas de la diosa Hera. Eran hijas de Érebo (oscuridad) y Nix (noche) o hijas de Atlas y Pleione o Hespéris. Algunas fuentes dicen que eran siete hermanas, otras tres o cuatro. Aquellas que son nombradas en la poesía griega incluyen a Egle, Eritia, Hespéride y Aretusa.

Hilas: En la mitología clásica, Hilas era un joven que servía como compañero y sirviente de Heracles. Hilas era conocido por su extraordinaria belleza y es más famoso por su papel en la historia de la expedición de los argonautas, en la que acompañó a Heracles en la búsqueda del vellocino de oro. Según la leyenda, cuando la nave Argo hizo una parada en la región de Misia, Hilas fue enviado a buscar agua. Encontró una fuente que era el hogar de las ninfas del agua, y estas, cautivadas por su belleza, lo atrajeron al agua y lo mantuvieron con ellas. Heracles, desesperado por la desaparición de su joven compañero, lo buscó incansablemente, pero nunca lo encontró. La pérdida de Hilas es una de las muchas historias que destacan la naturaleza trágica y a menudo efímera de la belleza y la juventud en la mitología griega.

Hilo: Hilo era hijo de Heracles y Deyanira, y esposo de Iole. Hilo es una figura prominente en las historias posteriores a la muerte de Heracles, particularmente en las que se refieren a los descendientes de Heracles, conocidos colectivamente como los Heráclidas. Según la leyenda, Hilo y los otros hijos de Heracles fueron perseguidos por Euristeo, el rey de Tirinto y Micenas, quien había impuesto los doce trabajos a Heracles. Los Heráclidas, liderados por Hilo, intentaron regresar y reclamar el trono que les correspondía en el Peloponeso, lo que llevó a una serie de conflictos conocidos como las "Guerras Heráclidas".

Hiperión: Uno de los titanes en la mitología griega, hijo de Urano (el cielo) y Gea (la tierra), y padre, con su hermana la Titánide Tea, de Helios (el sol), Selene (la luna) y Eos (la Aurora o el Amanecer). Hiperión significa "el que va arriba" o "el que está en lo alto", lo que indica su asociación con el cielo y la luz celestial.

Aunque Hiperión es a veces utilizado como nombre para el Sol, en la mitología clásica más desarrollada, Helios es el personaje que representa al Sol. Hiperión, por su parte, es menos mencionado en los mitos que sus hijos, que tienen roles más activos en las historias y leyendas griegas.

Hipnos: Encarnación del sueño en la mitología griega, y es hermano gemelo de Tánatos, la personificación de la muerte. Ambos son hijos de Nix, la noche, y Érebo, la oscuridad, lo que refleja la asociación entre la noche, el sueño y la muerte. Hipnos tenía el poder de inducir el sueño tanto en mortales como en dioses, y se decía que lo hacía esparciendo agua de una rama o jugo de un cuerno sobre ellos.

Los poetas antiguos, como Homero en la literatura griega y Virgilio en la romana, a menudo embellecían las figuras mitológicas con características adicionales y narrativas más ricas que las que se encuentran en los registros de prácticas religiosas más antiguas. En la "Ilíada" de Homero, por ejemplo, Hipnos es un personaje que juega un papel importante en la historia, ayudando a Hera a engañar a Zeus para que este se duerma, permitiendo así que los griegos obtengan ventaja en la batalla de Troya. Además, en la mitología, Hipnos vive en un palacio en una cueva oscura donde el sol nunca brilla, simbolizando la perpetua oscuridad del sueño profundo.

Hipólita: Hipólita es una figura prominente en la mitología griega, conocida por ser la reina de las amazonas, un grupo de mujeres guerreras. Como hija de Ares, el dios de la guerra, Hipólita era una guerrera formidable y poseía un cinturón que era un símbolo de su autoridad y poder entre las Amazonas.

El héroe Heracles, como parte de sus doce trabajos, fue encargado de obtener el cinturón de Hipólita. Según la versión más conocida del mito, Heracles llegó a las tierras de las amazonas y, inicialmente, Hipólita estuvo dispuesta a darle su cinturón. Sin embargo, la diosa Hera, que a menudo se oponía al héroe, disfrazada entre las amazonas, esparció el rumor de que Heracles tenía la intención de secuestrar a la reina. Esto llevó a un conflicto en el que Heracles terminó tomando el cinturón por la fuerza.

En cuanto a Teseo, el rey de Atenas, las historias varían. En algunas versiones, Teseo acompaña a Heracles y ayuda en la obtención del cinturón. En otras, se encuentra con Hipólita en una ocasión diferente y, tras vencer a las amazonas, la lleva a Atenas donde se convierte en su esposa y madre de su hijo, Hipólito. Sin embargo, hay relatos alternativos en los que Heracles mata a Hipólita durante el conflicto o en circunstancias relacionadas con el robo del cinturón.

Hipólito: Es conocido como el hijo de Teseo y de una reina amazona, que puede ser Hipólita. El nombre Hipólito significa "el que suelta los caballos", lo que refleja su asociación con la equitación y la caza, habilidades que eran altamente valoradas en la antigua Grecia.

Hipómenes: También conocido como Melanión, es un personaje conocido principalmente por su relación con Atalanta, la cazadora y corredora que había prometido mantenerse virgen. Según el mito, Atalanta era tan rápida que retaba a sus pretendientes a una carrera, prometiendo casarse con el que la venciera, pero ejecutando a los que perdieran.

Consciente de que no podía superarla en velocidad, Hipómenes recurrió a la astucia. Antes de la carrera, consiguió de la diosa Afrodita tres manzanas doradas del jardín de las hespérides. Durante la competición, lanzó las manzanas doradas para distraer a Atalanta, quien se detuvo a recogerlas, lo que permitió a Hippomenes ganar la carrera y obtener su mano en matrimonio.

Hipótoo: Descrito como el rey de Eleusis, ascendiendo al trono después de la muerte de Cerción. Es considerado un héroe ático y el epónimo de la tribu ateniense. Hipótoo era hijo de Poseidón, el dios del mar, y Álope, la hija de Cerción.

Horas: Las horas, en la mitología griega, son hijas de Zeus y Temis; diosas de las estaciones. Según Hesíodo, había tres horas: Irene (paz), Dice (justicia) y Eunomia (orden). Los nombres y el número de las horas variaban de un lugar a otro en la antigua Grecia. Las horas, diosas de las flores y los frutos, controlaban las cuatro estaciones, vigilaban la agricultura y tenían muchos nombres, incluyendo Talo (flores) y Carpo (frutos). En las obras de arte se les mostraba como hermosas doncellas, a menudo en compañía de las gracias en el séquito de la diosa del amor Afrodita. Eran especialmente cariñosas con los niños.

Ificles: El medio hermano del héroe Heracles. Es hijo de Anfitrión, un príncipe de Tirinto, y su esposa Alcmena, quien era hija del rey de Micenas. Ificles se casó primero con Automedusa y, más tarde, con la hija menor del rey Creonte de Tebas.

Aunque Alcmena es también la madre de Heracles, el padre de Heracles es el gran dios Zeus. Los hermanos nacieron el mismo día, lo que llevó a algunos escritores a referirse a ellos como gemelos. Sin embargo, fueron concebidos con una noche de diferencia, después de que Zeus se disfrazara como Anfitrión y yaciera con Alcmena, la noche antes de que el marido de esta regresara de la guerra y concibiera a Ificles.

Ificles demostró ser mortal cuando, en su primera prueba de vida siendo aún un infante, se asustó, a diferencia de su hermano. Una noche, mientras los dos bebés dormían, Hera, la esposa de Zeus, o según algunas versiones, el mismo Anfitrión, puso una serpiente en su habitación. Ificles se acobardó de terror, mientras que Heracles luchó y mató a la serpiente. Ificles finalmente murió en Troya.

Ifigenia: Una figura trágica, hija de Clitemnestra y Agamenón, el rey de Micenas y líder de las fuerzas griegas en la Guerra de Troya. Es hermana de Electra y Orestes. En una de las historias más desgarradoras de la mitología griega, Agamenón sacrificó a Ifigenia para aplacar a la diosa Artemisa, a quien había ofendido, y para asegurar vientos favorables para el viaje a Troya.

Ífito: Ífito, en la mitología griega, era un príncipe de Ecalia y uno de los argonautas, aquellos héroes que acompañaron a Jasón en la búsqueda del vellocino de oro. Ífito era hijo del rey Eurito de Ecalia y Antíope, y por lo tanto hermano de Yole, Toxeo y Clito, este último también Argonauta.

Ilitía: Ilitía es la diosa del parto. Hija de Hera y Zeus, Ilitía aparece en relatos sobre los nacimientos de Heracles y del parto de Leto, quien dio a luz a los gemelos divinos, Apolo y Artemisa. Ilitía probablemente es una diosa preolímpica cuya función era cuidar de las mujeres durante el parto. A veces se la identificaba con Hera y otras veces con Artemisa. Su papel era fundamental en un tiempo en que el parto podía ser muy peligroso, y se la invocaba para ayudar a las mujeres a dar a luz con seguridad.

Ino: Ino, en la mitología griega, es hija de Cadmo y Harmonía, y hermana de Agave, Autónoe y Sémele. Se convirtió en la esposa de Atamante y es conocida por ser una diosa lunar y una deidad del grano. Ino tiene un papel importante en la leyenda de Jasón y los Argonautas como la segunda esposa de Atamante.

Ino odiaba a su hijastro Frixo, el primogénito de Atamante y Néfele. Como diosa del grano, Ino convenció a las mujeres de Beocia para que tostaran en secreto las semillas de maíz antes de sembrarlas, asegurando así que no crecería nuevo maíz de esas semillas muertas. Luego sobornó a un oráculo para que le dijera a Atamante que Frixo debía ser sacrificado a la diosa del grano para hacer que los campos estériles volvieran a ser fértiles. Atamante, aterrorizado, accedió al sacrificio. Sin embargo, Frixo fue rescatado por un carnero alado que llevaba el vellón de oro.

Ino y su esposo, Atamante, también cuidaron del infante Dioniso (hijo de Sémele, la hermana de Ino), lo que les ganó la gratitud de Zeus (padre de Dioniso) pero también la ira de Hera (esposa de Zeus), quien los castigó con la locura a ambos.

Io: La hermosa hija del dios río Ínaco y una sacerdotisa de Hera. Zeus, el gran dios y esposo de Hera, se enamoró de Io. Para proteger a Io de la ira y los celos de Hera, Zeus transformó a Io en una hermosa novilla blanca. Sin embargo, Hera no fue engañada. Pidió a Zeus la novilla y, obligado, Zeus tuvo que entregársela. Hera puso a Io bajo la vigilancia de Argos Panoptes, el gigante de cien ojos que la observaba día y noche, ya que sus ojos nunca se cerraban.

Lleno de remordimiento, Zeus envió al dios Hermes para rescatar a Io. Hermes contó largas historias y cantó canciones hasta que todos los ojos de Argos se cerraron en sueño. Entonces Hermes le cortó la cabeza al monstruo y liberó a Io. Io huyó, pero Hera, aún celosa, envió un tábano para atormentarla. Io finalmente llegó a Egipto, donde volvió a ser mujer y le dio a Zeus un hijo, Épafo.

Íole: La hija de Eurito, el rey de Ecalia. Heracles se enamoró de Íole. Fue a causa de este amor que Deyanira, la esposa de Heracles, causó sin saberlo la muerte de su esposo al administrarle lo que ella creía que era una poción de amor, pero que en realidad era veneno. Tras la muerte de Heracles, Íole se casó con su hijo, Hilo.

Iris: Iris es la mensajera de los dioses, especialmente de Zeus, y una devota acompañante de Hera. Iris personifica el arcoíris, que se decía era el camino que ella recorría con frecuencia. Es hija del titán Taumante y hermana de las harpías. Su figura se asocia con la comunicación y el enlace entre los dioses y la humanidad, y su presencia es a menudo un presagio de cambio o de la intervención divina.

Ismene: Ismene es una princesa tebana en la mitología griega. Es hija y media hermana de Edipo, rey de Tebas, e hija y nieta de Yocasta. También es hermana de Antígona, Eteocles y Polinices. Ismene aparece en varias obras trágicas de Sófocles: al final de "Edipo Rey", en "Edipo en Colono" y en "Antígona". Además, aparece al final de "Los siete contra Tebas" de Esquilo.

En estas tragedias, Ismene a menudo representa la voz de la prudencia y la cautela, en contraste con su hermana Antígona, que es más impulsiva y decidida. Ismene se debate entre la lealtad a las leyes del estado y la lealtad a su familia, un conflicto central en la obra "Antígona", donde se enfrenta al dilema moral de desobedecer las leyes para honrar a su hermano muerto.

Íxion: Rey de los lapitas en Tesalia, una región antigua del centro-norte de Grecia. Ixión se enamoró de Hera, la esposa del dios Zeus. Enfadado por las insinuaciones de Ixión hacia su esposa, Zeus engañó a Ixión creando una nube, Néfele, a imagen y semejanza de Hera. Ixión se unió a la nube y de esa unión nació Centauro, el ancestro de los centauros. Después de esto, Zeus lanzó un rayo contra Ixión y lo ató a una rueda ardiente, condenándolo a girar por los cielos por toda la eternidad.

Jacinto: Jacinto era un joven amado por el dios griego Apolo; hijo de Amíclas, un rey espartano y Diomede, o de Piero y Clío, la Musa. Zéfiro, el Viento del Oeste, lo mató con un disco volador. Apolo creó una flor fragante, el jacinto, en honor a su amigo.

Jacinto era un antiguo dios de la fertilidad prehelénico, cuyo culto fue absorbido por el de Apolo en años posteriores cuando los helenos fueron invadidos por tribus migratorias. Sus seguidores celebraban un festival de tres días, la Jacintia, en Esparta en honor al dios, donde niños y niñas participaban en juegos, competiciones, sacrificios y varios entretenimientos.

Jápeto: Titán, hijo de Urano y Gea. Jápeto se casó con Climene, una hija de su hermano Océano, y con ella fue padre de cuatro hermanos, titanes de segunda generación: Atlas, Prometeo, Epimeteo y un hijo menos conocido, Menecio. Los griegos consideraban a Jápeto como el ancestro primordial de la raza humana, ya que su hijo Prometeo fue el principal benefactor de los humanos.

Cuando los dioses olímpicos lucharon contra los titanes, Zeus arrojó a Jápeto al Tártaro, un reino aún más profundo y lejano de la tierra que el Hades, el reino de los muertos. Según un poeta griego, los dioses pusieron una isla encima de Jápeto para impedir su escape.

Keres: Espíritus oscuros que representaban la muerte de una persona o quizás su destino. Cada persona tenía una Ker como compañera a lo largo de la vida. Las keres eran retratadas como seres negros, con alas y colas largas y puntiagudas.

Según las historias, desgarraban los cuerpos muertos para beber la sangre. Homero, el gran poeta griego acreditado con la escritura de la Ilíada, indicó que las keres acompañaban a los héroes y determinaban no sólo sus muertes sino también las maneras en que se desarrollarían sus vidas. Según Hesíodo, un poeta griego que escribió en el siglo VIII a.C., las keres eran hijas de Nix (noche) y hermanas de Tánatos (muerte) y las moiras (destinos).

Lábdaco: Único hijo de Polidoro y fue rey de Tebas. Lábdaco era nieto del fundador de Tebas, Cadmo. Su madre era Nícteis, hija de Nicteo.

Laocoonte: Sacerdote de Apolo y Poseidón, hijo de Príamo, rey de Troya, y de Hécuba. Laocoonte hizo enfurecer a Apolo al casarse y tener hijos, pues rompió su voto sacerdotal de celibato. Los troyanos habían elegido a Laocoonte para realizar sacrificios a Poseidón, cuyo sacerdote habían asesinado nueve años antes. Antes de dirigirse al altar con sus dos hijos, Laocoonte advirtió a Príamo que se cuidara del caballo de Troya. Laocoonte dijo que temía a los griegos, especialmente cuando traían regalos. De ahí proviene la expresión "regalo griego", que se refiere a un regalo con intenciones traicioneras. Mientras Laocoonte y sus hijos gemelos, Antifas y Timbreo, estaban en el altar de Poseidón, dos serpientes gigantes, enviadas por un Apolo vengativo, se enroscaron alrededor de ellos y los aplastaron hasta la muerte.

Laomedonte: El primer rey de Troya y padre de Príamo, Hesíone, entre otros. Fue asesinado por el héroe Heracles. Los dioses Apolo y Poseidón habían desagradado a Zeus. Como castigo, Zeus los envió a trabajar para Laomedonte a cambio de un salario. Poseidón construyó las murallas de Troya, mientras que Apolo cuidaba los rebaños del rey en el monte Ida. Después de que ambos dioses completaran sus tareas, Laomedonte se negó a pagarles. Como venganza, los dioses enviaron un monstruo marino para devastar Troya. Sólo el sacrificio de una doncella aplacaría al monstruo. Una de las doncellas elegidas fue Hesíone, la hija del rey, pero Heracles la rescató. Una vez más, Laomedonte se negó a pagar su deuda y Heracles lo mató.

Layo: El rey Layo de Tebas fue una figura clave en el mito fundacional de Tebas.

Leda: Hija del rey Testio de Etolia y la esposa de Tíndaro, rey de Esparta. Fue la madre de los gemelos Castor y Pólux, conocidos como los Dioscuros, y de Helena y Clitemnestra. Según un mito, Leda se apareó con el dios Zeus, quien se había disfrazado de cisne, y de esa unión nació un huevo del cual emergieron Helena y Pólux. Castor y Clitemnestra nacieron de un parto normal y se decía que eran hijos de Tíndaro.

Leto: Titánide, era hija de Ceo y Febe, y madre, por Zeus, de los gemelos divinos Artemisa y Apolo. Los romanos la llamaban Latona. Según Hesíodo, Leto era conocida por su gentileza. Hera, la celosa esposa de Zeus, persiguió sin tregua a Leto, quien vagó de un lugar a otro, hasta que por fin descansó en Delos, donde dio a luz a los gemelos divinos. Se dice que Artemisa nació primero y de inmediato maduró lo suficiente como para ayudar a su madre con el parto de Apolo. En un momento dado, Delos era una isla flotante en el Mar Egeo. En reconocimiento a que fue un refugio para Leto y los niños, Zeus hizo que la isla fuera inamovible y decretó que nadie debía nacer ni morir allí.

Licaón: Rey de Arcadia que, en la versión más popular del mito, mató y cocinó a su hijo Níctimo y se lo sirvió a Zeus, para ver si el dios era lo suficientemente omnisciente como para reconocer carne humana. Asqueado, Zeus transformó a Licaón en un lobo y mató a su descendencia; Níctimo fue devuelto a la vida.

Licas : El sirviente de Heracles, quien llevó la camisa envenenada de Deyanira a Hércules debido a los celos de Deyanira hacia Yole, lo que lo mató.

Lico: Gobernante de la antigua ciudad de Tebas (Beocia). Su reinado fue precedido por la regencia de Nicteo y, a su vez, Lico fue sucedido por los gemelos Anfión y Zeto.

Licomedes: Hijo de Apolo y Parténope, es el rey de Esciro.

Licurgo: Rey de los edones en Tracia y padre de Dryas. Prohibió el culto de Dioniso, el dios tracio del vino. Cuando Licurgo oyó que Dioniso estaba en su reino, encarceló a las seguidoras de Dioniso, las ménades. Dioniso huyó, refugiándose con Tetis, la ninfa del mar. Entonces Dioniso envió una sequía a Tracia.

Lino: Personaje estrechamente relacionado con Orfeo. En algunas fuentes se considera a Lino como el creador de la poesía lírica. De hecho Diodoro Sículo dice que de entre los griegos Lino fue el primero que inventó los ritmos y la melodía.

Liríope: En la mitología griega, Liríope es una náyade de Beocia que probablemente era la hija de uno de los dioses fluviales focenses. Liríope fue violada por el dios-río Cefiso, hijo de Océano y Tetis, y dio a luz a Narciso.

Los Cíclopes: Los tres hijos de Urano y Gea, grandes y fuertes, cada uno con un ojo en medio de su frente; hermanos de los hecatónquiros, gigantes de cien manos, y los titanes más jóvenes. Sus nombres eran Brontes (trueno), Estéropes (rayo) y Arges (rayo); eran más conocidos por crear relámpagos y truenos.

Su padre, Urano, los odiaba y los desterró al Tártaro, el abismo más profundo debajo del inframundo, pero Gea convenció a Urano de liberar a sus hijos. Sin embargo, después de que Cronos, un titán y el más joven de sus hermanos, se rebelara y derrotara a Urano, los desterró nuevamente al Tártaro estos tres temibles hermanos, a veces referidos como los cíclopes uranianos.

Cuando llegó su momento de derrocar a Cronos, Zeus, tras haber sabido gracias a una profecía que no podría ganar su batalla contra su padre y los titanes a menos que tuviera la ayuda de los cíclopes, liberó a Brontes, Estéropes y Arges. A cambio, ayudaron a Zeus a derrotar a Cronos. Los tres forjaron grandes tesoros para los dioses olímpicos: trueno y relámpago, que le dieron a Zeus; un casco de invisibilidad, que le dieron a Hades; y un gran tridente, que le dieron a Poseidón. Desde entonces, estos hermanos con un solo ojo fueron muy admirados y respetados por los olímpicos.

Brontes, Steropes y Arges murieron a manos de Apolo, quien los mató por hacer el rayo que Zeus había usado para matar a Asclepio, el hijo de Apolo.

Los hecatónquiros: Los cien gigantes de cien manos, descendientes de Gea y Urano. Sus nombres eran Briareo, Cotis y Giges. Ayudaron a Zeus en la guerra contra los titanes. Se cree que los Cien Gigantes de Cien Manos representan a antiguas bandas de guerreros organizados en grupos de 100 hombres. En la poesía latina, su nombre es Centímanos.

Maia: Hija de Atlas y Pléyone, la mayor y más hermosa de las pléyades (las Siete Hermanas). Maia fue la madre de Hermes, cuyo padre fue Zeus. Dio a luz a Hermes en una gruta en el monte Cilene en Arcadia. La única aparición de Maia en las escrituras mitológicas griegas se encuentra en las obras de Hesíodo.

Marsias: El sátiro Marsias es una figura central en dos historias relacionadas con la música: en una de ellas, recogió la doble oboe (aulos) que había sido abandonada por Atenea y la tocó; en la otra, desafió a Apolo a un concurso de música y perdió su piel y su vida.

Medo: Príncipe ateniense, hijo del rey Egeo, y por lo tanto, medio hermano del héroe Teseo.

Megapentes: Rey de Argos después de Perseo. Fue hijo de Preto y padre de Argeo.

Megara: La primera esposa del héroe Heracles fue Megara, quien era hija del rey Creonte de Tebas.

Meleagro: El hijo del rey Eneo de Calidón y de Altea, Meleagro, es más conocido por matar al jabalí de Calidón y concederle el pellejo y los colmillos a Atalanta, la gran cazadora. Sin embargo, su vida terminó trágicamente debido a un conflicto familiar.

Pocos días después de su nacimiento, las tres parcas se le aparecieron a su madre, Altea, y le revelaron que Meleagro moriría cuando un determinado leño en la chimenea se consumiera por completo. Altea, desesperada por salvar a su hijo, retiró el leño del fuego y lo escondió.

Cuando Meleagro creció, se le encomendó la tarea de matar al Jabalí de Calidón, que estaba causando estragos en la región. Muchos héroes y príncipes de toda Grecia se unieron a la cacería, incluyendo a la gran cazadora Atalanta. Aunque Atalanta asestó el primer golpe al jabalí, Meleagro finalmente le dio el golpe mortal y le concedió el codiciado pellejo y los colmillos. Meleagro también se había enamorado de Atalanta.

Esto provocó la envidia y la ira de los otros hombres presentes, lo que desencadenó una pelea en la que Meleagro mató a sus tíos, hermanos de Altea. Cuando Altea vio los cadáveres de sus hermanos y se enteró de que Meleagro los había matado, recuperó el leño de su escondite y, en un acceso de ira, lo arrojó al fuego. Poco después, Meleagro murió, cumpliéndose así el destino que habían predicho las parcas.

Memnón: Rey de Etiopía y el hijo de Titono y Eos (la Aurora). Era considerado un guerrero casi igual en habilidad a Aquiles. Durante la Guerra de Troya, Memnón lideró un ejército en defensa de Troya y mató a Antíloco, el hijo de Néstor, en una feroz batalla. Néstor desafió a Memnón a un combate, pero este se negó, ya que no había honor en matar a un hombre de edad avanzada. Néstor luego suplicó a Aquiles que vengara la muerte de su hijo. A pesar de las advertencias de que poco después de la caída de Memnón también caería Aquiles, los dos hombres lucharon. Memnón logró herir a Aquiles, pero el héroe le atravesó el pecho de Memnón con su lanza, lo que provocó que el ejército etíope huyera. La muerte de Memnón refleja la de Héctor, otro defensor de Troya a quien Aquiles también mató como venganza por su compañero caído, Patroclo.

Ménades: La mujer enloquecida que seguía al dios Dionisio en la mitología griega a menudo se conoce como "Ménade". Las ménades eran seguidoras femeninas de Dionisio conocidas por su comportamiento salvaje y frenético durante sus rituales y celebraciones extáticas. Se sabía que participaban en danzas extáticas, música y, en ocasiones, actos de violencia o frenesí en su devoción al dios del vino, la fertilidad y el éxtasis. El culto a Dionisio a menudo implicaba un estado de conciencia alterada y libertad con respecto a las normas sociales.

Menelao: Rey de Esparta; hermano de Agamenón; esposo de Helena. El príncipe troyano París robó a la hermosa Helena de Menelao. Este acto fue una de las principales causas de la guerra de Troya. En algunas versiones, Menelao y Helena se reunieron felizmente después de la caída de Troya.

Menesteo: Legendario rey de Atenas durante la Guerra de Troya. Fue nombrado rey por los gemelos Cástor y Pólux cuando Teseo viajó al Inframundo después de secuestrar a su hermana Helena, y posteriormente exilió a Teseo de la ciudad después de su regreso.

Metis: Una titánide, hija de Océano y Tetis, una oceánide o ninfa del océano, que fue contada entre los Titanes. Según Hesíodo, Metis fue la primera esposa del dios Zeus. Ella era la más sabia entre todos, tanto entre mortales como entre dioses. Fue Metis quien aconsejó a Zeus que le diera a su padre, Cronos, una bebida que lo hiciera toser y vomitar a los hermanos de Zeus que Cronos había tragado.

Cuando Metis quedó embarazada de Zeus, Urano y Gea aconsejaron a Zeus que se tragara a Metis, para evitar que su descendencia lo derrocara. Esto es precisamente lo que hizo Zeus, uniendo así su poder con su sabiduría. En su debido momento, su hija Atenea nació de su cabeza, del todo desarrollada y vestida con armadura.

Midea: El nombre de una ninfa amada por Poseidón, de quien tuvo un hijo llamado Aspledón.

Minos: Hijo de Zeus y Europa. Cuando Europa llegó a Creta, se casó con el rey Asterión, quien adoptó a sus hijos, incluidos Minos, Radamantis y Sarpedón. Con Pasífae, Minos fue el padre de Andrógeno, Ariadna y Fedra.

Minos sucedió a Asterión en el trono de Creta. Se hizo tan conocido por su sabiduría y sentido de la justicia que después de su muerte, se convirtió en un juez en el Inframundo.

Minos eventualmente murió ahogado en una bañera de agua hirviendo.

Mirra: La madre de Adonis. Se transformó en un árbol de mirra después de tener relaciones sexuales con su padre y dio a luz a Adonis en forma de árbol. Aunque el relato de Adonis tiene raíces semíticas, no está claro de dónde surgió el mito de Mirra.

Mnemósine: Una Titánide, hija de Gea y Urano; con Zeus, madre de las Musas.

Moiras: Las moiras son las personificaciones del destino y la fatalidad en la vida de un individuo. Cada persona tenía sus propias moiras. Estos espíritus representaban una ley de la naturaleza, un sentido de determinación. Ningún mortal podía superar su poder. Incluso los dioses no podían romper los dictámenes de las moiras sin poner en serio peligro toda la existencia. En la mitología romana, estos espíritus eran conocidos como las parcas.

Con el tiempo, el concepto de un espíritu gobernando sobre la vida evolucionó de un destino individual a influir en toda la humanidad. Después de la época de Homero en el siglo IX a.C., las moiras adquirieron personalidades y fueron vistas como tres hijas de Zeus y Temis que regulaban el nacimiento, la vida y la muerte.

Moros : En la mitología griega, Moros es el espíritu personificado del destino inminente y el destino fatal, que impulsa a los mortales hacia su sino mortal. También se decía que Moros daba a las personas la capacidad de prever su muerte.

Musas: Las musas originalmente eran deidades de las fuentes y más tarde fueron designadas como diosas de diversas inspiraciones humanas. En mitologías posteriores, las musas eran hijas del dios Zeus y Mnemósine (Memoria). Las musas cantaban y bailaban, lideradas por el dios Apolo, en celebraciones ofrecidas por los dioses y héroes. Eran las personificaciones de las más altas aspiraciones y mentes intelectuales y representaban un concepto notable y atractivo en la mitología griega. Su separación en campos de inspiración fue una invención romana de fecha posterior. La palabra museo denota un lugar de educación e investigación, nombrado en su honor.

Las musas y sus diversos atributos se enumeran a continuación:

- Calíope: Musa de la poesía épica. Llevaba un estilete y una tablilla y a veces una trompeta.

- Clío: Musa de la historia. Llevaba una trompeta y pergaminos.

- Erató: Musa de la poesía lírica o poesía de amor y los himnos. Llevaba una lira.

- Euterpe: Musa del arte de tocar la flauta.

- Melpómene: Musa de la tragedia. Llevaba la máscara de la tragedia.

- Polimnia: Musa del mimo. Tenía una actitud pensativa.

- Talía: Musa de la comedia. Llevaba la máscara sonriente y un cayado de pastor.

- Terpsícore: Musa de la danza. Llevaba una lira y un plectro.

- Urania: Musa de la astronomía. Llevaba un globo y un compás.

Náucrate: Esclava de Minos, rey de Creta, y se enamoró de Dédalo por su astucia y por su inteligencia; con él, tuvo a Ícaro.

Náyades: Las náyades son ninfas de cuerpos de agua dulce, como manantiales, pozos, arroyos, ríos, lagos y pantanos. Una de las tres clasificaciones de las ninfas acuáticas. Las otras eran las oceánides, ninfas de los océanos, y las nereidas, ninfas del mar Mediterráneo. Las náyades eran hijas de los dioses griegos de los ríos.

Cada náyade presidía su propio cuerpo de agua y era adorada por su capacidad para ayudar y proteger a las personas con su agua. Las náyades tenían el poder de la profecía, de poder ver el futuro. Debido a esto, se decía que las náyades inspiraban a las personas que bebían de sus fuentes o arroyos. También eran las protectoras de las jóvenes a medida que se convertían en mujeres.

Las náyades eran muy populares tanto entre los dioses como entre los humanos. Muchas de ellas tuvieron relaciones con los dioses olímpicos. Muchas se casaron con reyes y gobernantes humanos y se convirtieron en madres de héroes de la mitología.

Néfele: Esposa de Atamante y madre de Frixo y Hele. Néfele había comenzado su vida como una forma parecida a una nube creada por el dios Zeus para engañar a Ixión, quien hacía avances hacia la esposa de Zeus, Hera.

Némesis: Némesis, la diosa de la venganza, personificaba la ira de los dioses hacia aquellos que mostraban hybris, una palabra griega que significa un orgullo exagerado en los logros o la buena fortuna de uno. Némesis recompensaba la virtud y castigaba la maldad. Al principio, Némesis era un concepto abstracto. En la mitología posterior, fue personificada como una hija de Nix (noche) y Érebo (oscuridad), una fuerza poderosa.

Nereidas: Las nereidas son las ninfas del mar, en específico del mar Mediterráneo; hijas de Nereo, un antiguo dios del mar, y Doris, una hija de Océano. Las nereidas vivían en el palacio de su padre en el fondo del mar y a menudo subían a jugar entre las olas. Montaban delfines y otras criaturas marinas y se reunían en la orilla para jugar y secar sus largos cabellos. Las leyendas griegas informan consistentemente que había 50 de estas diosas menores y nombran a todas ellas. Estas hermanas tenían el poder de cambiar de forma y algunas de ellas podían ver el futuro. Ayudaban a los marineros en peligro y eran por lo general amigables con los mortales.

Las nereidas asumen el papel de observadoras en muchas leyendas y mitos griegos, pero varias de ellas desempeñaron roles prominentes. Tetis fue la madre del héroe Aquiles. Anfitrite fue la esposa de Poseidón. Galatea rechazó fatalmente el amor del monstruo marino Polifemo.

Neso: El centauro que causó la muerte del héroe Heracles fue Neso. Neso llevó a Deyanira, la esposa de Heracles, a través del río Eveno cuando la pareja escapaba de Calidón. Neso intentó forzar su atención en Deyanira, y Heracles le disparó con una flecha. Mientras moría, el centauro le dijo a Deyanira que tomara algo de su sangre y la usara como poción de amor si alguna vez Heracles parecía alejarse de ella. Deyanira utilizó la poción cuando Heracles se interesó por Yole, sin saber que la sangre del centauro envenenaría y mataría a Heracles.

Néstor: El rey de Pilos (en la costa oeste de Mesenia, en el Peloponeso) y, a los sesenta años, el más antiguo y experimentado de los jefes que lucharon en la guerra de Troya. Néstor era muy respetado por su fuerza y sabiduría. También era famoso por ser elocuente. Fue uno de los pocos héroes de Troya que regresó a salvo a su reino en Grecia. En la Odisea de Homero, Néstor le cuenta a Telémaco, hijo de Odiseo, algunas de las aventuras de los líderes griegos.

Ninfas: Espíritus femeninos que se suponía habitaban en varios lugares del mundo natural. Eran hermosas y, aunque no eran inmortales, vivían durante algunos miles de años y se les atribuían ciertos poderes mágicos y oraculares. Entre ellas se encontraban:

- Dríades (ninfas de los árboles y los bosques).
- Náyades (ninfas de manantiales de agua dulce y lagos).
- Lámpades (ninfas del inframundo).
- Nereidas (ninfas del Mar Mediterráneo o mar interior).
- Oceánides (ninfas del gran océano).
- Oreádes (ninfas de las montañas).

Entre las ninfas más conocidas se encuentran Anfitrite, Calipso, Eco y Tetis. El nombre "ninfas" también se daba a las compañeras de ciertas diosas como Artemisa.

Níobe: La hija de Tántalo; esposa de Anfión, rey de Tebas. Fue madre de doce hijos y personificó el dolor maternal. Fue lo suficientemente imprudente como para jactarse de sus numerosos hijos y fue escuchada por la diosa Leto, quien sólo tenía dos hijos. Sin embargo, esos hijos eran los formidables gemelos Apolo y Artemisa, y la castigaron matando a todos los hijos de Níobe. Niobe lloró hasta morir y posteriormente fue convertida en una roca, de la cual fluía eternamente agua, simbolizando las lágrimas de Níobe.

Niso: Rey de Megara.

Nyx: La diosa de la noche, hija del Caos y hermana de Érebo (oscuridad). Nix fue la madre de Éter (aire), Hemera (día) y una serie de fuerzas abstractas como el destino, el sarcasmo y el engaño. Vivía en un reino muy al oeste, más allá del Sol poniente y más allá de las tierras de Atlas. Nix cabalgaba en un carro tirado por dos caballos. La gente la veía como algo tanto bueno como malo. Era la portadora de descanso de las preocupaciones del día y la portadora de la muerte y la oscuridad.

Oceánides: Las muchas hijas de los dos dioses titanes, Oceanus, el antiguo dios del agua, y su esposa y hermana, Tetis. Las Oceánides eran las personalidades femeninas asignadas a los ríos y arroyos de las tierras de la antigua Grecia. También se las conocía como Ninfas o diosas menores. Hesíodo, el poeta griego cuyas obras datan de alrededor del 800 a.C., escribió que había más de tres mil oceánides, pero solo nombró a cuarenta y uno, entre ellas Estigia, Electra y Calipso. Las oceánides estaban muy relacionadas con las nereidas, ninfas del mar Mediterráneo. También eran hermanas de los dioses menores de los ríos.

Océano: El Titán hijo de Gea y Urano y hermano y esposo de la Titánide Tetis, fue el padre de todas las Oceánidas y de todos los ríos y mares del mundo. Como muchas antiguas civilizaciones, los griegos creían que el agua rodeaba el mundo. A esta agua la llamaban Océano. En algunas representaciones, Océano era descrito como una serpiente que rodeaba la Tierra, con la cola en la boca, o como un anciano con barba larga y cuernos de toro en la cabeza. Con el auge del culto a los dioses olímpicos, Poseidón se convirtió en el señor de los mares y ríos, mientras que Océano se retiró al olvido, aunque su nombre todavía se usaba para denotar las vastas aguas que se extendían más allá del mundo conocido por los antiguos.

Odiseo: Hijo de Laertes, rey de Ítaca, y Anticlea. Esposo de Penélope; padre de Telémaco. Los romanos lo conocían como Ulises. Odiseo es uno de los personajes más famosos en la literatura. Sus aventuras en su viaje de regreso a Ítaca después de la guerra de Troya se relatan en la "Odisea" de Homero.

Ónfale: La reina de Lidia que tomó al héroe Heracles como su esclavo después de que él profanara el templo de Apolo. Heracles realizó muchos servicios para la reina, incluyendo liberar su reino de los dos traviesos cercopes.

Orión: Mejor conocido como un poderoso cazador y como una constelación de estrellas. Orión era el hijo de Poseidón. Era un gigante beocio, con el poder de caminar sobre los mares. Orión amaba a Merope, hija del rey Enopión de Quíos, una isla frente a la costa de Asia Menor. En un arrebato de ira, el rey cegó a Orión y lo dejó morir en la orilla del mar. Orión se encontró con un niño, Cedalion, que lo guió hacia el este, hacia el Sol, donde encontró a Eos, la diosa del amanecer. Ella le devolvió la vista a Orión. Muchas mujeres y diosas amaron a Orión, incluyendo a la diosa de la caza, Artemisa, y Eos.

En una historia, Apolo, hermano de Artemisa, estaba celoso del afecto de su hermana por Orión. Envió un escorpión gigante para picar a Orión hasta la muerte. En otra historia, Apolo tuvo una pelea con Orión y lo arrojó al mar. Orión nadó lejos. Apolo le pidió a Artemisa que disparara su flecha al objeto en el mar. Esto es lo que hizo Artemisa y, sin saberlo, mató a su amante. Ella colocó la constelación de Orión en los cielos, con el escorpión (Escorpión) a sus pies. Su fiel perro de caza, Sirio, forma parte de la constelación, visible en el cielo invernal en el hemisferio norte.

Oto y Efialtes: Conocidos como los alóadas eran dos gigantes en la mitología griega, hijos de Poseidón y una mortal llamada Ifimedea. Sus nombres eran Efialtes y Oto; fueron llamados los Alóadas debido a Aloeo, el esposo de Ifimedea. Los hermanos crecieron a una velocidad enorme. A los nueve años, tenían una altura de 36 pies. Estos gigantes declararon la guerra al Olimpo, el hogar de los dioses. Efialtes decidió capturar a Hera, la esposa del gran dios Zeus. Oto juró que capturaría a Artemisa, la diosa de la caza. Primero capturaron a Ares, el dios de la guerra, y lo encerraron en un recipiente de bronce, donde permaneció durante trece meses hasta que fue rescatado por Hermes.

Luego comenzó su asedio al Olimpo: los gigantes apilaron el monte Pelión sobre el monte Osa (en Tesalia) para crear una escalera hacia los cielos. No temían a los dioses, ya que se había profetizado que ni los dioses ni los hombres los matarían. Artemisa los engañó al convertirse en una cierva blanca y saltar ante ellos. Los hermanos arrojaron sus lanzas a la cierva, que hábilmente se apartó, y se mataron accidentalmente entre sí con sus lanzas. Así se cumplió la profecía, ya que ni los dioses ni los humanos los habían matado; se habían matado entre sí. Las almas de los Alóadas bajaron al Tartaro, donde fueron atadas espalda con espalda a ambos lados de una columna, con cuerdas que eran víboras vivas.

Palas: Un Titán de segunda generación, considerado por algunos como el dios de la guerra y de la temporada de batallas en primavera.

Palas era hijo de Crío y Euribia, y hermano de Astraeo y Perses. Se casó con Estigia, una hija de Océano, y con ella tuvo cuatro hijos: Zelo, Niké, Cratos y Bía, cuyos nombres significaban, respectivamente, celo, victoria, fuerza y fuerza, todos términos relacionados con la guerra.

Sus hijos y su esposa lucharon en su contra cuando se unieron al gran dios olímpico Zeus en su batalla contra los Titanes.

Pan: Una antigua deidad de la región montañosa de Arcadia, en Grecia. Pan era una divinidad de los rebaños y las manadas, de la fertilidad, los bosques y la vida silvestre. Suele ser representado como mitad hombre, mitad cabra. Era un músico notable, tocaba la siringa (flauta de Pan o zampoña), una flauta de siete cañas que aún es tocada por los pastores arcadios. En un mito, Pan desafió al dios Apolo a un concurso musical. Algunas fuentes dicen que Pan es hijo del dios Hermes y de la ninfa Penélope. La gente adoraba a Pan como un símbolo de fertilidad y lo consideraba lujurioso y juguetón, aunque a veces un poco siniestro. Creían que Pan era la causa de un miedo repentino, aterrador e irracional en humanos y bestias, un sentimiento al que se le dio el nombre de pánico, derivado de Pan.

Pándaro: Un aristócrata troyano que aparece en relatos sobre la

Guerra de Troya.

Pandora: La primera mujer en aparecer en la tierra, según la mitología griega. Los dioses la crearon y la enviaron al mundo para liberar todas las desgracias posibles. Por orden del gran dios Zeus, el dios herrero Hefesto la modeló de arcilla y los demás dioses y diosas le insuflaron una belleza, encanto, gracia y astucia incomparables. También le dieron una vasija para llevar a la Tierra y le dijeron que nunca la abriera.

Paris: Hijo de Príamo, el rey de Troya, y de Hécuba. Antes de que naciera, los adivinos profetizaron que París causaría muerte y destrucción. Por lo tanto, sus padres lo colocaron en un monte y dejaron al infante para que muriera. Pastores rescataron y criaron a Paris. Se enamoró de Enone pero más tarde abandonaría a la ninfa a favor de Helena. Se convirtió en un fino atleta y en un hombre muy apuesto. París compitió en los juegos de Troya y ganó muchos premios, llamando la atención del rey Príamo, quien lo reconoció como su hijo. A pesar de las advertencias de los adivinos, Príamo dio la bienvenida a Paris de nuevo en el hogar. Las profecías se cumplieron. El rapto de Helena por parte de Paris se convirtió en una de las principales causas de la guerra de Troya.

Pasifae: Hija de Helios (el sol); esposa de Minos, rey de Creta; madre con Minos de Ariadna, Andrógeo y Fedra. De su extraña unión con un toro, Pasífae dio a luz al Minotauro, un monstruo mitad humano, mitad toro.

Patroclo: El íntimo amigo del héroe Aquiles. Cuando Aquiles se retiró de la guerra de Troya, Patroclo asumió el mando de los Mirmidones, las tropas de Aquiles. Héctor mató a Patroclo en batalla. Decidido a vengar la muerte de su amigo, Aquiles regresó a la guerra, mató a Héctor y arrastró su cuerpo alrededor de la tumba de Patroclo.

Pegaso: El famoso caballo alado de la mitología griega. Nació de la sangre de la gorgona Medusa cuando el héroe Perseo le cortó la cabeza. Pegaso llevó a Perseo al rescate de Andrómeda. También llevó a Bellerofonte al combate triunfal con el monstruo Quimera. Cuando Belerofonte decidió montar a su mágico corcel hacia la morada de los dioses, el Olimpo, Zeus envió una tábano para molestar a Pegaso, quien desmontó a su maestro. Belerofonte cayó a la tierra. Pegaso continuó hacia el Olimpo, donde ayudó a Zeus a lanzar sus rayos.

Peleo: Hijo del rey Eaco; hermano de Telamón; esposo de Tetis; padre, con Tetis, del héroe Aquiles.

Peleo y Telamón asesinaron a su medio hermano menor, Foco, el favorito del rey. Peleo huyó del reino de Egina a Ftía. Allí, accidentalmente mató al hijo del rey en la Cacería del Jabalí de Calidón y tuvo que huir una vez más. Llegó a Yolco en Tesalia, pero la mala suerte lo siguió. Allí, la esposa del rey Acates, Astidamía, se enamoró de Peleo. Cuando Peleo rechazó su amor, ella lo acusó ante el rey de haberla acosado. El rey Acates llevó a Peleo a cazar al monte Pelión. Le robó la espada a Peleo mientras el joven dormía y lo dejó para morir en la montaña, que era famosa por sus salvajes centauros. Sin embargo, Quirón, su sabio líder, se compadeció de Peleo. Quirón encontró su espada y envió a Peleo de vuelta a Yolco, donde Peleo mató a la traicionera Astidamía.

Peleo se casó con Tetis, una ninfa del mar. Todos los dioses asistieron a su boda, ya que Tetis era una de las favoritas de Zeus. Sin embargo, la pareja olvidó invitar a Eris, la diosa de la discordia, y este descuido fue una de las causas de la guerra de Troya, en la cual Aquiles, hijo de Tetis y Peleo, fue una figura líder y héroe.

Pelias: Hijo de Tiro y medio hermano de Esón de quien Pelias robó el trono de Yolco, en Tesalia. Cuando su sobrino, Jasón, hijo de Esón, alcanzó la madurez y exigió su parte del reino, Pelias lo envió en lo que se consideraba una búsqueda sin esperanza: encontrar y traer de vuelta el vellocino de oro. Jasón regresó triunfante, trayendo consigo a Medea, la hechicera-reina. Mientras tanto, Pelias había dado muerte a Esón. Para vengar a su padre, Jasón instó a Medea a usar sus poderes mágicos. Medea convenció a las hijas del anciano Pelias a matar a su padre y cocinarlo en un guiso, prometiendo que resucitaría rejuvenecido. Por supuesto, Pelias no sobrevivió. Acasto sucedió a su padre como rey.

Pélope: Hijo de Dione y Tántalo; hermano de Níobe. Se casó con Hipodamía y se convirtió en el padre de Atreo y Tiestes. Rey de Pisa en Elis.

La primera aparición de Pélope en la mitología fue desafortunada. Fue servido en un guiso hecho por su malvado padre para probar a los dioses. Todos los dioses y diosas se dieron cuenta de lo que sucedía, excepto Deméter, quien estaba distraída por el dolor de perder a su hija, Perséfone. Deméter comió un hombro del infante, pero luego fue restaurado cuando los dioses devolvieron al niño a la vida. Los dioses tuvieron que rehacer el hombro faltante de marfil. Los descendientes de Pélope fueron llamados los Atridas después de su hijo, Atreo.

Perifetes: Un formidable gigante descendiente de Hefesto y Anticlea, era conocido como Corinetes (el del mazo) por su inseparable y temible maza de hierro. A pesar de compartir la cojera de su padre, ello no le restó capacidad para aterrorizar a los habitantes de Epidauro. Se dedicaba a asaltar y asesinar a los incautos viajeros que encontraba en su camino. Durante su trayecto desde Trecén al istmo de Corinto, Teseo se topó con este coloso. En un valiente enfrentamiento, Teseo logró derrotarlo, despojándolo de su maza que luego llevó consigo como un símbolo de su victoria.

Perigune: La hermosa hija de Sinis.

Perséfone: Hija de Deméter y Zeus; a la que los romanos llamaban Proserpina. Perséfone fue raptada de su madre por Hades, dios del inframundo. Deméter, loca de dolor, provocó sequías y hambrunas en la tierra mientras buscaba en vano a su hija. Finalmente, Zeus envió a Hermes para traer a Perséfone de vuelta con su madre, pero Perséfone estaba obligada a pasar un tercio del año bajo tierra. Perséfone personificaba la semilla de trigo que yace bajo tierra en invierno y brota en los meses cálidos.

Perses: Un titán de segunda generación poco conocido, hijo de Crío y Euribia. Se casó con la titánide Asteria, y juntos fueron los padres de la diosa Hécate. Perses fue considerado por algunos escritores griegos antiguos como un dios de la sabiduría y por otros como un dios de la guerra, al igual que su hermano Palas. A Perses se le atribuía la devastación de los campos de batalla. Un Perses diferente era hijo de Perseo.

Pigmalión: Hijo de Belus, un escultor de Chipre que despreciaba a las mujeres pero adoraba a la diosa Afrodita. Creó una estatua de marfil de ella tan extraordinariamente hermosa que se enamoró de ella. Al abrazar la estatua, Afrodita respondió a sus plegarias y dio vida a la estatua, a la que le dio el nombre de Galatea.

Pirítoo: Hijo de Zeus y Dia, esposa de Ixión; rey de los lápitas, un pueblo mítico que habitaba en las montañas de Tesalia; amigo del héroe Teseo. Pirítoo se casó con Hipodamía. En el banquete de bodas, al que habían sido invitados los centauros, estalló una gran pelea entre los lápitas y los centauros, criaturas salvajes que eran mitad hombre y mitad caballo. Los lápitas y Teseo, que estaba entre los invitados, derrotaron a los centauros y los expulsaron de su hogar en el monte Pelión.

Teseo acompañó a Pirítoo al inframundo, donde ambos intentaron raptar a Perséfone, la reticente esposa de Hades, dios del inframundo. Hades atrapó a Teseo y a Pirítoo en sillas profundas de las cuales no podían levantarse. Heracles rescató a Teseo, pero Pirítoo quedó atrapado en su silla por toda la eternidad.

Pirra: Hija de Epimeteo; esposa de Deucalión. Juntos, Pirra y Deucalión repoblaron la tierra después de la gran lluvia enviada por Zeus.

Piteo: Rey de Trecén, ciudad de Argólida.

Pitón: Una serpiente hembra nacida de la tierra. La diosa Hera envió a Pitón para atormentar a su rival Leto, una de las muchas amantes de Zeus y madre de Apolo. El joven Apolo mató a Pitón y ordenó que la serpiente se pudriera donde había caído. El lugar donde tuvo lugar este encuentro fue llamado Pito, de la palabra griega pytho, que significa "pudrirse". El nombre más tarde fue cambiado a Delfos. El sitio se convirtió en el santuario más venerado de la Grecia antigua, sagrado para Apolo. Los Juegos Píticos se celebraban cada cuatro años en honor a la antigua Pitón y eran los segundos en importancia después de los famosos Juegos Olímpicos.

Pluto: Hijo de Zeus y Electra ; dios de la riqueza y de las abundantes cosechas de la tierra. (No debe confundirse con Plutón, dios del Inframundo). Se creía que Pluto era ciego porque distribuía la riqueza tanto a buenos como a malos por igual.

Polidectes: Rey de la isla de Serifos, protector de Dánae y su hijo, Perseo. Polidectes envió a Perseo en una peligrosa misión, pidiéndole que trajera la cabeza de la gorgona Medusa, que convertía a los hombres en piedra. Mientras Perseo estaba ausente, Polidectes persiguió a Dánae, tratando de ganar su amor. Dánae estuvo protegida por Dictis, quien era el hermano de Polidectes. Perseo regresó con la cabeza de Medusa y convirtió a Polidectes en piedra. Dictis luego se convirtió en rey de Serifos.

Polifemo: El salvaje gigante de un sólo ojo de la "Odisea" de Homero. Polifemo atrapa al héroe, Odiseo, y a sus compañeros, devorando a seis de ellos. Odiseo ciega el único ojo de Polifemo y escapa con gran astucia. El Polifemo de Homero se identifica con los cíclopes, que se suponía que tenían un solo ojo en medio de la frente y vivían en la isla de Sicilia.

Polinices: Hijo de Edipo y de Yocasta y el hermano mayor de Eteocles . Cuando se descubrió que su padre, Edipo, había matado a su padre y se había casado con su madre, fue expulsado de Tebas, dejando a sus hijos Eteocles y Polinices para gobernar. Debido a una maldición impuesta por su padre Edipo, los dos hijos no compartieron el poder pacíficamente y murieron como resultado, matándose mutuamente en la batalla por el control de Tebas.

Pólux: Su madre era Leda, pero tenían padres diferentes; Cástor era el hijo mortal de Tindáreo, el rey de Esparta, mientras que Pólux era el hijo divino de Zeus.

Ponto: Un antiguo dios del mar; el primer dios del mar. Ponto era hijo de la gran diosa de la tierra, Gea. Algunas fuentes dicen que no tuvo padre, sino que surgió de su madre por su propia voluntad. Otras fuentes afirman que Eter, el dios del aire puro superior, era su padre. Gea se unió con Ponto. Sus hijos fueron Ceto, Forcis, Taumante, Nereo y Euribia, aunque algunas fuentes dicen que Nereo era otro nombre para Forcis. Estos hijos son conocidos más por con quién se casaron y por sus hijos que por cualquier otro papel que desempeñaron en los mitos griegos.

Preto: Un dios marino menor pero antiguo que servía a Poseidón. Preto poseía un enorme conocimiento y la habilidad de cambiar de forma a voluntad si no quería quedarse para responder preguntas. Cuando finalmente fue acorralado, aconsejó a Menelao, cuyo barco estaba en calma cerca de la costa de Egipto, que para escapar debía rendir el honor adecuado al dios Zeus. Menelao escuchó el consejo del dios del mar y finalmente pudo navegar de regreso a Esparta.

Príamo: Rey de Troya durante la guerra de Troya, aunque demasiado anciano para participar activamente en la guerra. Era hijo de Laomedonte y, según algunos, padre de cincuenta hijos, algunos de ellos con su segunda esposa, Hécuba. Entre ellos estaban los héroes troyanos Héctor y Paris y la profetisa Casandra.

La muerte de Héctor y la falta de respeto mostrado a su cuerpo fueron golpes severos para el rey Príamo. Solo, fue al campamento aqueo (griego) para negociar con el héroe Aquiles la devolución del cuerpo de su hijo.

Procusto: Un herrero y bandido pícaro de Ática que atacaba a la gente estirándolos o cortándoles las piernas para obligarlos a ajustarse al tamaño de una cama de hierro.

Prómaco: Vástago de Esón y Alcímede, fue asesinado por Pelias al mismo tiempo que su progenitor, mientras que su hermano mayor, Jasón, se encontraba en la búsqueda del vellocino de oro.

Protesilao: Un héroe de Tesalia, hijo de Íficles; esposo de

Laodamia. Protesilao fue el primero de los griegos en saltar a tierra en Troya (ver guerra de Troya) y el primero en morir. Laodamia suplicó a los dioses que permitieran a Protesilao regresar a la Tierra para que pudieran pasar tres horas más juntos. Los dioses concedieron su deseo y los amantes se reunieron. Luego, Laodamia se suicidó y fue al Inframundo con su esposo.

Quirón: Un centauro de gran sabiduría y bondad, amigo tanto de humanos como de dioses. Hijo de Cronos, Quirón vivía en el monte Pelión en Tesalia. Recibió su educación de los divinos gemelos, Apolo y Artemisa. A su vez, los dioses le confiaron la educación de Asclepio, dios de la curación, y de los héroes Jasón y Aquiles.

Heracles hirió inadvertidamente a Quirón durante una pelea con los centauros, que en su mayoría eran salvajes y desordenados. Heracles corrió al lado de Quirón, pero no había nada que ninguno de los dos pudiera hacer, ya que la flecha de Heracles había sido sumergida en la sangre envenenada de la Hidra, la serpiente acuática de muchas cabezas. Dado que Quirón era inmortal, estaba condenado a sufrir dolor eterno. Zeus resolvió el dilema al permitir que Quirón otorgara su inmortalidad a Prometeo a cambio de la paz de morir. Luego, Zeus colocó a Quirón en los cielos como parte de las constelaciones de Sagitario o Centauro.

Quirón, mitad humano y mitad caballo, representaba la sabiduría antigua. Era el símbolo del caballo salvaje, lleno de fuerza, domesticado para ser de enorme ayuda a los humanos.

Radamantis: Hijo de Europa y del dios Zeus; hermano de Minos y Sarpedón. Según Homero en la "Odisea", Radamantis fue el gobernante de los Campos Elíseos, donde iban después de la muerte las afortunadas sombras o espíritus de los mortales. Leyendas posteriores dicen que fue uno de los jueces del inframundo.

Rea: Diosa madre en la religión antigua griega y la mitología griega, la titánide hija de la diosa de la tierra Gea y del dios del cielo Urano, quien a su vez es hijo de Gea. Es la hermana mayor de Cronos, quien también fue su consorte, y la madre de los cinco dioses olímpicos más antiguos: Hestia, Demeter, Hera, Poseidón y Zeus; y de Hades, rey del inframundo.

Sátiros: Los sátiros son una clase de espíritus de los bosques y montañas que acompañan a Dionisio. Suelen representarse como seres parcialmente humanos y parcialmente cabra o mono. Los sátiros eran conocidos por su comportamiento bullicioso y travieso, aterrorizaban a los ganaderos y pastores, y perseguían a las ninfas.

Selene: Una antigua diosa de la luna. Hija de los titanes Tea e Hiperión; hermana de Helios (el sol) y Eos (la aurora). Selene también es llamada Febe. Es Luna en la mitología romana y a veces se identifica con Artemisa.

Sémele: Hija de Cadmo y Harmonía, amante de Zeus y madre de Dionisio. Tras su muerte en las llamas creadas por Zeus, Sémele fue llevada del inframundo al Olimpo, hogar de los dioses, donde se volvió inmortal bajo el nombre de Tione. Sémele era adorada en Atenas durante los Lenaia (Festival de las Mujeres Salvajes), cuando cada año se sacrificaba un toro en representación de Dionisio en su honor.

Sidero: La segunda esposa del rey Salmoneo de Elis y madrastra de Tiro, a quien maltrataba. Pelias y Neleo, los hijos gemelos de Tiro, buscaron venganza cuando alcanzaron la edad adulta. Aunque Sidero huyó de ellos hacia el distrito de Hera, Pelias la asesinó en el altar de Hera, atrayendo el odio eterno de la diosa en el proceso.

Sinis: Un bandido que fue asesinado por Teseo en su camino a Atenas.

Sinón: Un guerrero griego durante la guerra de Troya.

Sirenas: Las sirenas son ninfas cuyo canto dulce atraía a los marineros hacia su destrucción al enloquecerlos, provocando que naufragaran en la costa donde vivían las sirenas. En la "Odisea" de Homero, Circe advirtió al héroe, Odiseo, acerca de las sirenas. Él tapó los oídos de sus marineros con cera y luego se hizo atar al mástil del barco, mientras la tripulación remaba fuera de peligro. En el mito de los argonautas, los marineros pudieron navegar de manera segura por donde estaban las ninfas porque el poeta Orfeo estaba a bordo y cantaba más dulcemente que las sirenas.

Sísifo: Hijo de Eolo; hermano de Atamante; esposo de Merope. Aunque Sísifo es descrito como un pícaro astuto en la "Odisea" de Homero, es más famoso por un terrible castigo que le impuso Zeus. Fue condenado a empujar una enorme roca hasta la cima de una colina. Una vez en la cima, la roca caía estruendosamente hacia abajo, y Sísifo tenía que comenzar su tarea desde el principio. Así, Sísifo se ha convertido en el símbolo de una tarea infructuosa.

Otra historia sobre Sísifo cuenta cómo engañó a Tánatos (la Muerte). Zeus había enviado a Tánatos para apoderarse de Sísifo. Sísifo pidió a Tánatos que le demostrara cómo funcionaban las esposas que llevaba. Durante la demostración, Sísifo logró encerrar a Tánatos. Zeus tuvo que enviar a Ares desde el Olimpo para liberar a la muerte en la tierra de nuevo, ya que nadie estaba muriendo.

Mientras tanto, Sísifo le pidió a su esposa, Merope, que dejara su cuerpo sin enterrar cuando muriera, pues sabía que Tánatos vendría por él una segunda vez. Cuando Sísifo murió, fue directamente al Hades, dios del Inframundo, y se quejó de que su cadáver no había recibido un entierro adecuado. Hades, un dios justo, envió a Sísifo de vuelta a la tierra para organizar un entierro decente. Sísifo tuvo un feliz reencuentro con su esposa, rompió su palabra de volver al Hades y vivió hasta una edad avanzada.

Tánatos: La personificación de la muerte (Mors en latín). Hijo de Nix (noche), sin padre (según Hesíodo); hermano gemelo de Hipnos (sueño). El único mortal que logró engañar a Tánatos (al menos por un tiempo) fue Sísifo.

Tántalo: Un rey de Lidia en Asia Menor; padre de Pélope y Níobe. Tántalo robó comida de los dioses y la sirvió a los mortales. Incluso intentó servir a su hijo, Pélope, en un estofado en un banquete para los dioses, pero los dioses rescataron a Pélope. Tántalo fue castigado por sus fechorías con la caída de su reino y con hambre y sed eternas. Se dice que está de pie en un estanque de agua, pero cada vez que se inclina para beber, el agua retrocede, y que sobre su cabeza cuelgan ramas cargadas de fruta, pero están justo fuera de su alcance.

Tea: Una diosa titán de primera generación de la vista y de la luz brillante del cielo azul; hija de Gea y Urano; madre, con Hiperión, de los dioses que trajeron luz a los humanos: Helios (Sol), Selene (Luna) y Eos (Aurora). También era conocida como la contraparte femenina de Éter, el aire superior.

La asociación de Tea con el concepto de luz brillante también la hizo diosa de las gemas y el oro, porque a ellos les otorgó su gran valor. Tenía la habilidad de ver el futuro. La gente de Tesalia construyó un templo en su nombre.

Tiresias: El vidente ciego de Tebas, una figura que aparece

varias veces en la mitología griega. Según algunas leyendas, Atenea dejó ciego a Tiresias porque la vio bañándose. Otra leyenda dice que fue Hera quien lo cegó.

Algunos estudiosos piensan que la figura de Tiresias como un hombre sabio es una encarnación mitológica de la persona que es fuera de lo común (ciego, cojo o de otra manera afligido), dotado de dones especiales como los de Tiresias y Hefesto, el dios herrero cojo.

Telamón: Hijo del rey Eaco de Egina; hermano de Peleo; padre, con Hesíone, de Teucro, el gran arquero.

Telamón y Peleo mataron a su medio hermano, Foco. Después del asesinato, Telamón huyó del país. Vivió una vida heroica, participando en la Caza del jabalí Calidonio, navegando con los argonautas y acompañando a Heracles en su expedición contra Laomedonte de Troya.

Temis: Una titánide, hija de Gea y Urano; una de las numerosas amantes de Zeus. Madre de las horas (estaciones), las moiras (destinos), Astrea y, según algunos, de Prometeo. Temis presidía la ley y el orden, la justicia, la hospitalidad y la profecía. Una leyenda cuenta que Temis se comunicó con el Oráculo de Delfos antes de que Delfos se convirtiera en el santuario favorecido del dios Apolo. Otra dice que se apareció ante Deucalión y le dijo que repoblara la Tierra después del diluvio.

Téspio: Legendario fundador y rey de Tespias, Beocia. Su relato de vida es considerado parte de la mitología griega.

Tetis: La hija de dos titanes, Urano y Gea; esposa y hermana de Océano. Con él engendró a las oceánides (ninfas del mar). También fue la madre de Estigia y, según algunos, la mentora de la diosa Hera.

Tifón: Criatura monstruosa en la mitología griega, nacida de Gaia (la Tierra) y Tártaro. Era conocido por su enorme tamaño y poder. Según una versión del mito, Tifón fue la criatura más grande jamás nacida, con serpientes enroscadas en lugar de piernas. Representaba una gran amenaza para los dioses.

En una batalla con Zeus, Tifón lanzó rocas y montañas contra los rayos de Zeus. En un momento dado, capturó a Zeus y lo dejó impotente al cortar los tendones de sus manos y pies. Tifón encerró a Zeus en una cueva de montaña y guardó los tendones en una bolsa de piel de oso o en una bolsa de cuero.

Sin embargo, Hermes y Pan lograron robar los tendones y devolvérselos a Zeus, lo que le permitió recuperar su poder. La lucha entre Tifón y Zeus continuó, y Tifón se debilitó al comer deliciosa comida proporcionada por las moiras (las parcas).

El enfrentamiento final entre Tifón y Zeus tuvo lugar en Tracia, donde Zeus hirió gravemente a Tifón, haciendo que su sangre fluyera y dando su nombre a la montaña, "Monte de la Sangre". Tifón huyó a Sicilia, pero Zeus lo persiguió y finalmente lo aplastó en la tierra bajo el volcán monte Etna.

Antes de su encarcelamiento, Tifón engendró numerosos monstruos con Equidna, incluyendo a Cerbero, la Quimera, la Hidra de Lerna, el León de Nemea, Ortro y la Esfinge. Estas criaturas se convirtieron en famosos adversarios en la mitología griega.

Tindáreo: Fue un rey de Esparta.

Tiro: Hija de Salmoneo (hijo de Eolo, hermano de Atamante y Sísifo) y su mujer Alcídice. Tiro era esposa de Creteo (hermano de Salmoneo y por tanto su tío) con quien tuvo a Esón, Feres y Amitaón. Con Poseidón tuvo a los gemelos Pelias y Neleo.

Triptólemo: Hijo de Celeo y Metaneira, y el hermano de Demofonte. Fue el favorito de la diosa Deméter y recibió de ella los secretos del maíz y de la agricultura. Se dice que inventó el arado y la ciencia de la agricultura, lo que lo convierte en un pionero de la civilización. Fue una figura central en los Misterios de Eleusis.

Urano: Urano era la personificación del cielo y del cielo estrellado. Era hijo de Gea (la Tierra) y con ella fue padre de los titanes, los cíclopes y los hecatónquiros. Urano no se preocupaba por sus descendientes y los desterró al inframundo. Gea, lamentando la suerte de sus hijos, instó a su hijo Cronos a herir y mutilar a Urano. Esto es precisamente lo que hizo Cronos, utilizando una hoz de sílex hecha por Gea. De la sangre derramada de Uranus surgieron las furias, los gigantes y la diosa Afrodita. Urano, derrotado y herido, dejó la Tierra en manos de los titanes. Antes de morir, profetizó que Cronos, a su vez, sería derrocado por uno de sus hijos. Su profecía se cumplió cuando Zeus depuso a Cronos.

Yocasta: Reina de Tebas. Hija de Meneceo, hermana de Hipónome y Creonte y esposa de Layo.

Yolao: Hijo de Íficles (medio hermano de Heracles). Yolao fue el constante compañero de Heracles y también su auriga (conductor del carro). Yolao ayudó a Heracles a matar a la Hidra.

Zetes: En la mitología griega Zetes era un hijo del dios-viento Bóreas y de Oritía. Tanto él como su gemelo Calais heredaron de su madre una extraordinaria belleza, y de su padre un furor incontenible y un par de alas que les surgieron en la pubertad y que les fueron muy útiles en sus correrías.

BIBLIOGRAFÍA

Osborn, Kevin y L. Burgess Ph. D, Dana: *The Complete Idiot's Guide to Classical Mythology.* Editorial Alpha, 2004.

Hamilton, Edith: *Mythology: Timeless Tales of Gods and Heroes.* Editorial Black Dog & Leventhal, 2017.

Giesecke, Annette: *Classical Mythology A to Z: An Encyclopedia of Gods & Goddesses, Heroes & Heroines, Nymphs, Spirits, Monsters, and Places.* Editorial Black Dog & Leventhal, 2020.

Jo Napoli, Donna: *Treasury of Greek Mythology: Classic Stories of Gods, Goddesses, Heroes & Monsters*. Editorial National Geographic Kids, 2011.

Homero e Ignacio García Malo: *Ilíada.* Editorial Ediciones Sinapsis, 2022

Homero: *Odisea (Nueva Biblioteca Clásica Gredos nº 10).* Editorial Gredos, 2016.

Hesíodo: *Teogonía. Los trabajos y los días. El escudo de Heracles.* Editorial Ruth Casa Editorial, 2022

Ovidio: *Metamorfosis.* Editorial Greenbooks Editore, 2021

OTROS TÍTULOS DE SOMOS HISTORIAS

Mitología griega: Los dioses olímpicos: Un libro para leer en familia

Un libro divertido y emocionante que explora el fascinante mundo de la mitología griega y las historias de cada uno de los Dioses Olímpicos. Este libro es perfecto para niños de 6 a 12 años y está diseñado para estimular su imaginación y curiosidad. Los niños tendrán la oportunidad de sumergirse en el mundo de los dioses olímpicos, conociendo sus personalidades, historias y hazañas.

Los Dioses Olímpicos: Un libro para colorear

¡Acompaña a los antiguos dioses y diosas griegos en una aventura llena de color! Este innovador libro para colorear está diseñado para despertar la imaginación y fomentar que los niños de 6 a 12 años exploren el mundo de la mitología griega. Con más de 30 ilustraciones divertidas y educativas, los niños tendrán la oportunidad de aprender sobre los dioses y diosas olímpicos, mientras se expresan creativamente.

Criaturas mitológicas: Sirenas, Musas y Ninfas: Un libro para leer en familia

¡Adéntrate en el fascinante mundo de las criaturas mitológicas! En 'Criaturas Mitológicas: Sirenas, Musas y Ninfas', los niños descubrirán la magia y la belleza de estas enigmáticas figuras. Este libro, diseñado para niños de 6 a 12 años, les brinda la oportunidad de explorar la historia y el encanto de las sirenas, ninfas y musas a través de cautivadoras ilustraciones originales y emocionantes relatos.

Made in United States
Orlando, FL
08 June 2024

47590944R00202